The girls who
keep glancin
but alas, it's
今
時偷看我，
造成我心理陰影
的女生們
只可惜為時已晚
御堂ユラギ
繪者：緜

# 造成我心理陰影的女生們 今天也不時偷看我，只可惜為時已晚

The girls who traumatized me keep glancing at me, but alas, it's too late.

4 fourth volume

御堂ユラギ

繪者：縣

鄰居
冰見山美咲

「哎呀哎呀，你這學生眞是讓人傷腦筋。」

「我這麼難受，
你竟然還視若無睹!?
所以我才說男人都是垃圾～」

妖怪
不來方久遠

「涼香老師好壞！」
「呵呵，又沒關係。」
生活指導老師
三條寺涼香

*The girls who traumatized me keep glancing at me, but alas, it's too late.*

# 4



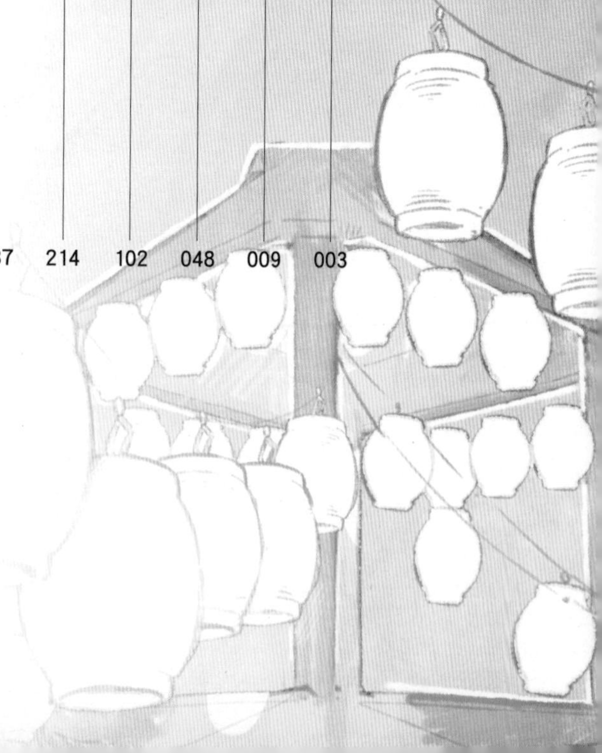

# 下雪的街道

細雪紛飛，我抬頭看向灰色天空。一時想要碰雪，於是脫掉手套。雪結晶飄落於掌中，沒一會就融解消散。

我用足跡在白茫茫的畫布上作畫——好開心。但又感到難過。只有那麼一瞬，心中產生感動。沒多久，又回過神來。

內心快要被孤獨和不安壓垮，我只能不停邁進，好讓自己分神。大人們來來去去、行步如飛，彷彿完全沒有看到我。

他們似是想早點擺脫這刺骨的寒風，找個地方取暖。

沒人發現我。在這個殘酷的世界裡，沒人聽見我求助的呼喊。

我痛恨自己的存在感如此稀薄，好像隨時都會從這世上消失。

和母親走散，已經過了將近三十分鐘。剛開始我還四處找她，現在腳已經累到逐漸失去知覺，甚至有股想立刻坐倒在地的衝動。

之所以沒那麼做，或許是因為我知道要是真的坐下，可能就再也站不起來。

淚水湧出眼眶。我不能哭。要是哭了——一定會被母親責罵。

母親絕對不會原諒我和她走散。她絕對會生氣。心情頓時憂鬱起來。
我獨身一人，被留在這個雪白的世界裡，嚇得整個人縮成一團。
忽然間，我感受到一股視線。我看向視線的方位，一名年長的男生直盯著我，他沒有任何動作，只是看著而已。他的眼神，似是興趣盎然地觀察著在水槽優游的金魚一般。我們視線交會，然而，那男生卻毫無反應。
我搖搖晃晃地走向男生。不知為何，我一點都不害怕。
可能是因為只有他發現了我，也可能是因為他面無表情，反倒令人感到放心。
這是一種從未體驗過的神奇感覺，使我內心自然溫暖起來。
我走到他身旁，抓住他的衣角。我所做的就只有這樣。
「妳該不會，是迷路了吧？」
我點了點頭。光是有人理解我的處境，就使我感到踏實。
「嗚哇，有夠麻煩。」
他一臉嫌棄地說。可是，依舊面無表情，儘管嘴上嫌煩，卻表現得十分溫柔。
「我是該視若無睹呢，還是該視而不見呢……」
這兩個不是同樣的意思嗎？我如此心想，但男生卻對這相同答案的二選題感到猶豫。
「好吧，反正跟雪華阿姨約好的時間差不多快到了。是說，給妳出個問題，妳知道為什麼大人不願意幫助妳嗎？」

我搖搖頭。沒人願意伸出援手使我感到絕望。

這其中有什麼理由嗎？還是大家只是討厭我？

「因為雙標！」

男生豎起手指說道。不過我聽不懂雙標是什麼意思。

「這個嘛……不然這樣講好了？父母、學校或是身邊的大人，是不是都有教過妳要好好跟人打招呼？」

我點頭表示同意。就連成績單上都有這個欄位。老師曾教過，打招呼是基本禮儀。

「問題來了，妳有沒有發現一件怪事。妳仔細觀察後，發現口口聲聲這麼講的大人，卻幾乎沒跟人打招呼。當然，也是有例外就是了。」

是……這樣嗎？跟老師們打招呼，他們也會回我，那麼，父母——

「大人都會說，碰到有困難的人必須去幫助他，但妳有見過大人幫助有困難的人嗎？真希望他們不要沒事就欺騙小孩。」

他的話似乎是正確的。事實上，現在我正碰到困難，卻沒人願意幫忙。

若是如此，那我到底該相信什麼。

「妳看看周遭。大人的正確答案是『裝沒看見』。是不是長知識了？」

這就是現實。正如男生所說，大家只是嫌麻煩，理由就是這麼簡單。

場面話終究是場面話。若是順從心聲行動，根本懶得做那種事。

「我再打個比方，平時母親總是在孩子面前抱怨父親，說他壞話，但一有狀況就會跟父親一起高舉正義旗幟斥責小孩。或者父親明明是個借錢賭博的人渣，卻囂張地擺出了一家之主的嘴臉。小孩在家玩遊戲，他就會叫孩子去外面玩，一到外面他又抱怨聲音太吵不要打球，簡直是不講道理。多麼地可悲。」

這男生是不是壓力過大啊？我開始擔心起來了。

他可能是討厭大人。抓住他衣角的手頓時用力起來。

「尤其學校更是充滿了不合理的事。妳可不能相信老師跟同學喔？追根究柢地說，老師這種人，不過是大學一畢業就成為教師的傢伙，自然會缺乏社會經驗跟常識。」

大家都認為老師是個神聖的職業，我也不自覺地認為他們應該有高尚的節操。老師的話是正確的，不必多做思考就能相信他們。可是，真是如此嗎？

「至於我這樣講是想表達什麼呢——」

他摸摸我的頭說。他的手如陽光般溫暖。

這股暖流，逐漸溫暖了我剛才被徹底凍結的心。

「就是妳要變強，不要輸給大人跟不講理的事。有空等別人來搭救，不如思考該如何突破現況。不要害怕孤獨，妳記好，邊緣人才是最強的。」

但是，我總覺得這麼做實在是太過哀傷。這樣的世界，不覺得寂寞嗎？

「當然，如果有值得信賴的人，那要依賴對方也行。像雪華阿姨那樣的人。她身上總是散發香味，長得漂亮，個性溫柔，又很大，還會跟我一起洗澡。」
那個人，就是這個男生所珍惜的對象？那對我而言，我珍惜的人又是——
他牽著我的手踏出步伐。似乎是要帶我去派出所。
「咦，我？我是不認同雙標的男人，九重雪兔。要依賴我僅限定有難的時候喔。」
看到派出所了。跟警察在一起的人是——母親？
母親狠狠地瞪著我。我感受到她有如烈火一般的怒意，頓時感到害怕而退縮。
「有個奇怪的男人把我的孩子拐走了——咦、祇京⁉妳沒事吧⁉你竟敢拐跑我的小孩！還來、快點還來！這孩子是我最重要的——」
母親衝了過來，用力搧了個巴掌，將男生打倒在地。
男生隨著響亮的掌摑聲倒下，在雪地刻下印子。
母親騎到他身上，幾名警察急忙將她拉開。
母親不斷大喊這人是誘拐犯。快住手！儘管我如此喊道，她也不理不睬。
我拚命地用稚拙的話語解釋，試圖解開誤會。
這個男生，只是把我帶到這裡而已。
為什麼他得受到如此不合理的對待！
母親稍微恢復冷靜。我好怕。不知道她會說些什麼。
儘管如此，我仍繼續說下去表示反抗。有錯的人是我。是我不該走散。
「妳記好了。」

男生站起身來，接著嘟囔說。

「做了錯事就必須道歉，這點大家都學過。不過，大人絕對不會道歉。即使他們發現自己犯錯，也會找藉口將行為正當化。妳可別相信會說謊的大人。」

我還來不及慰留，男生就揚長而去。只剩寂靜支配四周。

男生消失了——他的眼神中，蘊藏著昏暗深邃的哀傷。

# 第一章「被我造成心理創傷的女生們」

別碰線上賭場別碰線上賭場別碰線上賭場別碰線上賭場！

誰會碰啊。那不但違法，況且我還未成年。碰了肯定會自取滅亡。

不論是賭馬、賽艇、競輪、柏青哥、老虎機等等，賭博都是荒謬絕倫自賣自誇！

我嚴守九重家代代傳承下來的家訓勸戒自己。四代前的九重家當家——九重雪山偈獄重郎在彌留之際曾說過：「毋湯賭博。」

雖然這怎麼想都是騙人的，但祖先因為賭博而吃了苦頭似乎是事實。

即使日本開了賭場，我也不可能會去。因為我的運氣可說是超級差。

我的運氣不只差到眾所皆知，甚至稱得上是超乎想像。

我從沒抽中過彩券跟賀年卡，就連人人有獎的抽獎活動都能落空（這我實在忍不住去抗議了）。

我抽籤沒見過大吉，先前一度火大把籤抽到空，結果三十支籤沒有一支是大吉。這是詐欺吧。把我的三千圓還來！

我運氣差的特徵之一就是機率完全是看心酸的。命中率百分之九十也能被對手迴避，我的迴避率百分之九十也會被打中。就連帕斯卡（註1）看了都會傻眼。

不過人生真的是非常神奇。看來這個世界是加裝了天秤系統，為了使收支平衡，才會讓我自帶這種減益效果。

因為運氣方面我唯一能拿來自豪的，就是母親轉蛋、姊姊轉蛋跟阿姨轉蛋。

不管怎麼說都太得天獨厚了。要說我自出生起就已經是勝利組，或是把運氣用光了也不為過。也難怪我會這麼喜歡家人。

本來像我這樣的包袱，就算被逐出九重家也無法有怨言。當然，即使被放逐我不可能採取報復，畢竟這是理所當然的事。光是她們願意把我當成家人，讓我在九重家留有一席之地，我就已經萬分感謝。甚至巴不得把媽媽的草鞋抱在懷裡暖好。

因此我非常珍惜家人，也發自內心感謝她們的慈悲。

還有，我所認知到的家人就只有媽媽、姊姊跟雪華阿姨。那是因為在我的記憶中，我只有和她們一同度過屬於家人的時光。

人常說雙胞胎容易產生同情心（sympathy），那親子或兄妹又如何呢？

舉例來說，如果是自出生以來就從未謀面的兄妹，有可能會發展出戀愛情感嗎？或者是，即使發生了這種狀況，生物本能會否定這個情感嗎？※天天見面卻完全不

註1　布萊茲・帕斯卡（Blaise Pascal，一六二三年六月十九日－一六六二年八月十九日），數學家。和費馬在互通信件的過程中，奠定了機率論的基礎。

否定戀愛情感的姊姊例外。

「暑假某天，我慢跑完回家，突然碰到一名自稱父親的可疑人士。明明是夏天他還身穿襯衫打領帶，怪不得大家說詐欺師都穿西裝，我看他八成連名字都是假的。為防龐氏騙局，我立即提高戒心報警處理，然而——」

「你在對誰說明啊？」

「這是引言。在這年代，也是需要顧慮這類需求。」

「是要顧慮誰啊？還有我的名字不是假名。」

「這句話聽起來更假了……」

好了，我現在人在咖啡廳，而眼前這位自稱是我父親的可疑人士，是一個有著凍戀秀偽這中二名字的可疑人士，而且我們還是初次見面。

就算我們曾經見過面，那也是老早以前我還小的時候，至少這名可疑人士不存在於我的記憶之中。簡單來講，他就只是一個外人，縱使我們有血緣關係，我對他也沒有半點想法，也不覺得會對親生父親產生丁點的同情心。

「你對我的事有多少瞭解。」

可疑人士的眼神銳利地刺向我，這個大叔肯定自我意識過剩。我簡單扼要地回答。

「大白痴。」

「唔——！呵，算了。就櫻花來看，確實是如此。」

他的眉心不斷抽動，怎麼看都像在逞強。畢竟我對他沒有丁點敬意。

說到底的，媽媽從沒提起過這個男人的事。我也沒有問過關於父親的事，是雪華阿姨告訴我那個男人就是個垃圾。

話是這樣講，其實是雪華阿姨喝醉不小心說溜了嘴，並沒有講得太詳細。

所以我不清楚兩人之間發生什麼事，也沒打算深究。我只知道媽媽跟雪華阿姨非常討厭他，因此我也敵視他，才不會失了禮數。

「我已經負起能夠承擔的一切責任。但即使是失去了金錢、家庭，甚至是名字——」

「誰管你。閉嘴，人渣。」

——冰咖啡裡的冰塊喀啷作響。

「嗯？你剛才是不是講了什麼很沒禮貌的話？」

「是你想太多了吧。大家都說上了年紀，耳朵會逐漸聽不清楚。」

「不，我還沒老到那種程度……」

「就說是你想太多了。比起那種事，我已經明白你來到這的理由了。」

「……什麼？」

這個出乎意料的答覆，使大叔驚訝得瞪大眼睛。

這只是簡單的推理。假設大叔不是詐欺師，真的是我父親，那其實非常容易就能推斷出他事到如今突然冒出來的理由。

自從重新做了乳癌檢查後，媽媽就稍微變了。雖然還不至於到處理身後事，但她為防自己有個萬一，盡可能留下財產給姊姊跟我。

儘管她變得比以前更加重視健康，不過人生總會有個三長兩短。不光是生病，發生意外的可能性也並非為零。正因為如此，討論身後事可說是非常重要，這樣才算是一家人。那麼，答案就只有一個。

「簡單來說，你是想談遺產稅跟保險的事吧？」

我快刀斬亂麻，一語道破大叔的意圖說。

「完全錯了……」

「好了，回家吧。我肚子也餓了。」

「慢著！你不要自顧自地回家。我的話還沒說完。」

大叔慌慌張張地挽留我。真麻煩啊……這傢伙到底搞什麼東西呀？

「你有事找媽媽就直接去跟她說吧。跟我沒有關係。」

「我不是要找櫻花。我有話要跟你說……況且，櫻花絕對不會與我見面。她就連一句話都不想跟我說。哼，幸好今天沒吃上閉門羹。」

大叔自嘲地笑說。

「找我？」

我再次仔細觀察大叔，他的神情非常疲倦。

有可能是中暑，還是說這件事跟他看似憔悴有何關聯嗎？

「……我遭到報應了。即使是如此，我也不後悔，因為不會有人原諒我。我的所作所為太過差勁，就算被罵人渣，也是在所難免的事。但是，那個時候椿需要人扶持。當時她心靈受創，滿目瘡痍，甚至開始自暴自棄，我實在無法拋棄她。椿跟我都不夠成熟，我們擦身而過，誤會了彼此。」

「啊，店員，再來一杯冰咖啡。另外加點一份刨冰。」

大叔悵然地說起獨白，不瞭解狀況的我聽起來，就跟異世界語言沒兩樣。

我打開手機，特里斯蒂的哥哥，銀河系最強帥哥雷恩傳了訊息過來。說是想邀澪小姐約會，所以找我商量約會景點。

問她本人不就好了？真看不出雷恩先生那麼青澀。

冰見山小姐也傳訊息過來。她傳了一張自己衣衫不整地穿著女高中生制服，還用手遮住眼睛的詭異照片過來。冰見山小姐倒是一點都不青澀。又不是角色扮演風俗。

「我有個渴望。發自內心追求的事物。聽起來是有點老掉牙，但我想要真實之愛。那怕得捨棄一切，也要追求這個事物。我知道自己對不起你們，也不會找藉口。你們的憤怒、憎恨，我都會全數承受。因為你們再怎麼恨我，都是理所當然的事。」

「就算問我喜不喜歡泡泡襪……有必要穿那東西嗎？還是她想藏暗器？這麼說來，冰見山小姐好像講過自己是讀女校。那麼妖豔的ＪＫ會敗壞風紀吧。果然每個人都有自己的一段故事啊……」

「沒錯，我跟椿也有一段故事。初次見面那天，我就對她一見傾心了。明知這份思念不會有修成正果的那天，我仍鍥而不捨地追求椿。」

大叔無視於我開始講古。抱歉，我沒興趣！

「說實話，我真的一點興趣都沒……」

「我犧牲了你們，把你們當作踏板，只顧著追求自己的幸福。不，不對。我怎麼樣都無所謂，可是我希望椿能夠幸福。即使讓周遭變得不幸——」

大叔竭盡全力擠出這句話，但我實在有聽沒懂。只知道這項決定對大叔而言，似乎需要非常大的覺悟。

「一切都是因果報應，而這就是結果。廢話不多說了——我們開門見山吧。」

大叔眼神中寄宿翻騰的熱情，以及感受不出疲倦的堅強。他看著我說。

「那個女人在虐待你。雪兔——跟我走吧。」

我一邊吃著刨冰，一邊反覆思索大叔的話。但不論想了多少次，答案都一樣。

「咦，不要。」

刨冰糖漿吃來吃去都是同個味道，只有顏色跟香味不同。

這是以前雪華阿姨教我的，她曾在刨冰淋上白色糖漿，再灑上自己喜歡的香精說：「這是雪華口味喔♪」

雪華阿姨非常好吃。這是小學生雪兔弟弟的感想。

「我徹底調查過你的事了。至今為止，你真的過得非常辛苦，還受過無數次重傷。雖然我說得事不關己可能讓你感到不悅，但我是真的擔心你。你的處境實在讓我看不下去。這項選擇會招致厄運，使眾人不幸——就跟我一樣。」

招致厄運，使眾人不幸。這句話莫名刺痛我。

要說我不知道這句話是什麼意思，那絕對是騙人的。因為我曾讓許多人哭泣。

就連現在也是，由於我保留答案，導致燈凪跟汐里的寶貴時間被剝奪。

這跟我讓她們遭遇不幸沒有任何分別。

原來如此，我這體質是遺傳來的啊。

「最重要的是，櫻花她根本就——」

「——照顧不了我，是嗎？」

大叔頓時愁眉苦臉。他都特地跑來談這種事了，八成有事先找徵信社調查過，才有辦法掌握我的消息。他大概是覺得被媽媽疏遠的我，應該能夠接受他的提案吧。實際上，關於這點他說得也沒錯。

然而，我卻墮落了。不知何時，我的想法開始變得天真。即使被疏遠也沒關係。如今我跟媽媽和姊姊的感情稍微變好。她們說願意和我在一起，這讓我感到非常高興。

先前，我隨時做好準備搬出家裡。我被媽媽疏遠，被姊姊討厭，這個家沒有我的棲身之處——我一直是這麼認為的。

不過，事實並非如此。媽媽跟姊姊將我房間重新裝潢，並不是為了將我趕出去。

她們是想為我打造一個棲身之處。

努力、獻身、讓步，最終加深對彼此的理解。我們就是這樣一步步前進的。

其中確實包含著愛情。儘管不確切，但真實存在。

那不是什麼虐待。而是我們試圖在苦惱之中，建構全新的關係。

如果是先前的我，或許會二話不說接受大叔的提議了。

——可是現在，我無法點頭答應。因為我的想法變得跟刨冰糖漿一樣天真。

「你說得對，這選項會使人不幸。這點確實沒錯。如果我選擇跟你一起走，一定會使媽媽跟姊姊悲傷。」

我能夠產生這點自戀的念頭，想法能夠如此天真，因為我們，是真正的一家人。

不論有無血緣關係，大叔終究只是外人，不是我的家人。

我和大叔之間，不存在足以培養信賴的時光和情誼。

「這樣不會難受嗎？做出這項決定不會害怕嗎？你能夠承受自己害得他人不幸，讓他們為你悲傷嗎？自始至終孤獨一人，你現在真的幸福嗎？」

「貪得無厭會遭天譴的。而且，我現在並不孤獨。」

再怎麼說，我的社群軟體可是有兩萬人跟隨呢！討厭啦，怎麼又變多了!?

而且朋友也變得超級多。事到如今再自稱陰沉邊緣人，就跟炫耀自己沒念書一樣，只會遭人嗤之以鼻，還是別說為妙，我也是會成長的。

「……是嗎，既然你都這麼講了，那也好。只要你覺得幸福，我也沒有資格說三道四的。不過，既然如此、不，正因為如此，我才需要你。」

大叔對我低頭，頭還低到差點撞上桌子的程度。我看他如此拚命，嚇得倒抽一口氣。

「拜託，助我一臂之力！這事非得找你幫忙。我知道這一切都是我自己搞砸的，全是我自作自受，找小孩幫忙簡直是愚蠢至極。你有什麼要求，我都照單全收。想揍我揍到滿意也沒關係。事到如今，我也沒有什麼顏面好顧。這樣下去，椿跟祇京都會崩潰。事情要是到了那步田地，就再也無法挽回了。能將她們從絕望深淵中拯救出來的，就只有你了！」

如果大叔是詐欺師，那他的演技可說是令人嘆為觀止。然而看著大叔哀痛地懇求，我滿腦子只想著不正經的事。我從剛才就一直很在意，但現在終於想到了。

這不就是任務嗎！怎麼莫名其妙出現任務了。

我本以為大叔是媽媽的客人，所以講的話最起碼聽了一半進去，結果他要找的對象似乎是我。最近我已經見慣了，這是典型的任務出現模式。某人帶著難題跑來我這，然後要求我努力奮鬥解決這件事。

而且照大叔的說詞，這可能還是得把我帶到某處的跑腿任務。

「我完全搞不清楚狀況，為什麼要找我這個完全無關的人？就算你有困難，我也不過是個學生，應該沒辦法幫上什麼忙啊……」

「我這個當事人兼元凶的話，她們根本聽不進去。椿說——」

「——雪兔，這個男人找你談什麼事？」

空間彷彿出現龜裂，一陣低沉的聲音劃開空氣。

聲音冰冷到像是從深淵中發出，讓我遲了半晌才發現這是媽媽的聲音。

我原本打算回話，最後決定三緘其口。媽媽的神情充滿怒意，我從沒見過她的眼神變得如此昏暗混濁，跟平時簡直判若兩人。

◆

「怎麼辦怎麼辦怎麼辦……糟糕，真的糟糕，超級糟糕。糟糕糕糕糕……」

我在房間轉著方塊狀的立體拼圖。平常明明能在一分鐘內拼好，如今卻遲遲無法完成。狀況慘到我都能拿糟糕來做三段變化。

這是前所未見的危機。我從沒想過媽媽會氣到那種程度。

我把立體拼圖丟到床上，回想起那齣慘劇。

媽媽穿著套裝出現在咖啡廳，可能是剛從公司回來。

我第一次看到她露出那麼凶狠的表情，看來真的是不爽到了極點。

包腳高跟鞋發出清脆聲響，媽媽氣勢磅礴地站在大叔面前。

「這個大叔說媽媽虐待我，還說如果妳不想跟我一起住，那他想收養我。」

「白痴，你就不能慎選措辭嗎！好久不見了……櫻花。」

「媽媽妳覺得呢？我個人是希望之後也能一起——」

「你開什麼玩笑！」

蘊含怒氣的聲音尖銳地響徹室內。媽媽走到我身邊，抓住我的手。

「我們回家了。你不必聽這傢伙的任何一句話。再也不要靠近我們！」

「等一下！我身為他父親，應該有探視權才對。我還有話要跟雪兔——」

「你早就把所有權利放棄了。你說過再也不會出現在我們面前。你自己忘了嗎？」

媽媽沒好氣地罵道。

「嘖……櫻花，我一定會把兒子搶回來。就算要提出改定監護權訴訟也在所不惜。」

「——你下地獄去吧。混帳東西。」

「說得對說得對！」

我兒假母威地從後方做掩護射擊，還順便擺了個拇指劃脖子的手勢。

媽媽不等大叔回話，連頭也不回就直接牽著我踏出步伐。我跟著怒不可遏的媽媽，一語不發地走回家。

看來有必要思考對策。即使回到家裡，媽媽仍然沒有消氣。

別看我這樣，其實我從沒惹媽媽生氣過。如今她卻勃然大怒。

說到底的，我沒做什麼惹她生氣的事，也不覺得自己做了什麼壞事，要是我主動道歉，那也挺怪的。況且不是真心的道歉，說再多次都沒用。

然而，媽媽正在生氣乃是事實。我看這時候還是想辦法討她歡心吧……

在日本社會，比起有實力的人，懂得討上司歡心的人還比較容易生存，這點實在讓人傷腦筋。看來我只剩下賄賂這個選項了。

就在我這麼想的時候，房門傳來了咚咚的敲門聲。在這家裡，懂得敲門這個常識的人只有媽媽。至於姊姊就……

「有有有有、有什麼事嗎？」

「我想稍微跟你談一下。瞧你嚇成這樣，一定很害怕吧——我絕對不會饒過那個男人。」

媽媽似乎剛洗完澡，氣色紅潤，看起來十分性感。糟糕，糟糕了。

但是我沒時間思考了。於是我決定使盡渾身解數討好媽媽。

「最近媽媽好漂亮喔。我覺得好高興。」

「是、是這樣嗎？你怎麼突然提起這個？」

「※純屬個人感想。」

「話是這樣沒錯啦……」

「美到我好難受。」

「呵呵，你這樣討好我，是有什麼想要我為你做的事嗎？對不起喔，今天發生這麼討厭的事。我得向你賠罪才行。可以喔，我什麼事都為你做。」

「糟了，我總覺得自己又多事踩到地雷。」
「反正就算流汗弄髒了，只要再洗一次澡就好。」
「好恐怖好恐怖好恐怖！妳到底想做什麼⁉」
「不過先等我們談完……好嗎？」
「就算妳講得這麼可愛我也很傷腦筋啊……啊，其實不是最近，媽媽一直都很漂亮。該不會是在公司有喜歡的對象吧？」
「……才沒有這種人呢。」
她坐在我身旁。這是我家居民的固定位置。
「今天，那男人對你說了什麼？」
「只說了我當時講的那些事。只說想要收養我。」
「那男人是這麼說的？」
「是啊。」
我沒問清楚任務內容，不過大致上認知應該沒錯。
媽媽臉上表露出顯而易見的怒意，接著又立刻轉為哀傷。
「你過去有跟他見過面嗎？」
「這是我們第一次見面，他事到如今冒出來，也跟外人沒兩樣了。」
「對不起喔。這件事本來應該要跟你說清楚才對。」
「沒關係啦，我沒什麼興趣。」

他跟媽媽之間發生什麼事，現在知道了也沒意義。就跟他突然自稱是父親一樣，往事終究是往事，沒有辦法改變。

看來媽媽似乎非常在意，於是我試著回想起大叔說的話並轉述給她。他調查過我的事，那個名叫椿的人非常痛苦的事，以及大叔找我尋求協助的事。如果是媽媽，那應該知道某些內情才對。

「這算什麼，他只是想利用你而已啊。而且那個叫做椿的，是那個男人的……」

「我個人是打算順從媽媽的決定啦，畢竟過去給妳添了太多麻煩。」

雖然我希望留在這個家裡，但如果媽媽希望我離開的話也沒辦法。只能老實同意。

「我才不要……你想去那男人那邊嗎？」

「也不是這樣講啦……」

「我絕對不會讓你離開。我們繼續一起生活吧？還是你討厭我了？」

媽媽的視線閃爍不定，顯露出不安。她彷彿是在諂媚一般，溫柔地靠著我。

她本來就坐得離我超近了，如今更是零距離貼上來。

媽媽的手輕輕撫過我的臉頰，我們的距離近到能夠感受到彼此呼吸。

「我怎麼可能會不想要你這個兒子？如果你想去那男人身邊，或是他打算將你奪走，我就把對你灌迷湯的那個男人給殺了。」

「太誇張了啦。」

咦————妳是騙人的吧？拜託快說是騙人啊櫻花小姐！

她的發言太過危險，讓我嚇了一跳。然而看著她黯淡無光的眼神，就知道那似乎不是在說笑。媽媽身體微微顫抖。也不知是在壓抑怒氣，還是感到悲傷，現在是夏天，最起碼不會是覺得冷。

我不知該如何是好，只能揉揉她的背，讓她冷靜下來。

「如果妳說別去，那我就不會去。這樣可以嗎？」

「我們好不容易能夠像這樣正常交談了，要是你又消失不見，我會承受不住。我知道這都是我的錯。是我沒有好好珍惜你。在我還沒補償之前，我不想離開你。」

又讓媽媽哭了。看來在履歷的特技欄寫上惹哭媽媽的日子不遠矣。不過，有件令我在意的事。我有些失落地說。

「——媽媽是覺得自己犯下罪過，才想跟我一起生活嗎？」

「不對、才不是！事情不是這樣的。對不起我讓你誤會了！事情不是你想的那樣，真的不是，我只是想跟你一起生活才會——」

「我知道了，知道了，不要那麼用力……胸部的彈力……」

「我只是想跟悠璃和雪兔三個人一起生活……我不可能會為了自己而利用你……你不是贖罪的道具。我跟那傢伙不同！」

「為什麼要坐到我膝蓋上!?媽媽的屁股好軟啊。啊，糟糕。」

一不小心說出真心話了。接著媽媽將我緊緊抱入懷裡。

嗚哦哦哦哦哦——前有胸，後有臀，理智大危機！我根本是變態吧。

「我會聯絡律師，要他聲請保護令。我絕對不讓他接近你跟悠璃。你不需要把那男人放在心上，他不值得你這麼做。」

看來他們之間的問題，或者該說是遺恨，似乎超出我的想像。

不過，看大叔那樣，應該是不會輕易放棄。他明知道媽媽如此討厭他，還決定親自來見我，就表示他有什麼重要目的，也做好相當的覺悟。

「我以為結婚，是為了變幸福才會做的事。」

我不經意說出這句話。雙方對彼此抱有好感，決定攜手前行，才會成為伴侶。明明是希望變得幸福，才會結為連理啊。

「……我們的關係太過醜陋。如果是談戀愛才結婚，或許會有所不同吧。」

「媽媽並不喜歡他嗎？」

「……誰知道呢。即使我們是戀愛結婚，可能也不會有所改變吧。到頭來，那個男人只會讓人變得不幸……在他眼中，只看得見椿一個人。那男人的世界，只有她。其餘被牽扯進去的人，只覺得徒增困擾罷了。」

「他似乎很傷腦筋。說是需要幫助。」

「那是他活該……不過，雪兔果然很溫柔呢。跟那男人完全相反。你眼中的世界，有著許多人。你總是能夠照耀他們，使他們幸福。將來你有喜歡的人，記得要好好愛她。你一定能夠做到的。」

「是嗎？」

「是啊，像現在，我就非常幸福。」

我很卑鄙。說到底，我跟那大叔其實相去不遠。我只會散播不幸，而且每次都會害人哭泣。像媽媽就被我弄哭了無數次。姊姊也被我弄哭過，就連燈凪跟汐里也是。冰見山小姐跟三條寺老師也一樣。我只能想起她們的哭臉。

我試著努力過了。不過，結果也只跟不良少年照顧流浪狗一樣。素行不良的人，只要稍微做點好事就會得到好評。其實我這種人，根本不值得大家稱讚。

漸漸地，我和她們之間的關係變得一點都不對等。關係變得一面倒，純粹對我有利。最後我甚至能以罪惡感為後盾，盡情對她們性騷擾或是職權騷擾。

只要我要求，不論她們意願如何，都只能忍痛接受。

**所以，我不能對她們出手。無法對她們出手**。

這樣的關係，真的算是『戀愛』嗎？

我終於發現了。

過去我之所以喜歡燈凪，是因為我們是對等的兒時玩伴。我們能夠心無旁騖地共享相同的時光。跟特別的兒時玩伴維持公平的關係。

戀愛必須要公平。若非如此，那就只是『依存』。

大叔曾說自己為了那個叫做椿的人捨棄了一切。不過，他又出現在我們面前。意思是大叔根本沒有捨棄乾淨。這是非常重大的矛盾。

我該怎麼做？我能為她們做什麼？有什麼是我能做到的？

我這個當事人，真的能夠拯救**被我造成心理創傷的女生們**嗎？

她們請求我原諒她們。可是我打從一開始就原諒她們了，是她們不願意原諒自己。所以我才會想。

這樣的心情，到底是「戀愛」，還是「罪過」？

◇

「該怎麼辦才好呢……」

我大口嘆氣，坐在椅子上。今天也見到他了。真是美好的一天。

今天碰巧在書店遇見雪兔，他抱著幾本不動產的相關書籍。

在咖啡廳向他打聽後，才知道他母親櫻花小姐似乎想買住宅。

結果雪兔竟打算自己學習不動產相關知識，這行動力實在令我驚訝。

我拿毛巾輕輕擦拭肌膚和悶出的汗水。是不是該先洗澡呢？

可能興奮過頭了。最近的我過得非常充實。每天都過得很快樂，感覺自己確實活著。沒想到會有這麼一天，能讓我再次產生這樣的感覺。

我無心準備晚餐，摸索該如何處理這份滿溢而出的感情。

快樂時光總是轉瞬即逝，隨後只留下寂寥。

一回房間，我就變回孤獨可悲的女人。

我輕輕撫摸桌上擺的兩個馬克杯，無機陶瓷的冰冷令我感到舒適。我已經等不及要使用這個對杯了。

此時，我回過神來。我到底在做些什麼啊。

跟他在一起的時光非常開心？我是誤以為自己已經被原諒了嗎？

他根本不記得我了。那麼，這樣不就好了嗎？

不是以幼稚又愚昧的實習老師冰見山美咲的身分，而是純粹以一名鄰居，和他從頭建構嶄新的關係。這又未嘗不是一個答案。

「我果然不是當教育家的那塊料……」

涼香老師對雪兔坦白了一切，並誠摯地向他道歉。這不是常人能夠做到的事，她一定非常害怕，說不定還會再次遭受挫折。即使是如此，她仍選擇前進。涼香老師至今仍是那個我所憧憬的教育家。

在我內心某處，為自己沒有坦白而感到痛苦。自己仍在說謊，不斷地欺騙他。要是他之後知道這件事——

那時的雪兔跟現在的雪兔。

「對雪兔來說，我依舊是敵人？還是——」

在我離開學校之後，他仍然維持著原樣。

由於在意他的事，我會定期和涼香老師聯絡，事情的來龍去脈，實在太過悲慘。對任何人而言，都宛如地獄。

最後，他直到升上下一年級，都沒跟班上任何人說過話。包括班導涼香老師在內。

甚至是任何班級活動都沒有參加。運動會、合唱比賽、遠足。全都沒有。

運動會，本來按他的跑步成績，被選為接力賽跑選手也不足為奇。

班上同學也是如此認知的。不過，他卻什麼話都沒說。他沒有主動要求參加哪項競技。其他人也沒對他說話。涼香老師無可奈何，只好選他參加接力賽跑，然而運動會當天，他卻不見蹤影。

聽說連前來幫雪兔加油，準備看他大顯身手的櫻花小姐，也感到十分茫然。

他一個人無視了整個班級。

這跟全班無視一個人的霸凌相反，卻又類似。

全班同學同心協力，試圖達成某項目標。而他卻否定了這一切。

理由很簡單。正如他自己所說。因為那些人對他而言不是同學，而是敵人。

所以他當然不可能和同班同學合作。這是極其簡潔的結論。

這麼做理所當然，簡單明瞭，甚至稱得上是直率了。

他沒有錯，還純粹得像是玻璃般剔透。

但我不禁產生疑問。

人真的能夠這樣活著嗎？

像他那個年紀的孩子，能夠如此極端地與他人劃清界線嗎？不論我如何思考，都無法理解他那做出簡潔結論的內在，以及與外界隔絕的精神。這件事，實在令我感到哀傷。

時光逝去，我依然不明白，甚至認為沒辦法再見到他了。

與他再次見面純屬巧合。包含他不記得我的事在內，都只能說是上帝的惡作劇。

大家常說，時間會解決一切，那麼時間過了，他就會原諒我嗎？

——而我卻欺騙那個應當對我下達審判的存在。

接近他後，讓我明白一件事。

**雪兔他不需要任何人**。

不論如何伸手試圖觸碰他，或者嘗試與他拉近距離，他也不會主動伸出手來，更不會有所要求。他沒有任何期望。

前不久，他遭到停學處分。我一聽說便坐立難安，打算伸出援手幫助他。我好怕，對方實在不可原諒。我對再次有人想傷害他感到憤慨，絕不允許這種事情發生。

可是，當我冷靜下來才發現，即使我什麼都不做，他也能夠自行處理這件事。

他完全不在乎自己受到何種處分。他的心境和憤怒的我相反，平淡到彷彿這是一如既往的事。

這時我才終於理解，多年來的疑問得到了解答。

雪兔他，對於受傷已經習以為常了。

甚至覺得這根本是日常的一部分。

然而他不會屈服。雖然不清楚方法，但他徹底磨練自己，使精神強韌到令人難以置信。他為了面對惡意，將自己化作傷害所有接觸之物的利刃，就好像一隻不在乎刺傷他人的刺蝟（註2）。

所以我才會想，即使他不需要任何人，仍需要一個劍鞘。

一個不是敵人的友方，一個不會背叛他的人。儘管我無法成為那個存在。

後來害他被停學的當事人急忙跑來向我謝罪。

他臉色蒼白，表情悲愴到彷彿世界末日降臨。

這也太奇怪了吧。雪兔才是被害人啊。

光是聽他陳述我就難以壓抑內心煩躁，越聽越覺得愚蠢至極。

他跟雪兔完全沒有直接跟間接的關係。明明沒有關係，卻單方面將雪兔牽扯進來。雪兔明明沒有任何過失——就跟我犯下錯誤那時一樣。

---

註2　指刺蝟困境（Hedgehog's dilemma），德國哲學家阿圖爾・叔本華提出的寓言故事。刺蝟在天冷時想靠近彼此取暖，卻又會被彼此的刺所傷。刺蝟會在這種困境下反覆掙扎，尋求一段恰好最能容忍對方的距離。

最後與這事無關的雪兔卻遭人輕蔑。

不過，這件事的結局沒有像我那時一樣。

他原諒了對方。是因為他變成熟了？可能是這麼一回事，也有可能不是。

要是雪兔直接展開行動，結果可能會使所有人受傷。要是狀況能夠圓滿落幕，那就不枉費我所做的這一切。我是不是稍微對他有所貢獻了呢，是不是對他伸出援手了呢？

「一個人真的很寂寞喔……雪兔。」

也許他完全不這麼覺得。

可是，我實在無法承受。剛才與他共度的時光，真的是非常開心。

與人相處能夠療癒自己，溫暖心靈。這可能是我長久以來獨自生活所導致，也可能是因為剛搬來這，沒有多少朋友，才會過得精神緊繃。我想大概以上皆是。

喜歡小孩，卻無法生育小孩，又被小孩否定失去夢想。

之所以想搬家，只是希望多少能轉換心情。我本來打算改變自己，揮別過去。也想過要走上與過去截然不同的道路。

與雪兔再次相會後，我決定再一次面對往事。要不是與他重逢，我絕對不可能會想當補習班老師。我想自己已經不可能當上老師了，但如果能稍微變得跟當時一樣積極……

「你願意原諒我嗎？」

我至今不斷欺瞞他，如今已達到極限了。

即使接近全身布滿尖刺的刺蝟，弄得遍體鱗傷，我也希望更加瞭解他。我非去理解不可。過去的我不打算去知曉，也沒有聽他解釋，我必須避免犯下相同錯誤——所以，雪兔，請你賦予我勇氣。

——嘟嚕嚕。

桌上手機忽然傳來聲響。

我確認是誰傳來簡訊，不禁皺起眉頭。大概是想談前幾天打電話過來講的事吧。

海原幹也，老字號旅館「海原旅館」的繼承人。他跟我關係深遠，同時也斷絕了關係。我們已經十年沒有見面，甚至差點忘記他的存在。

自分手後，兩人就中止交流，只留下痛苦的記憶。

他也是我不堪回首的過去之一，只不過他跟雪兔有著決定性的差異，就是這段往事早已斷乾淨了。事到如今，前未婚夫找我又有什麼好談的。

**你不是早就把我拋棄了嗎——**

◆

昨晚，我成功拿下九重家舉辦的『一觸解胸罩錦標賽』冠軍，贏得了金手指的稱號。誰要這種鬼稱號。

比賽規則相當嚴謹，胸罩不能差超過兩個尺寸，然而雪華阿姨卻穿著超級緊的胸罩，不禁讓人懷疑她作弊。即使提出抗議，但這比賽根本沒有裁判，導致最後所有人開始犯規，使現場變成無法地帶。像媽媽的胸罩在我解開之前釦子就直接迸開。啪。晃呀晃的——

下週舉辦的競賽是『認真戀愛扮鬼臉』。

這是一個極其酸甜青澀的競技，規則是兩人在超近距離注視彼此互說「喜歡」，誰先害羞移開視線就算輸。我至今玩扮鬼臉就從沒輸過，冠軍肯定非我莫屬。聽說按捺不住湊上去親對方就算輸。

這什麼規則，哪有人會做出如此輕率的行動。哇哈哈哈哈哈哈。

話說回來，這些定期舉辦的神祕競技，到底是誰想出來的……

而且為什麼每次都是雪兔獲勝！

現在十冠的永世九重王正是我——九重雪兔。

「因為所以，『九重家興奮難耐家庭計畫』的會議就此開始。」

媽媽和姊姊拍手鼓掌。主持人由我負責擔任。

客廳放著白板和各種資料。

「我最近一直在想，我身為母親有什麼能夠留給你們。雖然那個男人是個人渣，但我也害你吃了不少苦頭。我沒有帶給你美好的回憶，也沒有為你做過母親該做的事，對不起。」

媽媽溫柔地抱住我。光是讓我這種跟不良債權沒兩樣的人自由自在地活到現在，媽媽就已經沒有任何過失了。我才應該為我這個人的存在道歉。

「孩子們終有一天會離巢。我想準備一個能讓你們安心回來的地方。當你們有困難、感到難受時，隨時都能回來。我會待在這裡，祈求你們能過得幸福。」

這溫情四溢的母愛，令我產生自我厭惡。我這個垃圾竟然以為媽媽疏遠自己。看來我跟那個大叔一樣，只會不斷給媽媽帶來不幸。

「而且老家是公寓，不是有點乏味嗎？」

母親拭去淚水，看似調皮地笑說。

「『我要回娘家』的確是夫妻不合時的常見劇情就是了。」

老家。原來是這樣啊，媽媽是想為我跟姊姊打造一個家。

話說回來，我實在無法想像悠璃跟老公吵架後氣得回娘家。真要說的話，應該是老公被悠璃罵到哭著說要回老家才對吧？

「罰你兩小時耐久接吻。」

「我什麼話都沒說啊⁉」

突然被罰嚴酷拷問，不適用日內瓦第一公約。這下肯定呼吸困難。

「真是的，悠璃！」

媽媽看不下去姊姊的暴行，於是出手制止。媽媽，我這輩子跟定妳了！

「一小時就夠了。晚點還要輪到我。」

「能拜託不要搞得像是排隊等候嗎？」

姊姊嘟嘟囔囔地說「那好吧」。什麼好吧？欸，到底什麼意思？

「舌吻的事晚點再說，這間公寓要如何處置？」

「這個嘛。要拿來當頭期款抵押也行，悠璃跟雪兔將來要跟誰一起住也可以。不然就是我將來獨立後拿來當辦公室，反正房貸已經付完了。要怎麼處理之後再考慮吧。反正也不是說要立刻搬家。」

沒錯，這間公寓不是租的，而是媽媽在新落成時買的。格局是３ＬＤＫ，即使每人分一房也相當寬敞。貸款也繳清了。

儘管媽媽是個超級女強人，要買下這間房也非常吃力，其實這事跟那大叔也有關係。根據媽媽的說法，被大叔愚蠢行徑激怒的公公婆婆，還有大叔口中那位名叫椿的女性的雙親，給了一筆超高額的慰問金。當然，大叔自己也付了不少贍養費。這些就成了買下公寓的資金。

因此這間房子屋齡較低，擁有相當高的資產價值。即使沒有大規模修繕，算上通膨之後，應該也有跟購入時相當的價值。

「那就當作我跟雪兔的新居吧。我們一起度過糜爛的性活吧。」

「免談。」

「那怎麼行。把我排除在外不是很寂寞嗎？」

跟悠璃兩人同居，有多少間嬰兒房都不夠用。

「好、好了。姑且別談公寓，我們先決定新家的事吧！」

「對不起喔。話題扯太遠了。」

「先決定要買現成屋還是要自地自建吧，媽媽想選哪種？」

白板上記載了兩者各自的優缺點。

所謂的現成屋，顧名思義就是已經蓋好的房子。由於只是購買完成品，因此簽約後就能立刻入住。特徵是不需要等待完工，價格也比較便宜，不過理所當然地，關於住宅機能跟格局之類的要求也無從更改。

而自地自建就是從頭開始決定一切內容。不止繁瑣，花費的時間跟金錢也會大幅提升，優點就是能夠自由地裝潢打造理想的住家，可說是買獨棟房子的最大樂趣。

「應該是自地自建吧。我一直很憧憬這樣的房子，你們有要求就告訴我吧？」

媽媽選擇了困難重重的道路。不只門檻整個拉高，要決定的事也多不勝數。

我立刻提出腦中閃過的想法。要講只能趁現在！

「近年來安全意識提升，我認為房間需要裝鎖。」

我基於防盜觀點提出問題點。這下妳們沒辦法置之不理了吧。呼哈哈哈哈哈哈。

「能裝的話再裝吧。」

「感謝妳可信度極低的答覆。」

看來實現的可能性極其渺茫。媽媽的安全意識，低到跟把寫著電腦密碼的便條貼在螢幕上的中高齡主管沒兩樣。

「我想要能夠悠哉洗澡的浴室，最好是大到能夠兩個人一起洗。」

我參照知名建設公司和在地建商那拿來的資料，確認姊姊的需求。

「姊姊是想跟男朋友同居嗎？還是考慮到跟小孩一起洗或是照護之類的——」

「蛤？當然是要跟你一起洗啊。」

「!?」

「說得也對呢。雖然會比較花瓦斯費跟電費，不過能把腳伸展開來比較放鬆，我也想要個能夠一起洗澡的大浴室。」

「媽媽是有再婚的打算嗎？就年齡來說，要生第三胎確實也沒完全問題。」

「你說什麼呀？我是要跟你一起洗。」

「!?」

總覺得嚇得有點累了，我還是別吐槽吧。幸虧我有鋼鐵般的忍耐力。

「……原來如此。現在的主流是整體浴室，只要占地比一坪還大，就會分成1624之類的各種規格。傳統浴室則是材質跟大小都能完全訂製。」

我念念有詞地說。光是浴室就如此深奧。要是連廁所、廚房、客廳、寢室、外壁、配管、隔熱、外構（註3）等全部決定，不知道得花上多少時間。

---

註3　門、車庫、庭院、圍牆等建築外構造物的統稱。

不過，我是絕不允許房子有任何缺陷的男人——九重雪兔。比起設計，我更重視機能，等開工了，也不會忘記給師傅送上罐裝咖啡跟冰品之類的慰勞品。

「對了，要不要把浴室其中一面牆弄成魔術鏡？你應該也想趁我洗澡時偷看吧。」

「最好是啦。」

我絲毫無法理解姊姊的提案，一不小心吐槽了。

「你到底是想偷看，還是嘴巴說不想偷看實際上又想看!?」

「我想偷看。」

「真是個壞孩子。你就好好期待吧。」

「是。」

輸了。是我輸了。媽媽在一旁喝著麥茶，並為我們的互動感到傻眼。最近好熱啊。

「你們也真是的……還有，我想在一樓弄個客廳跟和室。有個衣帽間做收納也比較方便。至於二樓，說不定雪華也會搬進來住，希望至少有四個房間。要是有閣樓就更好了。」

媽媽暢談著理想，為實現她的計畫，我大致畫了一下平面圖。

「主臥室就是你的房間。」

「竟打算一而再，再而三地占領我的住處，佩服佩服。」

所以暫定大小是八疊以上。那庭院該怎麼辦？能拿來做點園藝或烤肉，說不定還挺方便的，比較麻煩的就是得花時間除草跟管理。

「四人家庭的獨棟房子，希望至少有個四十坪吧。如果超出兩百平方公尺，固定資產稅會增額，所以坪數低於六十似乎是最理想的。」

若要讓浴室、客廳、寢室足夠寬敞舒適，還得預留停車空間的話，最好是比四十坪還大。然而，如此一來就衍生了一個極其重要的問題。

「姑且不論價格，要找到符合條件的土地似乎會很辛苦……」

稍微查了一下，在外地，兩百平方公尺的土地要多少有多少，價格也很便宜，但是在這附近幾乎都是一百平方公尺以下，而且相當昂貴。

怪不得東京都中心幾乎都是公寓。看來得先找到土地才行。

「我去公司再找人商量看看好了。」

我自然而然提起幹勁。這是十分重大的任務，而我是當代的九重家當家。

對我這個至今為止不斷惹媽媽哭泣的大罪人來說，想要回報媽媽的愛情，就只能實現她的夢想。

這才是我應該達成的贖罪，甚至稱得上是責任。

媽媽已經為我們準備了這間公寓，打造了我的棲身處。

那麼現在，打造一個家就是我的職責，是我應該挑戰的任務。

我雙手用力放在媽媽雙肩上。啊，走光了。

「怎麼了，雪兔？」

「這個家由我來打造吧。五代前的九重家當家——九重迦羅奢朧丸曾留下家訓說『家是一家的支柱』，在那之前，媽媽跟姊姊先思考理想的方案。」

「我們家祖先還真懂人情世故。」

簡單估算一下，要買土地跟建房子大概要準備兩億，省到極點也得花五千萬。選擇郊外土地價格雖然會大幅降低，不過這部分還有待商榷。

我絕對不會妥協。我一定會打造出符合媽媽跟姊姊（還有雪華阿姨）要求的理想住宅，這才是一個有志氣的男人。

「交給我這個九重家當家吧！」

「哦——原來我們家是採用當家制度啊。」

悠璃似乎把重點搞錯了。

「我最近過得太過窩囊了，不把人生弄到如此沉重實在靜不下心。況且我怎麼能讓媽媽這個大聖母再背三十五年的房貸！」

怎樣？快點放馬過來啊，機動利率！

「啊……你為什麼總是……」

又被媽媽抱住了。這幾個月來，我一直在想她到底什麼時候會抱膩我。

「呃，媽媽？妳怎麼了？這不會又是一如既往的模式——嗯嗯！」

「慢著，應該是我先吧。不要插隊啊！」

我在缺氧意識模糊之際，不斷思考著賺錢的方法。

◇

「——就是這麼回事，我才十六歲就準備扛下兩億圓債務。笑死。」

「上班族一生的收入也才三億，哥哥你未免太誇張了吧！」

穿著連身裙的燈織瞪圓雙眼驚呼。

她這反應跟燈凪很像，兩人不愧是姊妹。

「希望能在二十歲前賺完。」

「哥哥，一般來說是在這年紀才開始賺錢啊!?」

打鐵要趁熱。既然買家計畫已經正式啟動，就無法慢慢等到我成年了。現在正是最好的機會。從幾年前開始的木材危機，如今衝擊逐漸淡化，另一方面鋼材價格卻不斷高漲，看來未來住宅價格只會繼續提升。俗話說兵貴神速，買房子亦是如此。

「哥哥，今天謝謝你。我會好好珍惜這個杯子的！」

燈織笑呵呵地舉起玻璃杯遮住陽光，陽光一反射，使得玻璃杯散發出七彩光芒。

幾小時前，我正打算去體驗江戶切子（註4）時，燈織突然聯絡說「有事想商量」。於是我乾脆邀她一同去體驗江戶切子了。

燈織感慨萬千地看著玻璃杯，看來她似乎也玩得很開心。光是包含自己動手做這

註4 自江戶時代末期起，江戶（東京都）生產的玻璃工藝品。

點，就能增添感動。回程我們買了江戶切子給家人當伴手禮，然後到購物中心美食街休息，順便聽燈織打算找我商量的事。

「小凪凪還好嗎？」

「啊──她好像在忙投稿？之類的事。每天都發出呻吟弄到深夜，不只睡眠不足，連頭髮都亂糟糟的。現在的姊姊超級醜。」

儘管沒有惡意，燈織的措辭卻相當刻薄。直到前些日子為止，燈凪跟燈織都處於絕交狀態，關係差到極點，現在可能還多少留有芥蒂也說不定。

「對了！哥哥，晚點要不要來我家？要是被哥哥看到姊姊現在的樣子，她一定會從全身噴出各種體液苦悶而死。幫我送她上路！」

「我是挺想見識一下啦，不過我怕茜阿姨所以算了。」

「咦──」

燈織看似不服地說，真是不好意思，我現在能做的就只有祈求她們姊妹關係改善。

「你要保密喔？」燈織說，接著拿出看似偷拍的燈凪照片給我看。為了小凪凪的名譽著想，我決定保持沉默。堅強活下去吧。

「哥哥，我想再次感謝你。姊姊變得比以前還要開朗，在家裡也會露出笑容。爸爸媽媽也放心不少。要是沒有哥哥，她一定又會把各種事全部悶在心裡……雖然，這一切都是姊姊自作自受。」

「這可難說喔。燈凪其實很堅強，至少遠比我來得堅強。」

她專心致志地打磨自己的意志，使其尖銳到足以穿石，同時也將心靈磨耗到極限。

我所做的，純粹是幫她在危急時刻踩煞車罷了。燈凪她捨棄了一切，只為了追趕我，眼裡只有我一人。不過，這麼做實在遠遠稱不上是幸福。

這麼說來，最近才剛聽說過類似的故事。一個愚蠢的男人捨棄了一切，卻依然得不到追求的事物。

「姊姊會開始寫小說，也是因為哥哥建議對吧？我呢，大概能夠理解哥哥在想什麼。哥哥是打算——」

燈織沒有繼續說下去。她從以前就有著高超的共情力，是個擅長理解細微情感的聰明孩子。

「其實，答案什麼的，早就已經出來了。這麼做並不是在逃避。」

「哥哥……」

會建議燈凪寫小說，以及將汐里派遣到女籃社，這兩件事的本質相同。

她們一心一意專注在我身上，甚至沒有察覺這麼做是在自取滅亡，我能做到的，就只有讓她們轉移注意力而已。她們之所以會接受提議，可能是在內心某處察覺到，這是我對於她們告白的答案。

我收到告白，將傳來的球投入情感，再次傳出去。

我無法回應她們的心意。至少，現在的我無法做到。

但是我們的關係，並沒有單純到告白被拒便就此結束。

即使拒絕了，她們也絕對不會放棄。這就彷彿是千日手（註5）一般，局面沒有進展，只能不斷重複。因此，我們需要其他條路，需要全新的可能性。

「我什麼都做不到。」

我無能為力，能不能接受這個答案，也只能看她們的意願。

「不，你說得不對。才沒有這種事！有太多事只有哥哥能做到，所以哥哥身邊才總是圍繞著許多人，哥哥對我們來說太過耀眼，我才會追趕並嘗試接近你。因為哥哥，一直都是一個可靠的哥哥。」

燈織的信賴沉沉地壓在我身上。

我不明白，就連一點蛛絲馬跡都看不清。

我該如何回覆她們的告白？我能夠做到什麼？

如果拒絕告白使得關係改變，那是理所當然的事。

若她們喜歡上其他人，我也會支持。可是，如果她們絕不放棄呢？這真的有方法解決嗎？

註5　日本將棋規則，等同於象棋的「長打」。如果某方長將（連續王手）造成千日手，則判長將的一方為負，否則應判和局。

這個難題錯綜複雜，無從解決。

解開問題的那天真的會到來嗎？

我茫然地苦惱著，這時燈織看似下定決心，對我開口說。

「——哥哥，拜託你拯救我的朋友！」

# 第二章「盛夏的入侵者」

——逐漸融解。

本該凍結的日常生活，本以為不會再產生變化的每一天。

我早已放棄。夢想不會實現，願望不會達成。

我的時間被冰封，打從許久之前就停滯了。

不知何時起，連感情都逐漸變淡，發自內心歡笑跟哀傷的次數也跟著減少。

我看不到未來，過了好一段無所作為的日子。然而我卻接受這樣的事實，認為未來一定也是如此。直到發生了一次邂逅。

不，應該說是「重新開始」。

一股暖流湧現出來，一點一滴地將我融解，停滯不前的日子也逐漸加速。

就彷彿是冰河時期會發生的劇烈氣候變化事件——丹斯高·厄施格週期（註6）。

在我身上發生了如此劇烈的變化。

註6　指末次冰期內的週期性氣候變化事件。

聽說冰河時期之所以結束，是封在海裡的二氧化碳所致。而引發此現象的原因則是海流——我的人生裡，也發生了如此軒然大波。

熱意不斷翻騰。是與他重逢使我產生變化？

若真是如此，那麼這股熱意，一定是在我心中沉睡。是我將它封閉在心裡。

本以為自己將那份感情放棄、割捨掉。但我錯了，它仍在我心中。

就好比是被封閉在海裡的二氧化碳，那股熱意，依舊殘留在我的內心。它在心裡靜靜地待著，等候冰雪融解，重見天日的那一天。

如今厚重冰層融化，冰河期即將告終。

即使再一次作夢，追求自己的心願，應該也沒關係吧？

時間再次運轉。而停下來的我也一樣。

——徹底生鏽的時針，發出了嘰嘰嘰的聲響，再次動了起來。

「好久不見……妳還好嗎，美咲？」

「是啊，我很好。幹也先生似乎有些疲倦就是了。」

我將眼見的感想化為文字說出。見面第一句話，不是為重逢欣喜，而是擔心健康。

這也許是因為我們歲數有所增長，跟橫衝直撞地過活的那時已經完全不同。我不禁開始懷念，已經過了如此漫長的時光。

我將他從玄關迎進屋裡。本以為再也不會見面了，如今這樣一個人出現在面前，令我始終無法習慣，甚至覺得渾身不自在。

許久未見的前未婚夫——海原幹也，不知是不是工作太忙，表情看起來有些憔悴。在我記憶中，他的臉應該更加精悍有朝氣才對，看來他也經歷了不少事情。我不打算一一過問，然而再次見面，確實喚起了與他度過的往日回憶。

當時，他還只是一名見習生，如今已經是老字號旅館海原旅館的現任社長。

他是老闆娘的兒子，如今已經結婚，而他妻子成為現任老闆娘。自分手後，我就不清楚他的消息，如今他的母親應該成了女主人才對。

我曾被稱為老闆娘過嗎……到了現在，就連想像起來都難。

或許，我曾經有機會迎接那樣的未來，而那一切，早已遙不可及。

無論如何，那些都已是陳年往事。我和他在很久之前就斷絕往來了。

「我還以為我們再也不會見面了。」

「妳說得真直接啊。」

他苦笑說。時間過了那麼久，縱使心中仍有留戀跟後悔，大部分的心情都已經整理完畢了。

對幹也懷抱的感情不論好壞，都已轉為平淡。

我不會感到不安或是煩躁，甚至對他沒有抱持任何特別的情感。

「不過我好驚訝，幹也先生竟然會主動聯絡我。」

「我突然好想見妳。」

聽到這令人難以置信的話，我不禁直盯著他的眼睛。

我已經不是小孩，不會把這種並非真相或謊言的曖昧答案照單全收。

「你沒考慮過我是怎麼想的嗎？」

「我想過！但我還是想見妳。所以才會來到這。」

從他緊繃的神情，能看出他也歷經了不少辛苦。

幾天前，他主動打電話來，說是希望見面談談。

說什麼傻話。換作是不久之前的我，就絕對不可能會見他。

那些憤怒、悲傷、快樂的回憶，都成了褪色的過往。

事已至此，我只是在意這個拋棄我的人，如今為什麼還想見我而已。

儘管有些猶豫，最後我還是決定與他見面。

結果剛才他突然聯絡：「我就在附近，要不要見個面？」

我本來打算在外面碰面，不過晚點還有計畫無法外出，才只好選在家裡見他。包含這點在內，只能說幹也先生太不會挑時機了。

「所以你有什麼事想談？我今天還有其他計畫，沒辦法分太多時間給你。」

「這樣啊，真對不起。我最近太忙，明明主動聯絡說想見妳，卻遲遲抽不出空。今天剛好有事來到這附近，才想說騰出一點時間看能不能見個面。」

他苦笑說，接著啜了一口咖啡。我配合他的喜好，稍微泡得濃一點。

「好懷念的味道。」

「你的味覺完全沒變呢。」

那時候，我好像也經常為他泡咖啡。兩人共處的時光逐漸甦醒。

幹也先生這句話並沒有回答問題，但指正這點也沒意義，於是我選擇稍微沉浸於回憶之中，配合他對話。

「媽媽還好嗎？」

「是啊，硬朗得很。我都已經是社長了，還每天被她使喚。」

「她還是沒變呢。這樣我就放心了。」

我們持續繞圈子對話。說實話，雙方應該都不想閒話家常，即便是如此，這麼做仍是必要的。成為大人就是這麼麻煩，不靠場面話就無法生存。

事到如今，我也不想對他報告近況，不過這也是禮儀。即使被棄婚了，對方好歹也是過去可能成為家人的對象。想完全不在意都難。

「妳一個人住在這裡？」

「這裡是一人住的公寓，這不是理所當然嗎？」

「說得也對……嗯？」

他看向放在桌子一角的馬克杯。

這是為了晚點預定來訪的客人所準備的東西。結果幹也先生突然造訪，我一時之間來不及收拾。

「這是……？」

他伸手抓住馬克杯。這個行動，使我忍不住大喊制止。

「——不准碰！」

我為自己發出的聲量感到困惑不已。

他大吃一驚，將馬克杯放回桌上。

「對、對不起……妳晚點，跟男朋友有約嗎？因為妳之前說自己還單身，否則我也不會跑到家裡見妳。」

「不是那樣的。你看，那邊不是有紙箱嗎？今天電腦送到了。我對機械不熟，所以拜託朋友來幫我安裝。」

「原來是這樣啊。那我就放心了。」

他或許是被我嚇到，便開始察言觀色，吞吞吐吐地說。

朋友。講是這麼講，但我不覺得對方是這麼看我。況且我們歲數差距太大。那麼，我們之間到底是什麼關係呢？

不論怎麼思考都沒有答案。如今他，雪兔把我忘了，那麼現在的關係，終究只是虛假。我說謊、裝傻、欺瞞，偽裝成一個一無所知的鄰居。

這時，我突然感到幹也先生說的話不太對勁。

「安心？為什麼幹也先生會感到安心？這又跟你沒關係。而且你跑來見我的事，你妻子知道嗎？她肯定覺得不是滋味吧。」

海原幹也已經結婚了。他拋棄我之後，就和他的母親，也就是老闆娘聰子為他安排的相親對象結婚。兩人生下小孩，一帆風順，也不用擔心繼承人。

儘管沒有恨意，但是我想要的東西，家庭、小孩、工作，他全都擁有。

要說我是因為這點才決定與幹也先生見面也不為過。

一切都已經過去了，事到如今也不會有所改變。

話雖如此，這終究是以我的觀點論事。就他的妻子而言，老公跟前未婚妻見面這項事實，她知道了肯定不好受，就算被懷疑是外遇也無法有怨言。

同樣身為女性，實在不希望有任何讓她誤會的空間，我不知道幹也先生到底想找我談些什麼，只希望他談完事情後早點回去。

不過，他的下一句話卻出乎我的意料之外。

「我跟幸子在三年前離婚了。幸子到最後都跟媽媽處得不愉快，小孩也被她帶走了。我也真笨。這樣我到底是為了什麼才跟妳……」

「咦？」

他，海原幹也直視著我。

他看似懊惱，又似是後悔，最後擠出這麼一句話。

「──美咲，我們能夠從頭來過嗎？」

◆

哪怕我自詡是個健全的高中生，而現在又在放暑假，但這世上真的有健全的高中生，會在大白天跑去閒散少婦的家裡嗎？不，不可能！啊，說到底，冰見山小姐還未婚，所以不是少婦而是女士才對。好險好險。

一不小心搞錯這類稱呼，可是會誤觸女性逆鱗。到時候對方會以高攻擊力對我方造成極大傷害，隨後對自己造成混亂（並不會）。

再怎麼說，冰見山小姐對我而言就是一個十八禁的天敵。

我的極限了不起就是十五禁，完全不是她的對手，只要一見面我就註定屢戰屢敗，輸得一塌糊塗。而且她的遇敵率也未免高過頭了。

我都想在大腿上寫上自己的連敗次數了，不過我是個健全的高中生，還是別寫為妙。而悠璃並不健全，所以都用油性筆寫。

儘管我現在要前往如此危險的地帶，但今天卻一派輕鬆。

這是因為前些日子訂的電腦，今天終於送到了。雖說是受冰見山小姐所託，終究是我選擇用ＢＴＯ的方式下單訂電腦，加上她拜託我做設定，我自然有責任完成這最後一步。

只要去她家玩，她總會拿出蛋糕餅乾之類的東西招待我，這樣實在不好意思，所以今天帶了水羊羹送她。水羊羹可是超級好吃。

我為數不多的興趣就是吃甜食，結果因為喜歡過頭，加上現在放暑假，我甚至開始迷上製作甜點。這也是因為媽媽現在居家工作，煮飯改為由她負責，我變得閒閒沒事做所致，最大的煩惱就是姊姊一聞到味道就會衝過來。先姑且不提這個。

外頭陽光依然眩目，才稍微出個門就開始冒汗。所幸冰見山小姐是鄰居，住的地方離我家不遠。

不論再怎麼熱，都會選擇不搭電梯走樓梯運動的男人就是我——九重雪兔。不過汗水真的是流個不停，於是我拿出溼紙巾擦汗，調整呼吸。

糟了，早知道就等回程再運動。這世上哪有白痴會滿身汗水跑去別人家裡叨擾的。更何況冰見山小姐是一名社交距離為零的強敵，最近還穿上了女高中生裝扮。我絕對不能敗給誘惑——！

我打起精神，走到冰見山小姐家前，稍微喘口氣後，按下門鈴。

我聽了這句話後，滿腦子只有疑問。

為什麼，要說出這種話？從頭來過，這是什麼意思？

他是指復合？事到如今？我們已經走上不同的道路，而且重逢才不過幾分鐘。

他到底是打算怎麼從頭來過。我沒有年輕到聽見這話就輕易點頭，即使雙方仍喜歡彼此，也是有無可奈何的事。

這種滋味，我已經受夠了。先不說成為戀人，牽扯到結婚，就不是你情我願能夠處理。想成為一家人，就會被要求擁有相符的資格。

而理所當然的，我沒有那個資格。

「沒想到，事到如今你竟然會說出這種話……」

「對不起。不過我是認真的！如果妳現在沒有對象，能不能考慮看看。我和妳，兩人重修舊好。」

他的聲音空虛地在屋裡迴盪。即使他的話語充滿熱情，我也沒有絲毫喜悅，反而只覺事情另有蹊蹺。我不認為他在說謊，既然他已經離婚，關係也斷乾淨了，那麼未來他想跟誰在一起，都是他的自由。

問題是為什麼會選擇我當對象？

為什麼——？因為——喜歡我？可是、可是、可是！

正因為如此，我才無法相信他。

「為什麼？」

我的口中自然而然地吐露出內心浮現的話。

「因為我喜歡妳。我始終無法忘記美咲——」

「那你為什麼！」

我在最後一刻強壓想放聲大喊的情緒。

我在好久以前就將情緒整理完畢，然而內心卻浮躁不安。我應該已經諒解，應該已經接受，那個早已放棄的未來。

直到最近，我才開始產生這種想法，這都是因為和那孩子重逢。

「為什麼，幹也先生沒有挺身面對？」

「那是因為……」

「你在那個時候，明明就沒有出面保護我啊。」

我都明白。他有自己的人生，還是旅館的繼承人。身為下任社長，有太多事物無法割捨。所以，我才認為這是無可奈何的事，並告訴自己只能這麼做。追根究柢，這都是我的錯，不該責怪他。

「我們分手吧。」當他說出這句話時，我只能點頭同意。我們沒有單純到能夠選擇拋下一切結為連理。

儘管他們兩人根本無法比較，我還是忍不住想。

那孩子與所有人為敵，獨自奮戰。即使弄得傷痕累累，也要貫徹想法。最後那孩子的心靈，也被利刃切成碎片。

正常人不會做出那種行為。珍惜的事物，無法割捨的事物，會成為枷鎖拘束自己，因為是人都會害怕失去。那麼，那孩子就沒有害怕失去的事物嗎？

無論如何，這世上有著這樣一位少年。那麼即使我們無法一個人戰鬥，如果兩人合力的話，或許就能跨越難關。但我們最終還是選擇分手。

我們相信這是最好的辦法。不做抵抗，順從並迎合周遭。

「不、不是那樣的！這次不會有問題。就連媽媽也認同妳——！」

那個媽媽認同我？

不可能。我反射性感受到事情不對勁。

他媽媽沒有認同我，婚事遭到反對，而我卻無從反駁，因為我生不出繼承人。這是極其致命的缺點，我是不良品，這點無庸置疑。所以我才覺得不對勁，既然他離婚了，那再找其他對象就好。我不認為他媽媽會在乎生不出小孩的我。

那麼，到底為什麼？

思考回到原點。

說起來，『海原旅館』似乎因為轉為接待外國旅客使得業績提升。訪日旅客突破三千萬人，各處觀光地都擠滿外國人。觀光廳甚至看好前景，提出要將目標提高到四千萬人。

然而，世界在轉眼間就變了個樣。與外國交流受限，還設下嚴格的入境規定，往來瞬間斷絕。旅館業肯定也大受影響。

「旅館的營運狀況還好嗎？」

只要一度將主要客群轉向外國旅客，就會使日本客人減少。由於兩者文化差異甚遠，針對分眾轉型可說是理所當然的策略，但過度依賴外國旅客，不光是只有好處，同時也得承擔風險。

「還，還好。雖然不太順遂，可是現在旅客慢慢回流，再過一段時間就能重振。我已經想好方法，現在正準備跟銀行借錢……」

明明經營不順，他卻為了跟我復合特地跑來？

狀況越來越不對勁。隨後，我終於察覺到詭異感覺的真相。

「難道，幹也先生，是媽媽叫你來的嗎？」

「——！不，妳誤會了。沒這回事！」

「你打算利用我？」

我非常清楚，自己擁有的價值就是權利。就這個層面來說，我從過去就備受禮遇，經常有人為了特殊目的而靠近我。也因為如此，我慢慢對這種事變得敏銳。

「你本來不是這種人才對，我深感遺憾。」

「我沒說謊，我至今仍喜歡著妳！只是希望妳稍微幫我一把。」

「你真正想要的並不是我吧？」

「不對！我對美咲是真心——」

叮咚——

門鈴響起，掩蓋幹也先生的話。

「對不起，剛好有客人來。」

「原來有客人在啊，那要改天再處理嗎？」

「不用，沒關係。馬上就結束了。」

冰見山小姐露出了有些哀傷的微笑，將我迎進房裡。

玄關擺著男用鞋。她說有客人來，是認識的人拜訪嗎？

也有可能是拉人入教或保險業務。

這麼說來，不久之前，大叔就在公寓前徘徊，而冰見山小姐是獨居，還是提高警覺比較好。最近真的是不太安寧啊。

「你是……？」

進入房裡，看到一位男性坐在客廳沙發，全身還散發出非比尋常的嚴肅氛圍。他跟冰見山小姐之間看似關係緊張，狀況怎麼想都稱不上和樂融融。好、好尷尬！咦，現在什麼情況？

既然搞不清楚狀況，我決定用最不可能使人起疑的答案回覆。

「在下是鎮上家電行的人。」

「家電行？」

「在下來這設定電腦。」

「雪兔你的說話方式怎麼怪怪的？」

「我想說這樣比較像家電行的人。」

「聽起來不像喔。」

「這樣喔。那我恢復說話方式。」

姑且不論學得像不像，男人聽見我的說詞恍然大悟地說。

「這樣啊，原來你就是美咲說晚點要來的男生。」

「我是來弄家電的。不好意思打擾到你們。我什麼時候開工都行。」

「沒關係啦，雪兔。我想要早點學會使用電腦，也不好意思讓你再跑一趟。幹也先生，你今天先回去好嗎？」

「好、好。可是美咲，我是認真的。我是真心想和妳——」

「幹也先生，你鬧夠了沒！」

冰見山小姐高聲打斷他的話。

男人似乎被她嚇到，於是站起身走向玄關。

「我還會再來的，美咲。」

「幹也先生你應該很清楚吧。我們之間早就結束了。」

兩人在玄關對話。雖然不到爭論，但氣氛相當險惡。

我不方便插嘴，只能四處看來看去，這時桌上擺的馬克杯映入眼簾。我先前似乎見過這組馬克杯對杯。看他們關係似乎相當親暱，那麼這東西只象徵著一個意思。

哈哈——原來如此。我目擊到外遇現場了是吧？

原來如此個屁啊！為什麼我偏偏在這種時候跑來打擾啊？

我應該不會被當成目擊證人抹殺吧，拜託別把我捲進八點檔的世界裡。我想回家了。

冰見山小姐回到客廳，一察覺到我的視線，就急忙解釋。

「你不要誤會喔。這個不是為幹也先生準備的——」

「別擔心，不必說那麼明白我也知道。」

「就是因為覺得你絕對搞不清楚狀況我才會講，我是說真的。幹也先生今天真的只是碰巧過來，放在這的東西是為雪兔準備的。」

「我這人很懂得察言觀色，請不用介意。」

「這樣根本不算是懂得察言觀色吧。你真的有聽懂我的意思嗎？」

我知道，妳這麼做肯定覺得內疚。不過，我覺得外遇不太好就是了……

我一面心想，一面撕破包裝，準備開始設定。

所謂的ＢＴＯ，就是接單生產（Build To Order）的簡稱，應該算是介於買套裝機跟自組電腦中間吧。這麼做只需要懂得搭配硬體，無需自行組裝，少了組裝這個步驟，只要花一個小時，就能把電腦設定完畢，並將印表機等硬體安裝好。附帶一提，印表機還附帶掃描功能。冰見山小姐是個不吝於花錢做初始投資的人，不只包容力十足，個性還很豪爽。

「這樣就告一段落了。知道用法嗎？」

「謝謝，電腦我之前有用過，應該沒問題。」

冰見山小姐拿馬克杯泡了杯咖啡給我，還配合我的喜好加了滿滿的牛奶跟砂糖。

我坐在沙發上，她就一如既往地坐在我身旁。

無、無路可逃……她使出了專家般的高超技術擋住我的退路。

「這樣看起來還挺正式的呢。」

「其實啊，我最近想試著努力看看。」

「這樣啊。」

「嗯。」

我沒有追問下去。任誰都有一兩件不希望他人介入的事。

說起來，她之前講過想去補習班當老師，我想冰見山小姐一定能成為超高人氣的優秀講師。最起碼我就想上她的課☆

即便是如此，我也有事必須跟她說個明白，於是我狠下心來。

「我知道這樣講是多管閒事，還是不要外遇吧。」

「雪兔你果然一點都沒聽明白嘛。」

冰見山小姐呵呵地笑說，表情還非常恐怖。

然而，要是不趁現在說服她，到時候受傷的肯定是她自己。冰見山小姐曾經幫助過我，即使會被討厭，我也得好好勸阻她。

「外遇只會讓人不幸。」

「就說不是外遇了……」

「冰見山小姐！」

我轉向冰見山小姐，十指相扣握住她的雙手，順勢將她撲倒在沙發上。儘管她驚訝地叫出聲，我也沒空去理會。

「我不希望冰見山小姐變得不幸！」

「這、這樣啊。嗯，我也是這麼想。但我沒有外遇。」
「妳未來一定能找到更好的對象。」
「究竟是怎麼回事啊，雪兔你今天特別積極呢……」
「我很擔心妳啊！」
「我、我知道了。我知道了啦，拜託別再讓我更興奮了，我真的會無法忍耐。我會妥善處理幹也先生的事。那個——謝謝你。」
我真的將冰見山小姐從八點檔的世界中拯救出來了嗎？外遇或劈腿都不是好事。我很清楚，做那種事任何一方都不會得到幸福。維持那樣的關係，終究是紙包不住火，到時候會讓自己跟對方面臨無法挽回的局面。
所以，即使會伴隨著傷痛，我也必須趁現在制止她。
我直視冰見山小姐的眼睛，不知為何她的雙頰泛出桃紅。
「沒想到你會這麼擔心我。強硬的你也非常迷人喔。」
冰見山小姐的手和緩地環抱住我，塗著脣膏的小嘴閃爍著豔麗的光澤。
怪怪，我又做錯了什麼？

◆

臉燙到像被火一樣，心兒至今仍怦怦跳個不停。

他回去了，我躺在沙發上，無心做任何事。

我反覆回味他那句話。他說「不希望我變得不幸」。至今為止，不論是夢想還是戀愛，我全都放棄了，至今一事無成。這也沒辦法，因為我沒那個資格。我將這件事視為理所當然，最後失去動力，怠惰地活到現在。

「我真的能夠得到幸福，能夠去追求事物嗎……」

不是其他人，而是他對我這麼說。

那麼這便是誓約。

我以為一切都太遲了。不對。現在還不算晚。

我好怕。打從那天，我就害怕以教育者身分站在人前。關注我的視線，彷彿在指責我沒資格站在這裡。我會不由自主地雙腳顫抖，語調上揚，腦袋一片空白。這樣一個人不可能成為老師。

我站起身來，從衣櫃取出小盒子。

裡面放的，是那時沒有交出去的信。

「你願意再給我一次機會嗎？」

跟他坦白吧。已經到極限了，要是繼續隱瞞，我的心靈會再也無法承受。

不論他對我說了什麼，我都要全盤接受繼續前進。我要克服並揮別過去，然後掌握幸福。若是不伸出手，就無法抓住任何事物。

早已靜止的時間，將再次運轉起來。

◇

燈織的委託、冰見山小姐的外遇、賺錢方法、戀愛、任務。

為什麼每次都會有一堆麻煩事跑來纏著我。真是傷腦筋。

我以為燈織說的朋友是指同學，結果是她在社群軟體上認識的人，好像是個住在京都的國一女生。那個女生為家人的事所苦，狀況似乎刻不容緩。

聽說是燈織不停在社群軟體發布「哥哥好厲害！」之類的文章，就不知不覺跟她感情變好。我已經嚴正地告訴燈織別再發那種文章了。是說那女生好像叫做祇京，我怎麼最近似乎在哪聽過又好像沒聽過這名字……

「嗚呀啊啊啊啊啊啊啊啊啊啊啊啊啊啊啊啊啊啊啊！」

「這傢伙，竟然搞出這種搞笑藝人都幾乎不玩的老套耍笨!?」

被鍬形蟲夾住鼻子的釋迦堂，發出了怪人爆炸前的慘叫。

「哦哦！好大隻啊！這可是扁鍬呢。幹得好啊！」

「不、不要冷靜地分析品種……救救我……救救我……」

我別無選擇，只好把夾住釋迦堂鼻子的鍬形蟲拿起來，放入籠裡。

夜晚的森林與寂靜兩字可說是八竿子打不著。我拿起手電筒照亮前路，只能看到前方數公尺。黑暗中只見蓊鬱森林，四處傳來無數動物的吸呼聲跟昆蟲鳴叫聲。

未成年學生這種時間還在外頭溜躂，肯定會被抓去輔導，不過這座山是釋迦堂爺爺的土地，會跑進來的傢伙頂多就只有非法傾倒的業者。

雖然釋迦堂在學校已經確立了陰沉女生的地位，但實際上，她是個超級野丫頭。釋迦堂的父母見她半夜意氣風發地出門抓昆蟲，就跑來找我哭訴，希望我今天能陪她一起去。

夜晚的森林確實危險，她父母會擔心也很正常。雖然這附近應該沒有熊出沒，還是有各種野生動物，也有可能會迷路或失足發生意外。

而我這個人生不斷失足的傢伙，自然就成了陪同她的最佳選擇。順便一提，釋迦堂的雙親把車停在入口附近等我們。他們明明超級怕蟲，卻願意配合女兒胡鬧，真是溫柔的父母。釋迦堂是獨生女，兩人肯定是對她寵愛有加。

我們一邊聽著四周的環境音，一邊回收釋迦堂在白天設置的陷阱。

她把發酵的水果綁在樹上，等待蟲子主動聚集。只可惜這種做法無法挑選捕捉對象，搞得蛾跟蜈蚣也全跑來了。

看到蟲子蜂擁而至，釋迦堂也面無懼色，只顧著尋找主要目標鍬形蟲，結果當她找到正笑得合不攏嘴時竟然被夾住鼻子。簡直笑死人。

「……嘻嘻……鼻、鼻子……沒被開洞……吧？」

釋迦堂痛得眼眶泛淚，奄奄一息地問道。

「太好了呢。這下妳能夠穿鼻環了。」

「怎麼會……暑假結束，我就成了嗨咖……的一員!?……好恐怖，死定了……」

しゃかどう

「我怎麼覺得說旁邊飛的都是公蜂沒有毒針，就用空拳練習的方式把空中蜜蜂抓住的釋迦堂比嗨咖還恐怖……」

「嘻嘻……不敢當。」

「我沒在誇妳就是了。」

狂野過頭了吧。釋迦堂現在正戴著我給她的毛茸茸木蜂帽，那頂帽子是我在縫製婚紗時因為難度太高受挫，才一時衝動做出來的東西。本想送給媽媽或姊姊當禮物，可惜完全不搭，只好送給釋迦堂了。

「……這下暑假的自由研究沒問題了。」

「又不是小學生。」

釋迦堂說，她將來的夢想是在房間擺一個等身大的尼羅鱷模型。

要是半夜看到那玩意肯定會嚇到漏尿。

「……我之前總是一個人，好開心……朋友，我有朋友……還是男生……嘻嘻……那、那個！……如果你不嫌棄，能叫我的名字嗎……」

嗯，我想想……釋迦堂暗夜。這麼帥氣的名字我只在創作裡面見過。

「名字，名字啊……好，那麼叫 Darkness Night 如何？」

「嘻，不只直白還超土……！」

「不喜歡嗎，等我一下喔？釋迦堂 Darkness Night。達克涅絲，不，釋迦D！」

這綽號語感聽起來也很讚，還把 Darkness Night 這要素給包含進去，太完美了。

「原、原來我是第四號嗎……!?」

「釋迦A到C上哪了？」

裝設的陷阱全數回收完畢，還順便抓到了獨角仙，稱得上是超出原訂目標。除此之外還抓到不少東西，聽說是要拿來當寵物的飼料。

「今天……謝謝你陪我來……」

「一個人太危險了，妳可別太亂來啊。」

「那、那個……我想，答謝你。你想要什麼？爸爸跟媽媽也說……你有什麼困難，他們都願意幫忙……雖然我，能力有限……嘻嘻。」

「這點小事不用謝了，之後要來再找我吧。」

「噫咿——！神、神啊。你的胸懷，也太寬闊了。」

釋迦堂結結巴巴地說著，並對我祈禱。

「要說困難的話，根本無時無刻都堆積如山啊。目前最大的難題大概是缺錢吧。」

「……缺錢？嘻嘻……如果只有一點的話，我能、借你。零用錢，我幾乎沒用……邊緣人哀傷的習性。因為不會出門玩……你需要……多少？」

「兩億。」

「規模那由他（註7）——————!?我幫不上忙……」

註7　佛教用語，意指「多到沒有數目可以計算」。

釋迦堂對我祈禱說。是有多喜歡祈禱。

「果然還是得想個賺錢的方法啊。」

「對、對了！等我一下……嘻嘻……這是友好的證明……」

釋迦堂從手提包取出她口中的友好之證（？）。

「只要帶著，就能提升財運。這個……送你。」

「蜥蜴皮？」

「前陣子日本草蜥脫皮了……一片片撕下來很舒暢。我還有很多……」

「謝謝妳，釋迦Ｄ。」

「聽起來像檸檬Ｃ……綽號不好聽……而且我不是食物……傻眼……」

爬蟲類的皮在風水上有提升財運的效果，這點還挺有名的。我就欣然收下了。

再怎麼說，目標金額可是高達兩億，當然會想依賴財運。

「呃……那個！你做的東西……全部都很精巧……如果拿來賣……說不定能賺大錢。」

「妳想到什麼點子了？」

釋迦堂兩眼炯炯有神地說。

「模型師。」

◇

「……嗯……啊啊……嗚……哈……呼……」

「不好意思……」

「怎樣？」

「沒事。」

我決定當作沒聽見這嬌豔的喘聲，把腦袋放空專注在作業上。這細緻肌膚上找不到一絲瑕疵，冰涼的觸感傳到手上，只要輕輕吹氣，身體就會隨之產生反應。她或許是覺得癢，於是扭捏著身子磨蹭雙腳，使得裙子也跟著掀了起來。雙腿頓時裸露，儘管我覺得不該直視這樣的景色，想將目光移開，然而現在的姿勢卻不允許我這麼做。

專心作業幾分鐘後。

「……嗚……那、那邊……好……嗯嗯……啊……」

「抱歉打擾到妳嬌喘，已經結束了。」

「原來你技術這麼好。太棒了。」

「這話聽起來糟糕到我覺得不該問妳到底什麼東西太棒了。」

「太棒了。」

「為什麼要說第二遍!?」

第二遍還是在耳邊輕聲說。悠璃到底是個天使，連聲音都蘊藏著神氣。

暑假上午，我跟悠璃在家裡做的，絕對不是什麼猥褻行為。再次聲明，絕對不是什麼猥褻行為。

「……好漂亮。你的手真的好巧。」

「這點小事沒什麼。」

「謝謝。」

我幫悠璃從腳拇趾依序塗上護甲油，深邃的配色使得指甲散發亮澤光采。最後把腳趾之間擦乾淨便大功告成。

塗完後，姊姊仔細盯著自己的腳趾，開心地說。

只要能稍微讓她開心，就不枉費我做這件事了。我每次都給家人添一堆麻煩，好歹也要稍微報恩才行。

被染成龍膽色的指甲，散發出淡淡的紫色光澤。

若要問我們究竟在做什麼，其實是我在幫姊姊擦腳趾甲油。

老早做完暑假作業的我，正在考慮學習些新的事物，其中一項就是美甲。我並不打算正式學習去考證照，純粹只是想嘗試看看，但這個水準要拿來幫家人美甲應該綽綽有餘。我一邊沉迷於悠璃美麗的玉足，一邊對成果自賣自誇。

「是說我有件事想問。」

「什麼事？」

「為什麼要特地換穿裙子？」

「當然是為了給你福利啊。你都說不用給錢了，不給點其他好處怎麼行。如何，開心嗎？」

「大天使悠璃艾爾，感謝您的用心良苦。」

「不用謝，反正你的眼神看得我很舒服。」

「妳到底在胡說什麼啊。」

竟然是故意的喔！害我塗指甲油時還一直擔心會不會看到裙底風光。

我就覺得不對勁了，姊姊平時在家幾乎不會穿裙子，沒想到是刻意為之。真是的……非常感謝您！

「話說回來，沒想到你真的跑去學美甲了。我當時只是開玩笑……」

「咦，是開玩笑喔？」

「那當然，誰知道你居然當真了。」

「竟有這種事……」

「算了，等媽媽回家也幫她塗吧，她應該會很開心。」

「那當然……咦，啊？」

我看向時鐘，已經過了十二點。看來得稍微加緊速度了。其實晚點我跟人有約。是爽朗型男跑來邀我。

「我出門一下。」

「嗯，慢走。千萬要當心奇怪的女人。回來之後，我會給你非常舒服又濃密的謝禮。」

「不必了吧。」

「蛤？」

「好耶——（不帶感情）」

雪兔做好準備後，就急忙走出家門了。

被獨自留在家裡的悠璃，看著他離去的身影，沉悶地嘟囔說。

「又學了新東西。你每一次都選擇獨自承擔。你這樣——」

◆

豔陽高照，在站前圓環等待的爽朗型男也不甘落後，發出閃死人的光芒。他似乎還被幾個女生搭訕，你是費洛蒙撒免錢的女王蜂喔。

「我快被閃瞎了。」

「你怎麼一見面就嗆我。是說到了就快來救我啊，我正傷腦筋呢。你怎麼穿得像是午後出來閒晃的ＩＴ企業員工？」

咦？有什麼奇怪的嗎？外套搭長褲應該是正常不過的穿搭了，偏偏現在正值盛夏，熱得要命。至於爽朗型男則是穿Ｔ恤搭牛仔褲，看起來十分休閒。

「不論出席哪種場合，只要穿半正式服裝不都能過關嗎？」

「白痴喔，我只是邀你出去玩。」

「那你要先說啊，信不信我拿雕刻刀把你眼珠子挖出來。」

「不然你以為我找你幹麼啊！」

在夏日太陽底下爭論不休，害得我們又熱又累。

「總之先換個地方吧……」

「說得也對。」

在站前會合後，我們急忙躲進室內避難。

「雪兔，你平常都玩些什麼？」

「我想想……去那種把夾娃娃機爪子調鬆到絕對抓不到獎品的遊樂場客訴，還有——」

「算了，是我太蠢，早知道別問了。」

「是說我現在才想到，原本是個邊緣人（過去式）的我怎麼可能跟朋友出去玩。」

「講這種話是叫我怎麼接！就不能放輕鬆點嗎？」

「話是這麼說啦——天氣這麼熱，還是別去戶外吧。」

「那要去我家嗎？反正離這裡不遠。」

「啥？」

我去爽朗型男家？這種像是平凡高中生會做的事……

「好啊，我們走！」

「你怎麼突然那麼配合。發生什麼事了？」

「啊，先等我一下。」

「咦、喂，你上哪啊？」

去人家府上叨擾，當然要先準備些東西。

做完準備後，我們朝爽朗型男的家走去。正如他所述，確實是非常近，從車站走路才十分鐘就到了。我們穿過氣派的大門，站在氣勢磅礡的獨棟房子前，而門牌上寫著『巳芳』兩字。

「真的就如我想像，就是這樣我才討厭主角……」

「別突然嗆人啊，而且你講什麼我完全聽不懂。」

玄關門突然打開，一位有著絕世美貌的大姊姊從屋裡走出來。

你們可別嚇到，這位美麗的大姊姊，其實是爽朗型男的母親。先前我們在教學參觀日曾有一面之緣，她似乎非常中意我。

「哎呀，小光，你不是出去玩了嗎？」

「啊，媽媽，天氣太熱了，我們想說乾脆回家玩。」

「這樣啊，雪兔你好。不過，你怎麼穿得像是推銷員啊？」

看她一臉困惑，於是我遵循禮儀，重新對她自我介紹。

「我叫做九重雪兔。目前手上沒有名片，請收下這個。」

「你、你客氣了。呃……名片？」

「這傢伙說的話只要聽一半就好，可能聽兩成就夠了。」

爽朗型男真沒禮貌。我將在站前買的烘焙點心遞給巳芳媽媽。

（你平常哪有帶什麼名片啊！）

（笨蛋，大家不是常說外觀占了印象的九成。這種事情當然是第一印象最重要了，你懂不懂啊！不過說真的，這其實只是刻板印象吧？）

（你不要突然提出那種社會派的疑問好不好。）

「妳看起來這麼年輕，初次見面時我還以為是光喜的姊姊呢。」

「哎呀，你嘴巴真甜。還有這點心，應該很貴吧？不好意思喔，你不必這麼費心啦。」

「不會不會，這是一點心意。還請妳收下。」

「是嗎？呵呵，那麼大家一起吃吧。我準備一下，你稍等喔。」

美麗的大姊姊（媽媽）說完，便走回屋裡。

「你喔，不用特地準備那種東西也沒差吧？」

「去人家家裡拜訪怎麼能兩手空空。」

「哪有人去朋友家還顧慮這麼多的。」

「……朋……友……？」

「你不會扯什麼我們不是朋友之類的鬼話吧。」

「你說對了。」

「喂！」

「開玩笑的。」

他抓著我的肩膀搖來搖去。對對對，我跟爽朗型男是朋友。

「嗯——乾脆來打電動吧？」

「真像學生會做的事。」

「我們就是學生好嗎？」

一上樓梯右手邊就是爽朗型男的爽朗房間。裡面除了床之外，還擺了三十二吋的電視跟桌上型電腦，牆上貼了ＮＢＡ海報，書櫃則陳列著漫畫跟小說，完全反映出房間主人的個性，真是耐人尋味。嗯——跟我房間差得可真多。

「沒有貼媽媽的海報嗎？」

「有貼反而恐怖吧，那什麼光聽就嚇死人的玩意……難道你!?」

「慢著，你可別誤會，我也有貼姊姊的海報！」

現在貼的是Ｂ１尺寸的大型海報（化身女僕服務你篇）。

當時我對穿上女僕裝戴平光眼鏡的媽媽，不停喊著好可愛好可愛，結果她竟然說出：「我要辭掉工作成為你的專屬女僕！」使整個九重家陷入大混亂。

「你誤會的方向才明顯不對勁吧。」

喀嘰一聲，爽朗型男開啟了擺在底座的可分離式家機。

這麼說來，我回想起前幾天，才跑去山上玩集合啦釋迦堂森友會。

「既然雪兔來玩，那就選這個遊戲吧。」

「原來如此，看來我跟你之間的友情就到今天為止了。」

「這的確是友情破壞遊戲沒錯啦，總之先玩三年可以嗎？」

「你準備三月結算輸到脫褲吧。」

「你未免太認真了吧？」

爽朗型男選的，正是某個將全國做為舞臺，還以友情破壞而聞名遐邇的鐵道遊戲。

這個派對遊戲，是以妨礙對手並搶先抵達目的地來決定勝敗。

「我姊玩這遊戲超強的。」

「光喜，原來你有姊姊喔。」

「她是大學生，現在好像出門不在家，我玩這個總是被她修理。」

「原來你也這麼辛苦，我開始對你產生親切感了。」

原來爽朗型男也有姊姊啊。我們鮮少聊過這類話題，感覺莫名新奇。

「你倒好了，悠璃學姊人那麼好，我可沒見過比她更出色的女生。」

「你的眼睛根本是毛玻璃吧，她今天還把內褲──」

「喂，慢著！你說內褲怎麼了!?」

多麼令人哀傷，爽朗型男到底是個青春期高中生，一聽到內褲興致就來了。

「我記得是碧綠色的。」

「別說啊！雖然我確實想聽，不過這種事情怎麼能說出口！」
「我只覺得光是有穿就已經謝天謝地了。」
「到底發生什麼事了！拜託你別話說一半，我在意到不行啊！」
「少廢話。骰子骰快點是不會嗎？」
「——你嘲諷也開太快了吧⁉」
就這麼，我們之間的友情徹底粉碎了。

「啊，雪兔。別偷我卡片啊！」
「天啊，竟然有人連張卡片都沒有ｗｗｗｗｗｗｗ」
「你真的嘲諷開到底耶！閃邊啦。」
「別把他拉過來！呀啊啊啊啊啊啊啊！變大王窮神了！」
「活該啦白痴——！」
「拜託你別再賣物件好嗎？」
「我趁現在先溜了，再見。」
「你算什麼爽朗型男，根本是地獄型男嘛——————！」
「壞蛋終究難逃一死。」
「別擅自把人殺了。」
儘管我們的友情徹底撕裂，但遊戲確實玩得非常盡興。沒有一對一單挑，而是加電腦進來四人對戰似乎是正確選擇。

打完派對遊戲後，我跟地獄型男決定玩格鬥遊戲一決高下，他拚命把我關廁所又壓起身，想不輸都難。我這輩子都不想再看到動作超小的下段弱踢了。

這傢伙根本就討厭我吧？他昇龍的指令輸入精準度之高，讓我感受到絕對要殺死九重雪兔的意圖。我決定在心中的筆記記下，地獄型男玩遊戲非常之陰險。

「對了雪兔，神代的事，那樣處理真的好嗎？」

「那樣是指哪樣？」

我們玩著遊戲時，地獄型男突然問道。

汐里的哪件事？我只想到擅自讓她成為舞孃的事，還是指因為是舞孃就擅自讓服裝露出度大增的事？或者是製作籃球鞋時，汐里在量尺寸發現自己的腳變大兩個尺寸而受到打擊的事？

「我還真沒想到，神代竟然那麼乾脆地決定加入女籃社。」

地獄——更正，爽朗型男放下手把，一臉尷尬地說。

「啊啊，你說那件事啊。那雖然是我建議的，但做出決定的是她自己。」

我這麼做並不是想把麻煩人物硬丟去女籃社。

「……那個，對不起。」

「怎麼了？你臉部發電量跌到谷底呢。」

「那個……該怎麼說，我也有在反省。我再次見到雪兔後，就一直想跟你打籃球。不過，那是我想做的事，並不是你的希望。我只是把自己的想法強加在你身上。我想神代，大概連硯川也發現這件事。大家與你重逢後，只把自己想做的事放在第一順位。我想神代，大概是因為這個原因才決定加入女籃社。」

我不懂汐里的心境，可是，她需要一條不同的道路。她應該要目光放在更寬廣的世界。有人需要汐里，有人喜歡汐里，汐里應該待在跟那些人共同打造的世界裡，而燈凪也一樣。

「雪兔，你想做的事是什麼？你的希望又在何處？」

巳芳光喜這個男人，個性真的非常耿直，甚至讓我覺得有些青澀。

「所以，這次輪到我陪你了。要做什麼都行，光是把我想做的事強加在你身上一點都不公平——因為，我們是朋友。」

能輕鬆說出如此令人害臊的臺詞，算是這個直率男人的稀有才能。

「我想做的事情……是嗎？」

「有的話就說出來吧？」

你突然這麼問我只覺得困擾就是了，總之想想看吧。啊，對啊！

「我現在缺錢，得想辦法賺錢。」

「啥？我們賺的應該不算少吧？我甚至都沒拿零用錢了耶。」

就高中生而言，我們的收入確實是非比尋常，可惜還遠遠不及我的目標金額。

「這樣還缺錢，你是需要多少啊？反正這筆收入算是意外之財。要的話我能幫你。」

「兩億。」

「規模那由他過頭了吧！這哪是缺錢兩字能解決的金額啊。」

「現在是流行這句話嗎？」

釋迦堂跟爽朗型男怎麼都同個反應，真是笑死人。

俗話說錢在人情在，錢盡緣分斷。所以我當然不可能跟人借錢。

總之先向他說明了事情原委。之所以想來爽朗型男家，也是為了拿他家當自地自建的參考。其實我有偷偷確認他家的格局。

「你還是不按牌理出牌，高一就想買一棟房子是怎樣。是說這不是雪兔想做的事，而是你媽媽提出的願望吧？」

「媽媽的願望就是我的願望，姊姊的願望也一樣。」

我是個不孝子，甚至還讓姊姊跟著不幸，如今至少得做點補償，不然可是會遭天譴。

畢竟我能做到的，就只有拚盡全力去實現家人的願望。

「……我不是問別人的願望。雪兔就沒有想做的事嗎？」

「我？」

爽朗型男不知為何忐忑不安。我實在不明白這問題的用意。

「嗯——想不太到啊。」

該做的事找得出幾個，想做的事卻一個都想不出來。回想起來，為別人做事已成了理所當然，我自己卻什麼都沒有。如同空無一物的器皿。

光與影，我總是位於陰影處。要是沒跟別人扯上關係，我連自己的事都弄不清楚。

不過，這樣就夠了。至少單就這個角度來說，這樣才像個性陰沉的人。

「我說雪兔，我覺得你應該活得更自由才對。」

「可是身邊的人全都叫我要懂得自重啊……像小百合老師就是。」

「話是這麼說啦……」

「我根本沒空對特里斯蒂小姐講什麼人生道理啊。」

結果我也正處於迷惘之中。不，或許這才是年輕人特有的自我探索。

對啊，這麼說來，我也有啊。我只有一個願望。

我曾經喜歡燈凪，所以想對她告白。那是我所懷抱的，只屬於我的願望。從那天起，我就什麼都不剩，空洞地活到現在。

就連現在，我也無從憶起當時的心情。我想，一定是因為失去興趣了。

不是針對燈凪，而是對這個不合理的世界本身，並將這視為理所當然。

即便是如此，我也稱得上是得天獨厚。因此，我時時刻刻不忘感恩。

感謝始終沒有拋棄我的善良家人，以及出手幫助我的人們——

「是說，那個顧問老師太沒幹勁了吧。」

糟糕，不能再讓爽朗型男變得更消沉了。這傢伙就是要閃死人才恰到好處。於是我硬是改變話題。

逍遙高中有著許多運動社團，其中就屬熱血學長帶領的籃球社最不受期待。用四天王來舉例，肯定是最弱的那個。講好聽點是同好聚在一起打開心的，但一加入才被嚇死，簡直弱到爆了。我們經歷的武者修行見效，在夏季大賽上打出不錯的戰績，而對這個結果感到最困惑的，正是顧問安東老師。

明明是社團顧問，卻避而不談社團的事。對我更是正眼都不瞧一眼。即使對安東老師說「我想打籃球」，他也只會說：「這樣啊。老師很忙，你們隨便打吧，全交給你們了。」這老師甚至幾乎不會在社團活動露臉，除了完全感受不到衝勁之外，看到社團成員突然變多，他還露出有點嫌棄的表情。

我猜他大概是勉為其難接下顧問工作吧，總覺得多少窺見到社會人士的黑暗面。

「啊——真是憂鬱。雪兔，下次活動你能不能想想辦法啊？」

「你該不會是讓什麼勁敵隊伍登場吧。」

從臉蛋發射光譜的傢伙顯得相當沒勁，不過我完全同意。《關於我轉生變成籃球社這檔事》，簡稱轉生籃球社出乎意料地造成轟動，接下來還打算製作短篇連續劇，兔兔人解除詛咒後與主角們和解成為伙伴，這次又得面對異世界前來的刺客，劇情實在神祕過頭了。被選為刺客的是百真學長跟爽朗型男的學長們。此時又加入了女神學姊跟聖女學姊，使得場面更加混沌。

除此之外，還預定舉行宣傳活動，所以我們也得強制參加。

怎麼偏偏叫我去參加這種現充才會登場的活動。整天做牛做馬的，害我都快哭了。

「接下來預定要販售『女神學姊真的有夠女神偶像照片』來當開運商品。」

「你再不克制點，當心相馬學姊真的發飆喔。」

時間過了下午三點，我們開始休息閒聊，此時爽朗型男的媽媽（美白）敲門，帶著點心飲料進房。

「請用點心。玩得開心點喔。」

「謝謝妳。」

「謝謝媽媽。」

爽朗型男的媽媽（白皙透亮）展露柔和笑容離開房間。

「蕨餅這選項還真是古典。」

「我媽喜歡吃和菓子，所以經常買這些。」

「嗯，好吃。不過讓她費心還真有點不好意思。」

「沒想到你會介意這種事情。」

「我可是個擅長察言觀色的膽小鬼。」

「別扯這麼明顯的謊話好不好。」

我跟爽朗型男吃著蕨餅，突然間靈光一閃。不論是烏龜還是白鶴，受到幫助就會報恩。當然我——九重雪兔亦是。

「這個時間待在家裡，意思是你母親是個家庭主婦？」

「是啊，有什麼問題嗎？」

「哼哼哼哼哼……」

「你又在打什麼歪主意……」

「老虎要添翼，美女要化妝。光喜，我們去找你母親！」

「慢著！你要對我媽做什麼!?」

參觀教學日時，爽朗型男難得表現得坐立難安。

結果他是因為在學校見到母親覺得害羞。我在學校見到媽媽可是興奮到不行呢，光是休息時間能夠跟悠璃見面也很開心。

雖說這種事與我無緣，但高中生正值青春期。聽說他正因為色色的書被母親發現，關係變得很尷尬。真不明白這有什麼好害羞的。

爽朗型男你等著吧。我現在就幫你跟媽媽修復關係！

「這樣可以嗎？」

「可以，不好意思，還要妳來幫忙。」

我們下樓到客廳，拜託爽朗型男的母親千沙小姐坐在椅子上。

「先用這個熱毛巾把手擦乾淨吧。啊，毛巾是剛拆封的新品，請不必擔心。」

「我平時會打掃跟洗餐具，所以不太會弄這種東西。」

「是這樣嗎？那就不要弄得過度華美，簡單點就好了。」

要準備一條熱騰騰的毛巾非常簡單，只要拿毛巾弄溼擰乾，再丟進微波爐裡加熱即可。我借了他家的微波爐，弄個三十秒就搞定。等熱毛巾稍微放涼後，接著仔細擦拭指尖跟指縫，擦完再塗上薄薄一層護手霜。

「妳的手真美。」

「是、是嗎？被小光的朋友這麼稱讚，感覺有點害羞呢。」

千沙小姐羞得雙頰泛紅，露出少女般的微笑。

「你沒事撩我媽幹麼。」

在一旁的爽朗型男愣愣地吐槽，真是夠了。你什麼都不明白，虧你還是爽朗型男。

「光喜你聽好了，這種事不是純粹做完就好，最重要的是真心誠意。要是不讓對方變美又保持心情愉快，那做這個根本沒有意義不是嗎？」

「呃、哦……為什麼你總是在這種時候才講大道理啊。」

「呵呵，小光你總有一天也會明白啦。」

「媽妳別被這傢伙騙了！雪兔你到底怎麼了！你應該是個每天在校園引發騷動又給人添亂，而且語不驚人死不休的荒謬傢伙才對啊！怎麼突然變成一個正常人了！我認識的那個雪兔到底上哪了!?」

「光喜……」

嗯。你對我的評價也太過分了吧？

「怎樣？」

「我是九重雪兔 Ver. β。」

「太好了，是平常那個雪兔。」

爽朗型男回覆說。這樣你就能接受喔？

「雪兔同學，你想當美甲師嗎？」

「不，並沒有那個打算。」

「回家前你突然跑去化妝品賣場，真的是嚇死我了。」

「我想買個適合媽媽的顏色。」

我買了六種新顏色。如此一來媽媽就能變得更美囉！

我把剛買的小瓶並排放好，接著問千沙小姐。

「不好意思，現在手上只有這些，其中有妳喜歡的顏色嗎？」

「我看看……這個吧？」

千沙小姐猶豫半晌後，選擇了淺粉紅色。確實，選這個顏色就不會太過搶眼。跟千沙小姐的柔和氛圍非常相襯。

「那我先修一下指甲。」

「好，拜託你了。」

我拿起指甲刀剪短，隨後用指甲銼修整，拿溼紙巾擦乾淨。結束後再塗上保護底油等它乾。

「嘿——真熟練啊。是說雪兔，你怎麼突然開始學這種東西？」

「那是個跟今天一樣悶熱的日子。」

「咦，這前言是怎樣，要開始講往事？」

回憶開始——

「念書念到膩了，還是繼續念書吧。」

我把教科書丟到桌上。我把教科書的範圍全部念完，預習也都完成，實在無事可做。暑假，只有時間多到有剩，再怎麼打起精神念書，重複做一樣的事也只會使人厭倦。

「你要去哪？」

一出房門，就被在客廳休息的悠璃叫住。

「我想去圖書館打開新世界的大門。」

「哼——我也一起去好了。」

姊姊若有所思地說，此時她的指甲勾到沙發。

「好痛……指甲都裂開了。」

「還好嗎？」

「只是缺了一小角。對了，你這麼閒的話，要不要學美甲？」

「美甲？」

「沒有啦，開玩笑的，不用放在心上，我純粹是覺得這樣似乎比較方便。你出門小心，記得別讓奇怪的女人靠近。我剪個指甲。」

悠璃輕吻我的臉頰後，便回到自己房間去。

我的腦中則是不斷重複著悠璃說的話。

「美甲……美甲……方便……」

回憶結束——

「就是這麼回事。」

「咦，就這樣!?」

「反正閒著也是閒著，做為理由也夠充分了吧。」

「剛才那個故弄玄虛的前言到底是做什麼用的……」

「只要能讓媽媽跟姊姊認為我有價值，這樣也就夠了吧。」

「你……」

不知為何，千沙小姐的語調變得有些陰沉。

只要她們覺得開心就好了。實際上，我給她們添了太多麻煩，多到做這些小事根本就還不清。我這個人的原則，就是絕對順從媽媽跟姊姊的任何一句話。

「差不多要乾了。準備開始塗吧。」

「今天真是謝謝你。我完全沒想到會讓小光的朋友幫我做這種事情。還要再來玩喔，我們家隨時都歡迎你。」

「這是一點回禮，請不必介意。那麼我先回去了，光喜再見。」

「喔，回去小心啊。下去我們去游泳池游泳吧。」

「游泳……夜間泳池……嗚、我的記憶！」

「雪兔你怎麼了？」

「我回想起某段黑歷史，當時社群帳號還炎上了。」

「雖然想問到底發生了什麼，但我猜絕對不是正經事……」

「那我回去了。」

雪兔說完便轉身離去，千沙站在玄關，對注視著好友背影的兒子搭話。

「真是個不可思議的孩子，總覺得無法放著他不管。」

「大家都是這樣講的。」

對千沙來說，這是一段意想不到的愉快時光。兒子經常對自己提及這位朋友。

兩人在教學參觀日有過一面之緣，不過當時沒有多聊，原來如此，他是一位非常溫柔且具有魅力的男生。然而，卻令人有些感傷。

「小光，你看起來好開心呢。我好像是第一次見到你這樣子。」

「是嗎？」

「過去你幾乎沒帶朋友回家不是嗎？」

「呃，那傢伙該怎麼說……就是，讓人無法放著不管啦。」

「呵呵，那不是一樣的意思嗎？」

光喜將臉轉過去說，內心被看透讓他顯得有點害羞，千沙則是笑容滿面地看著這樣的兒子。千沙心想，自己與兒子的關係雖然良好，不過自從兒子進入青春期後，兩人就好久沒有如此輕鬆愉快地交談了。

兒子正值複雜的年紀，凡事都會比較見外，但現在的氛圍卻非常舒適。就彷彿是那位朋友的溫柔仍留在這裡，令千沙心中滿是感謝。

「做美甲會覺得開心嗎？」

「是啊，只要是女人應該都會覺得開心吧。」

「我似乎明白為什麼雪兔老是說自己女人運很差了。」

「是這樣嗎？」

完全看不出來呢。他明明那麼有女人緣。

「那是他自作自受。」

光喜跟千沙苦笑，並回到屋裡。

晚餐時間到了，其他家人應該也快回來。

老公會不會發現呢，如果他發現了，又會做出怎樣的反應？千沙想著，內心稍微期待起來，接著走向廚房。

「咦，媽媽，那是怎麼回事？」
「怎麼了，小光莉？」
難得在晚餐時間回家的長女光莉，眼尖地察覺有異。
「媽媽去做美甲可真難得耶，怎麼回事啊？難道說媽媽外遇了!?」
「…………！」
光喜沒有看漏，平時沉著冷靜的父親，一瞬間動作停了下來。
「不知道耶。小光，你說對吧？」
「為什麼要裝傻啊……」
「阿光，你知道些什麼嗎？」
光莉逼問光喜說，光喜將視線轉向別處，發現媽媽正在捉弄父親。
「我好難過喔，沒想到你沒有察覺到。」
「……我有發現。所以妳怎麼突然去做美甲？」
「真的有發現？」
「是我錯了。我最近確實比較少陪妳。」
「呵呵，老公你怎麼啦，為什麼會如此動搖？」

「不，我這是……」

平時安靜的巳芳家餐桌，不知為何變成了熱鬧的修羅場。

（那傢伙，即使不在場也會引發騷動啊……）

光喜在心中咒罵不在現場的好友，然而興趣被勾起的光莉仍不斷追問。

「阿光，快點從實招來。」

「今天我朋友來玩。他說最近學了美甲，問媽媽要不要試試看。」

「什麼呀，那男生是想當美甲師喔？」

「並不是那麼一回事，該說是整件事其實不值一提嗎……」

「所以媽媽，妳跟那男生外遇喔？」

「才沒有好嗎！」

姊姊不知為何三句不離外遇，真不知道該如何是好。

「真是的！誰叫你們都不說清楚。」

「好了啦，已經講夠了吧。繼續吃飯啦？」

光喜心想，姊姊那麼喜歡有趣的事，跟那傢伙見面絕對會非常中意他，光是現在就已經被姊姊耍得團團轉了，到時候肯定會辛苦倍增。說什麼都不能讓他們認識。

所以他硬是打算終止對話。

「好像很有趣。有點想見見那男生。」

「好了啦，這話題就到此結束。」

「下次找我在的時間帶他來玩吧。」

「妳根本沒在聽我說話嘛，那傢伙不值得姊姊在意啦。他就是個不起眼又陰沉的人，那叫什麼來著，他總是掛在嘴上的……對啦，他就是個邊緣人。」

「他不是阿光的朋友嗎？」

「是我朋友沒錯啦。」

「光是你會帶朋友回家就已經夠罕見了，你國中時完全沒找朋友來玩啊。阿光表面上個性開朗，其實還挺『那個』的。」

「因為那傢伙很我行我素，對任何事都漠不關心。」

「想見他的人是我，叫他過來好像也挺奇怪的，乾脆我找個時間去見他好了。先別說這些，阿光你似乎瞞著我做了非常有趣的事啊。」

光莉說著，並掏出一本雜誌。封面上是某個頭戴兔子面具的怪人，搞得跟拉麵店店長一樣，擺出雙手抱胸的姿勢。

「我怎麼都不知道阿光對角色扮演有興趣啊？而且還找了這麼多可愛女生。」

「事情只是自然而然發展成那樣，我也沒有刻意隱瞞……」

「難道說，就是這個男生？」

「嗚。」

儘管沒做虧心事，然而一被戳到痛處，光喜就顯得驚慌失措。

「看來是答對了……這不是很有趣嗎？」

「抱歉，雪兔。我實在無法阻止她。」

光喜感覺到背後冷汗直冒，於是決定早點洗澡把這件事給忘了。

◆

「……咕啾……噗哈……嗯……哈嗚……啊嗯……」

「我說啊……」

「怎麼了嗎？」

「我只是覺得跟姊姊的反應完全一致。」

「我們是母女嘛。」

「遺傳好猛啊。」

就寢前，我在自己房間幫媽媽美甲，傷腦筋的是她現在只有穿內衣。老實說，這畫面實在有害身心健康，這模樣根本超越走光，變成全都露了。

我決定放棄掙扎，乾脆抬頭挺胸大大方方地看個精光，再也不客氣。我要把一切盡收眼底。媽媽的肌膚保養做得非常完美，簡直水嫩到吹彈可破啊！

「被你這麼盯著看，似乎有一點……害羞呢。」

「太好了，看來媽媽還保有一絲理性。」

我在心中痛哭流涕。悠璃真該學一學媽媽的矜持。

順帶一提，我問她為什麼要穿成這樣，她說「因為可能會弄髒衣服啊」，好一個正當理由。話雖如此，我總覺得沒必要脫到這種程度，可是又想不到什麼理由反駁她，只好接受了。

「這樣可以嗎？」

我塗完小指後，便滿足地稍作歇息。這次我有試著稍微做點漸層色，看來非常順利。做這種事果然得時時刻刻累積技能經驗值。

「好漂亮……謝謝你。」

媽媽陶醉地說。看來她非常滿意。喜歡藍色的媽媽選擇了天藍色，這種清澈透亮的色澤非常適合她。

之前得進公司時，沒辦法選擇太過華美的顏色，現在她多半是居家工作，而且媽媽的公司也快放暑假了，這種程度的打扮應當不成問題。

「對了，之前說的旅行地點決定好了。要去京都。」

過去我曾經去過一次——在下雪的寒冷日子。

「積雪的清水寺真的好美。」

——美到忍不住讓人想要跳下去。

發生討厭的事而變得暴躁的我，當時似乎產生了這樣的想法。

那時，雪華阿姨之所以將我抱入懷裡，或許是因為感到不安。

「這次就跟我們一起去吧。好不好？」

不是我要自誇，我至今從沒參加過修學旅行。

小學時，修學旅行地點是京都，我沒參加。

媽媽可能是在意這件事，也有可能是嫉妒雪華阿姨。

然而，不論是任何理由，這都是我第一次參加家族旅行，說實話還挺期待的。看來得做個旅遊指南。

「至於旅館啊，我訂了最豪華的房間。」

媽媽說，接著她拿起手機亮出預約飯店的設施。

「這邊景色很美，還有著自豪的天然溫泉。真令人期待。」

「真虧媽媽訂得到房間。」

「其實啊，這間旅館的主要客群是外國旅客，但現在正值這種時期不是嗎？外國觀光客沒辦法來，所以他們的客房一直都很空。」

這麼說來似乎也沒錯。只要一度轉型，要重新將客人拉回來就會變得非常困難。百貨公司也是如此，至於像銀座跟秋葉原這類轉為吸引外國旅客的觀光景點，反而會使得原本的客群流失。

這間旅館也是處於這種狀態吧。旅館風光明媚的外觀，讓我感受其悠久的歷史。

手機畫面上顯示『海原旅館』四個字。

第三章「溫泉霧氣奮鬥記」

我用顫抖的手打開教室門。等待我的並非歡迎，而是輕蔑。

我明白，也做好心理準備。光是沒人辱罵就已經算不錯了。

儘管猶豫是不是該踏進教室，但終究不能一直站在這，我低著頭，不和學生對上眼神走進教室。眾人視線令我心生膽怯。

不斷膨脹的惡意襲來，使我感到毛骨悚然。

我只是一介實習老師，沒有人對我抱持敬意。前幾天大家還跟我非常親暱，我不敢說所有人，不過多數學生對我帶有好感。

如今只覺得那些已成了遙遠的往事。心中懷抱的理想，描繪的未來展望被徹底粉碎，顏面丟盡，沒有資格被稱作教育家的我，站到講臺上。

不被任何人需要，不受任何人期待，這樣的我，是要如何指導孩子們。豈止如此，我還傷害學生，把他逼到絕境，最後遭受報應。

大人跟小孩的感受有著極大差異。孩子內心受到的傷，將會背負一生，現在我所感受的傷害，根本無法與他受到的創傷相提並論。在這狀況下，我沒有權利吐苦水。

所以我自覺到，站上講臺，就是對我的懲罰。

我甚至不能選擇逃走。因為，他並沒有逃走。他面對困難，即使得與所有人為敵，他也要證明自己是正確的。多麼強韌的心靈。

我在黑板上寫字，不敢看孩子們的表情。

我感覺有東西砸到背後。掉下的，是一小塊橡皮擦。

拿著粉筆的手不禁用力，粉筆啪嘰一聲折斷，細碎白粉飄落。

我的心，也跟這支粉筆一樣被輕易折斷了。他不願接受道歉信，連看都不看我一眼就離開教室，看著他的身影，使我決定放棄夢想。

居然如此輕易挫敗放棄，我忍不住對自己感到失望。多麼滑稽又悲慘的女人。

我是最糟糕的老師，對小孩有害的大人。我在他們心中植下惡意，留下憎恨。

耳中傳來嘲笑，也不知是幻聽還是真實。是哪個都好，我都甘願接受。

我不能摀住耳朵。但是，我也無法面對。

都是妳的錯　要是沒有妳在　要是妳沒來就好了

消失吧　消失吧　消失吧　消失吧　消失吧　消失吧　消失吧

去死　去死　去死　去死　去死　去死

這是詛咒嗎？不對，這是學生們的真心話。他們的心願。

我是必須被排除的異物，無可饒恕的罪人。

我緊閉嘴脣。分明決定不哭了，卻無法忍住溢出的淚水。

若是現在回頭，就會被殺死。如果這麼做能被原諒，圖個輕鬆，那不知道有多好。我對懷抱這種心願又膽小的自己感到氣憤。我曾經那麼地喜歡小孩，如今卻只覺他們恐怖，怕到不敢面對他們。

「──卑鄙小人。」

那句話從背後刺穿我。我沒聽錯，說出這句話的就是他。

我把罪名推到他身上，使他身陷惡意泥沼之中，結果他名譽掃地，失去棲身之處。

不論他多麼恨我，我都難辭其咎。就連他的母親也沒相信他。

當時，他究竟有多麼絕望。在班上建立的交友關係，家族之間的情誼，全都被剛認識一週的我給摧毀了。

我實在難以想像，這是多麼罪孽深重的行為。

「……啊……啊……」

我再也無法忍受，試圖將一切拋下，憑著一股勁回過頭。

他只是以那雙不帶生氣，如玻璃般剔透的眼瞳看著我。

我說不出話。彷彿是忘記如何呼吸似的，連吸氣都有困難，最後我似是尋求救贖般地將手伸出，失去意識。

視線一片黑暗。雜訊沙沙作響，我恢復意識。

對啊，這裡是婦產科。我第一次生產。感到極度緊張跟興奮。

我為自己走到這一步感到自豪。這是我得來不易的孩子。

這十個月來，我過得非常幸福，猶如一日三秋，我從不知道幸福會使人期盼時間快點過去。每一天，身體都產生變化，肚子越來越大。

——這就是生命的胎動。明明是自己的身體，我卻感覺像在體驗某種神祕的奇蹟。

「……我要成為母親了。」

我自然而然說出這句話。內心萬分安慰，百感交集。我並不是瑕疵品。

我發自本能理解到，這份感情就是母性。胸部隱隱作痛，是為了產生給嬰兒的營養。

我滿懷著充實感和成就感。縱使失去夢想，我仍擁有希望。

內心湧現衝動，好想趕快用這雙手抱住他。雛鳥會把第一個看到的事物當成親人，這被稱為銘印現象，我希望這個惹人憐愛的孩子，第一眼看到的人就是我。我想要觸碰他，盡我所能賦予他愛情，比這世上任何人都還愛他。

「為什麼……沒有人在……？」

我東張西望地環視整間病房，只有我在。我在這無人的病房感到不知所措。

沒有人表達喜悅。豈止如此，本該前來獻上祝福的家人，滿心期盼這一刻的配偶，全都不在現場。不知為何，我甚至連配偶的樣貌都想不起來。

死氣沉沉的白色牆壁，勾起我的不安，感受到的只有孤獨。

病房門打開。護理師小姐抱著剛出生的小小生命。

心中不安頓時消散，我滿心期待地接過，將他抱起。

「……咦？」

那只是個暗紅色的肉塊。我感受到心跳，他還活著，卻簡直像個——怪物。

瑕疵品生下失敗作。蠢動的異形眼睛瞪向我。

「這是……什麼……不要、不要啊啊啊啊啊啊啊啊啊啊啊啊啊啊啊！」

我竭盡全力發出悲鳴，再次失去意識。

◆

「……好懷念的夢。明明好一陣子都沒夢見了。」

我從床上起身。汗水濡溼肌膚，感覺很不舒服。

久違的惡夢，一如既往地留下糟糕的餘韻，令我心情沉重。

「夢裡的我竟然還比較正常，真是諷刺……」

至少夢裡的我，有好好結婚生子。

光就這點而論，已經比現在的我正常許多。我臉上浮現一抹諷刺的笑容。

我看著鏡中映出的表情，產生厭惡。真不想讓他看到這種表情——讓誰？

對啊，自從跟雪兔重逢後，我就再也沒受惡夢折磨。

過去每隔一段時間，就會被這惡夢嚇醒。甚至麻痺到覺得「怎麼又夢見這個啊」。

嚮往的職業，結婚建立家庭的夢想，我全都失去了。

「這樣子，肯定會被雪兔笑是兒童房大嬸（註8）。」

我這個沉悶又身心俱疲的女人，度過的時間速度會隨著密度成反比。過得越充實，就會覺得一年時間很漫長，若是無所事事胡混度日，時間就會轉瞬即逝。

已經好幾年沒有創造新的回憶，只能依賴陳舊的記憶過活。

遭受挫折後，我這個社會的吊車尾就停滯不前，宛如行屍走肉。

「妳，能夠再一次——」

我將手伸向鏡中的自己，自問自答說。美咲，妳——

他給了我再次站起的勇氣。我不能夠一直作繭自縛。

我沐浴沖去汗水，緊抱顫抖的身軀，洗刷恐懼。

「即使變得幸福，也沒問題對吧？這是雪兔給我的機會。不用擔心——」

雖然我沒有外遇，但雪兔他這麼說了。他說他擔心我。

還說不希望我變得不幸，說我能夠得到幸福。既然如此——

---

註8 日本網路用語，指步入中年仍住在老家兒童房的人。

這是——赦免。是我夢寐以求的，只有他能說出口，也只有他能做到的事。

這一定是最後一次，夢見這場久違的惡夢。

我要坦白一切，再一次靠自己的雙腳走出人生，奪回未來。

我拿浴巾擦拭身體，用吹風機吹乾頭髮。接著從帶鎖的收納盒中，拿出一張信紙。那張早已褪色的紙，是當時沒有交給他的信。我一直保留到現在。

如今涼香老師也像是驅除了附體的髒東西一般，表情變得那麼地平穩溫和。

她明明跟我有著相同的黑暗過往。可是涼香老師仍沒有選擇逃避，她持續面對孩子們，憑藉一己之力站起。她是個值得尊敬又強大的出色女性。

「……她的覺悟跟熱情都是我所無法仿效。」

即便是如此，我也必須相信自己仍有可以達成的事，並繼續前進。

「不相信自己也沒關係。但是，我決定只相信你說的話了。」

——朝著你所指向的方位。

◆

我將看完的信折好放回信封。

信中夾雜的想法被封在信封裡，不見天日。

一年，又一年。在那天，無從消化的思念，沒有隨時間風化，而是被困在當時的監牢裡，而她——冰見山小姐，也被囚禁在其中。

三條寺老師提起這件事後，我就大概察覺到了。之所以刻意不去提及，是因為冰見山小姐迴避這麼做。既然她裝成是初次見面，那我也那麼做就好。

這麼說來，我確實對她的昔日容貌有點印象。那是我早已忘卻的記憶，也是常見的無聊往事之一。發生那種事，我早就習以為常。

然而，這件事卻如詛咒般折磨她。我對自己犯下的罪孽之深感到後悔。即使對我來說是家常便飯，對冰見山小姐可不是這麼一回事。

「對不起！」

我低頭道歉。我只能這麼做，她浪費了無數的時間，為實現夢想所花費的日子，懷抱的希望，心中的理想，是我將這一切糟蹋掉。是我扭曲了冰見山小姐的未來，這點我責無旁貸。

「雪兔你不要這樣，必須道歉的人是我。我曾經認為維持這樣的關係也好，只要能跟你好好相處，又不被察覺到，這樣我就滿足了。可是，這樣子無法向前邁進……」

冰見山小姐深深低頭。我探索朦朧的記憶。那天，我沒有收下冰見山小姐給的信。

其實沒什麼大不了的理由。因為我覺得信的內容怎樣都好，看了不會有任何改變，反正她終究會離開學校，所以沒有任何興趣知道。

但是我錯了。信中包含了冰見山小姐的想法。結果是怎樣都行，我只要如同宣告判決的法官一樣，要選擇原諒或是定罪都是我的自由，重要的是給予答案。

然而，我連信都沒收的行為，使得答案保留，也將她推入迷惘之中。

如果我把信收下，那冰見山小姐的未來肯定會有所改變。而否定這點的我，就跟一個把冰見山小姐拘束在過去的家暴男沒兩樣。

「要是我收下這封信，冰見山小姐現在早就實現夢想，成為老師了。」

「不對！當時的我最後還是會在某處失敗。我無法填補現實跟理想之間的差距，傷害到他人，而那個對象正好是雪兔。當時還不夠成熟的我，根本沒有資格教導小孩。」

「可是，如果妳沒認識我的話……」

「我很高興能夠再次見到你，甚至覺得這是我最大的幸運……這是我選擇的未來，所以你千萬別這麼說，雪兔不應該為這件事感到內疚。」

「……是這樣嗎？」

「真的是非常抱歉。當時我沒有相信你。要是我有把你的話聽進去，就不會有人受到傷害了。好了，陰沉的話題就到此結束吧！」

冰見山小姐開朗地說，似乎是想改變氣氛。

這就是我們過去的交集。我一直抱持著疑問，為什麼冰見山小姐對我的好感度從一開始就高過頭，結果理由並不是什麼令人開心的事。

但是，冰見山小姐仍然決定跨越這個傷痛。她是個值得尊敬的大人。

我接到冰見山小姐的通知，來到這個出租會議室。她說想在正式開始補習班老師工作前，先找我來練習。

「我該怎麼做？」

「我想拜託你擔任學生，雖然上課內容是小學生的課程，雪兔你可能會覺得無聊。」

「妳這身打扮，還真叫人懷念呢。」

「是我戀戀不捨，始終沒辦法丟掉……我想，一定是因為心中還有遺憾。不過，我還是決定，要從這裡重新站起。」

說完，冰見山小姐就站在白板前，我能看出她的手在微微顫抖。不知是感到恐懼還是緊張，也可能兩者皆是。冰見山小姐面對我這個始作俑者，仍決定穿上跟那天同樣生澀的套裝，取回自己身為老師的尊嚴。

那麼我能做的只有……我想來想去，決定一如既往地用輕佻口吻說話，來讓她揮去恐懼，放鬆情緒。

「穿這件是不是太緊了啊？」

這自我主張太過強烈，感覺衣服隨時都會迸開。若真有這種老師，ＰＴＡ（註9）肯定會暴怒。

「嗚呼呼呼呼。你想說我胖了是嗎？我也沒辦法啊，畢竟這是很久以前的衣服，我的身材也早就走樣了，可是今天，我還是決定硬把這件衣服穿上。」

「我都不知道該往哪看了。」

「哎呀呀，真是個傷腦筋的學生。那麼我們開始上課吧。」

氣氛緩和下來後，我默默地聽著冰見山小姐的課程。內容都是些簡單的基礎，但偶爾做這樣的複習還挺開心的。加上學習指導要領變更後，有很多教學內容變得耐人尋味。我集中精神聆聽，冰見山小姐卻浮現出難以言喻的表情。

「……那個，雪兔啊。」

「什麼？」

「學生認真向學當然是一件非常好的事，但是認真過頭保持沉默會讓人感到不安。而且太過順遂，就稱不上是練習了。」

「原來如此，這樣講也有道理。」

仔細想想，這也是理所當然的事。並不是所有學生都很乖巧。未來她要面對各式

---

註9　家長教師聯合會（Parent-Teacher Association）。由家長、教師和其他的學校工作人員組成的正式組織，旨在促進家長參與學校的教育工作。

各樣的學生，裡頭肯定也有學生讓老師頭疼。乖乖聽課沒辦法幫助冰見山小姐練習，現在我需要的是演技。

「我明白了。那麼我就稍微試試看吧。學生短劇『麻煩的學生』。」

「你怎麼突然像是要演搞笑短劇啊？」

「我有問題！老師有沒有男朋友？現在單身嗎？要不要一起喝杯茶？現在搭訕應該不會講一起喝茶吧。咕嘿嘿嘿。告訴我三圍嘛！咕嘿嘿嘿。」

「你變臉也變得太快了吧。」

「是說啊——用功到底能有什麼屁用啊？出社會又用不到因數分解——我將來可是想當饒舌歌手呢。Check it out ☆」

「雪兔，你這樣好煩喔。」

「YO！YO！」

我變身成煩死人的小學生。這個社會非常殘酷，未來也是有可能會碰上這種麻煩的學生，若是無法闖過現在這個局面，那未來實在令人擔憂。

「呵呵……呵呵呵。這樣啊，既然你這麼想知道我的事，那今天就特別來上健康教育課吧。主題是女性的身體。呵呵呵呵呵呵。」

「咦？」

「你說了我隨時都能教你啊。」

「不，等等，咦？」

「那麼，我們開始祕密的私人課程吧。」
「竟然是陷阱！」

九重雪兔的智力好像提升了▲
九重雪兔的體力好像下降了▼
九重雪兔的彈道好像提升了▲

「彈道是什麼鬼東西！」
「是指這個吧。」
「禁、禁止觸摸！」

幹勁變成極差▼

呼、呼……這裡簡直是地獄，絲毫不能掉以輕心。
她偷偷教了我各種健康教育知識。雖然我無法說教了什麼，總之很厲害……
「就別層意義上我開始擔心起來了。」
「雪兔你放心，補習班學生都還是小學生，他們要上健康教育還太早了。」
冰見山小姐湊到耳邊，小聲說了一句『我只教你』。這叫我怎麼放心。

「對了，妳什麼時候要開始教課？」

「三天後。那是一家個人經營的小補習班，但評價不錯喔？」

三天後啊……我是有點擔心想去看看，可惜那天要家族旅行。

「我是很想去慶祝冰見山小姐初次上陣啦，不過那天有其他計畫，真是抱歉。等平安結束了，我們再辦場盛大的派對吧。」

回想起來，冰見山小姐平時就非常關照我，除了總是拿蛋糕水果請我吃之外，我還經常受到冰見山小姐家人的款待，就這麼單方面受人關照，實在是過意不去。我看乾脆辦場就職派對吧！

「……稍微讓我維持這個姿勢。我不想讓你看到我現在的表情。」

她從身後輕輕地抱住我。背後感受到了不知是汗水或是淚水的事物。

我不知道冰見山小姐是抱持多大的覺悟，才做出這項抉擇。我總是不明白別人的事。可是我知道，只要有人陪伴在身旁，就會感到安心，因為我也是如此。

「你願意為我慶祝嗎？」

「是啊。」

「我能不能提個要求？」

「好啊，只要我能做到。」

「──你願意，給我一個吻嗎？」

「耐久接吻的話有點困難……那個實在難受到快要窒息了……」

「不是耐久的話呢？」

「那就是未知的世界了。」

「要不要一起體驗？」

「如果我答好，會不會進入個人結局啊？」

砰的一聲，門打開了。進來的是三條寺老師。

「美咲小姐，好久不見──等等，你們到底在做什麼呀⁉」

「是祕密的私人課程。咕嘿嘿嘿嘿嘿嘿。」

「這、這太不健全了！」

後來我被三條寺老師狠狠罵了一頓。三條寺老師跟冰見山小姐至今似乎仍是好友，她聽說冰見山小姐想當補習班老師，於是前來為她加油打氣。最後三條寺老師也決定一起慶祝她就職。

回想起來，不光是冰見山小姐，我也給三條寺老師添了一大堆麻煩。

豈止如此，我總是讓周遭的人傷透腦筋。

──簡直就像是，我這個人會招來不幸。

「怎麼又是簡悔（註10）啊。不打了不打了。」

我將打發時間用的手機遊戲解除安裝。這種東西誰玩得下去，還有收集全國當地偶像的遊戲又是什麼鬼。

◇

所謂的『簡悔』，是遊戲在調整難度時常見的失誤。難得做了遊戲，自然會希望玩家們用心遊玩，這話乍聽之下似乎很有道理，但實際上只是不講理地將過剩壓力跟麻煩要素推給玩家，結果只造成一堆負評的失敗模式。這種惹人厭的難度調整處處可見，真的有夠煩，調簡單點不就好了。

我果斷退坑，將手機放入口袋。視線一轉向前方，就發現美麗過頭的姊姊正一臉不悅地盯著這邊，而且心情看起來差到爆。

噫！她光靠眼力就將我射殺了。

「為什麼不摸？」

「能否麻煩您把話說得清楚好懂些……」

「都到目的地了啊。」

註10　出自於《Final Fantasy XI》監製人河本信昭發言，指玩家輕易過關會使製作者心有不甘，因此調高遊戲難度。

「好了，我們走吧？」

媽媽催促我們下車，姊姊才把放在我膝蓋上的腳挪開。

我們正在坐電車，還是坐新幹線。哇——好快喔——！

沒錯，今天正是期待已久的家族旅行日。

我們坐在四人座位上，媽媽跟姊姊並排坐著，我坐在對面。行李則是擺在我身旁。位置分配我是沒意見，只是不知為何，電車一開始奔馳，坐我正對面的姊姊就突然脫掉鞋子，把腳放我膝蓋上。

原來我是筷架？

對方是大天使，為她做這點小事也稱不上是什麼貢獻，於是我決定閉上嘴巴，乖乖做一個筷——足架，但姊姊似乎有所不滿。

「我是看你想摸才放到你腿上耶。」

「您對我的認知到底出了什麼問題？」

「呵呵，悠璃她是害羞啦。」

「我在學校也從沒聽說過她會害羞啊。」

「我只會對你害羞。」

媽媽發出銀鈴般的笑聲，並對我解釋說。

沒想到在這時候會發現意想不到的全新事實。我決定不顧後果直接問姊姊。

「是這樣嗎？」

「是啊。」

「是這樣喔。」

「是啊。」

「這樣啊——」

「要我主動叫你摸，還是會有點害羞啊。」

「為什麼是以我想摸為前提？」

「蛤？」

「人家好想摸喔！」

「想摸就老實說出來。」

「是。」

「你們別玩了，趕快走吧。」

正當我聊到有點自暴自棄時，媽媽推著我們催促說。大天使的想法，果然不是我這種下賤之輩能夠揣測的。

一穿過剪票口，眼前即為雪國。

可惜並沒有發生這種事，夏日豔陽照耀，空氣清新，從未見過的景色，點綴了與平時截然不同的非日常。

「一出車站就很有氣氛呢。」

「從這裡要走多久？」

媽媽跟姊姊興高采烈地聊著。

這次是三天兩夜的溫泉旅行。難得媽媽請到長假，我想說反正機會難得，就額外訂立了各種計畫，況且我自己也有很多事想做。

雖然期待旅館，但這次旅行最重要的還是悠哉地泡溫泉，療癒日積月累的疲勞，才能讓媽媽好好充電。

我站在原處遠望，馬上就看到觀光地常見的詭異色彩冰淇淋，於是趕緊上前購買。買三支應該就夠了吧。

現在正值暑假期間，車站前非常擁擠嘈雜。

處處都能看到跟我們相似的旅客，街道上充滿活力。

我回到母親她們身邊，不知為何變成四人團體了。有兩名穿著時尚，看似大學生的人親暱地找她們攀談。

這不會是所謂的搭訕吧？在這短時間內被搭訕也太厲害……

媽媽跟姊姊都是美女，站在一起看起來只像是美女姊妹。仔細想想，在旅行地發生的邂逅也算是醍醐味之一，媽媽現在是單身，說不定能趁機找到不錯的對象。我至今從沒參加家族旅行所以不清楚，感覺媽媽她們被搭訕的經驗似乎相當豐富。

我是不是不該打擾她們呀？沒人知道命中註定的邂逅何時會發生。

不知該如何是好的我舔著冰淇淋觀望她們，姑且不論陪笑的媽媽，姊姊倒是明顯露出厭煩表情。好吧。

「我買回來了。」

「雪兔，你去哪了？」

「我去買這個。來。」

我將手上的冰淇淋遞給兩人。我自己的份早就吃完了。

「咦，你是她們男朋友？」

兩名看似大學生的男人見我突然介入，便詫異地問道。

「我是筷架。」

「咦，什麼意思啊——？」

「是啊，他是我男朋友，跟你們沒關係。雪兔我們走。」

「對不起喔，我對你們這樣的小孩沒興趣。」

「啊，等一下嘛！」

媽媽和姊姊拉著我離開現場。

我看起來只像是被她們從兩側抓住拖走。被人抓去解剖的ＵＭＡ說不定就是這種感覺。

「我們才在想你到底跑哪了？」

「才一個不注意你就不見人影了。」

「我看到感覺對身體不太友善的冰淇淋，一個情不自禁就跑去買了。」

我嘗試了在觀光地常見的衝動購物，不過味道倒是挺普通的。可惜。

「這次有雪兔在，要是剛才的人繼續死纏爛打，肯定會把事情鬧大。」
「幸好他們沒事，我可不想讓家族旅行泡湯。」
「怎麼說得好像我會鬧事一樣。」
「你都沒自覺嗎？」
「記得千萬別涉險喔？」
媽媽不安地叮嚀道，姊姊則是傻眼。看來我的信用早已破產。
慢著，就算是我，也不會沒事突然暴揍他們一頓啊!?
說實話，那種類型的意外太常見了，早習慣先下手為強的我，確實無法否認真的不會那麼做。
「我會反省的——」
「這是不懂反省的人才會說的話。」
「好了啦，我們好好享受旅行！」
在候車亭等沒幾分鐘，公車就來了。
不愧是觀光景點，公車班次非常多。
上公車後，我看向窗外景色，不論在哪個城市，只要是位於郊外都能見到類似的景象。每隔一段距離，就會出現家電量販店、購物中心以及大型藥妝店，某種意義上，這也算是汽車社會的黑暗面，怪不得商店街會衰亡。
過了一段時間後，這樣的景象逐漸轉變成獨特的景致。

「到了。」

媽媽嘟囔說。

一間古色古香的美麗旅館出現在正前方。

周遭景色也充滿了古雅的情調，讓人彷彿走進其他時代。

我們下公車，從風光明媚的溫泉街走了幾分鐘。

就抵達了目的地「海原旅館」。

「悠璃妳看，好漂亮喔。」

「房間也有露天浴池呢。」

嗯——好一個絕景。榻榻米的香氣撲鼻而來。

服務人員將我們帶到客房，我們立刻卸下行李，開始環視開闊的房間。這間和室最多能六人同住，格局是十疊加六疊，非常寬敞，除此之外還附帶露天浴池，可說是奢華至極。

「真是訂了個漂亮的房間呢，價格也不是那麼貴。」

「是嗎？是不是有什麼理由啊。」

姊姊使了個眼神，要求我解釋。

明白了，做任何事都會先調查得一清二楚的人正是我——九重雪兔。

這間「海原旅館」，似乎是看中訪日外國旅客增加，於是切換方針，改成以外國觀光客為主要客群。旅館的工作人員多半都會說外語，在我們抵達房間前，也能處處看到英文之類的外語告示，就連溫泉的入浴禮儀規則也全是英文。

儘管外觀是間古雅的溫泉旅館，館內裝潢卻充滿外國風情，這奇妙的反差確實也有魅力可言。但是就國內觀光客來看，寫滿外國文字的溫泉，到底是缺了那麼點風雅韻味。

然而現在日本限制外國人士入境，必須得將國內旅客視為主要客群。可惜長年以來針對外國觀光客經營，使得旅館難以調整路線，生意慘澹。講解結束。

「就是這麼一回事。」

「是喔——不過房間確實很棒，而且溫泉本身又沒有罪過。」

「我是覺得缺了點氣氛沒錯，這點就別太介意，放輕鬆點吧。」

我們坐在坐墊上休息，啜著熱茶。

「大浴池雖然不錯，但房間的浴池也大到一起洗。你說對吧？」

媽媽不知為何對我拋了媚眼，無法揣測其用意的我只能隨便給個回覆。她是想跟同為女性的姊姊一起洗嗎？

「是啊。」

她一定很期待泡溫泉吧，女生這種生物真的是非常喜歡洗澡。

我大致看了一下療效，除了最基本的消除疲勞跟改善手腳冰冷外，還有舒緩神經痛、肌肉痠痛、失眠等效果。溫泉也太厲害了。

「先來拍張紀念照吧。」

姊姊拿出手機說。這次沒辦法帶全幅單眼相機來，那玩意要帶來旅行實在太重，完全是個包袱，這下子越來越找不到它的用處了。

「我教你最近女高中生之間流行的姿勢。」

「怎麼可能，悠璃竟然做出這種普通女高中生的行為……」

「蛤？我生氣了。你擺出這種態度我可饒不了你。」

我只好遵從悠璃命令擺出姿勢。

「對，像是從身後緊緊抱住我，單手抓住胸部，另一隻手放這……你不要逃啊。然後露出淫邪的笑容。」

「這是什麼姿勢⁉就道德倫理來看完全無法過關啊！」

「這姿勢就是最近女高中生之間流行的色情同人誌封面圖啊。」

「根本是敗壞風紀！」

由於我背對牆壁，完全無處可逃。是說手的位置太糟糕了吧！

「好了，媽媽幫我拍。」

「原來年輕人現在流行這種姿勢啊。晚點我也來拍吧。」

媽媽也不疑有他，多麼地純真……妳可要小心詐騙啊？

「最近對我告白的人又變多了，乾脆用這張照片讓他們精神崩潰。」

「絕對不准把這張照片流出去。」

不知道衝勁十足地說要再次向悠璃告白的水口學長過得如何？

「討厭啦，你這是什麼意思？不想讓別人看到我這副模樣嗎？」

「隨便妳了啦。是。」

悠璃露出愉悅的笑容。我成功守護學長的精神了！

「那下個輪到我囉？我拍來跟下屬炫耀好了。」

「還不住手。」

結果跟媽媽也拍了同樣的照片。她是打算讓上司一併精神崩潰嗎……

◆

「時間還早，要不要去溫泉街那邊看看？」

媽媽一聲令下，於是我們前往溫泉街逛逛，令人吃驚的是，居然沒有發生任何意外事故，只有三隻黑貓連續從眼前經過。

難不成我的運氣提升了？

我們度過了非常有意義的時光，接著回到旅館。

「這樣的氛圍真是令人懷念呢。」

「這就是復古風格吧。」

「那麼冷清，的確很有郊區遊樂場的感覺？」

誠實過頭的悠璃說出了過分的發言，但也並不算說錯。

館內的遊戲室確實散發出一股古樸的風味。時間接近傍晚，我們換上浴衣在館內閒晃，最後來到這裡，除了我們之外沒其他人。

遊戲室不算太大，應有的機臺都有，除了懷念的大型機臺外，還有打太鼓跟鱷魚的體感機臺跟夾娃娃機。啊，連大頭貼機也有。

我們三人一起手指比愛心合拍大頭貼，在旅行中留下回憶囉。欸嘿嘿嘿嘿。

「你很擅長這一類遊戲對吧，玩給我看。」

「小的遵命。讓妳看看我的技術！」

我自信滿滿地投入百圓硬幣，可惜這個遊戲，就只是把眼前堆的零食塔弄倒，再把零食推到出口，跟技術沒有半毛錢關係，更何況我根本沒玩過。

「好空虛……」

「又沒差，反正有拿到就好。而且我很少有機會吃零食。」

「上次吃汽水糖已經是好久以前的事了。真好吃。」

媽媽一起吃著我拿到的汽水糖，開心地笑說。

我很擅長夾娃娃，那是因為小學時期，燈凪對這類遊戲非常不拿手，偏偏她又會為了夾想要的獎品拚命投幣，我實在看不下去才會主動負責幫她夾，畢竟零用錢可不能亂花。

總而言之，沒有我這個夾娃娃大師夾不到的獎品！

「不會吧……這個難道是!?噯，雪兔拜託，幫我夾這個！」

「好是好，什麼東西妳這麼想要啊？」

悠璃不知為何驚呼。我一看，只是一臺普通的夾娃娃機，獎品放在透明轉蛋殼裡，乍看之下實在看不清楚裡頭放什麼東西。

「挑你喜歡的夾就好。順便幫媽媽也夾一個。」

「哎呀，連我也有嗎？呵呵，真令人期待呢。」

我無視她們的對話，慎重地移動夾子，接著一邊計算角度，一邊看著下方轉蛋。既然她說挑喜歡的夾就好，那目標當然是好夾的轉蛋。

爪子搖搖晃晃地下降，無力地夾住轉蛋，爪子似乎調得有點鬆，但仍順利把轉蛋夾起。最後我順利連同媽媽的份夾到兩個！

「謝謝，原來你喜歡這種花紋啊。」

「這看起來像是布，是手帕嗎？」

我問道。只見悠璃扭開轉蛋，嘴角上揚。

「蛤？你說什麼啊。這是夾內褲機。」

「夾內褲!?難道這個粉紅色直條紋，跟黑色蕾絲都是——」

我急忙確認機臺，上頭的確是寫著夾內褲機。

我的天啊，竟然會在這種地方遇見傳說中的夾內褲機……

「怎麼可能……那個惡魔般的夾娃娃機應該因為法規限制而絕跡了才對——」

這時我才驚覺，這裡終究只是老舊旅館的遊戲室。

遊樂場跟遊戲室在風營法上有著明確的區隔。即使就遊樂場的獎品來說算違法，但在遊戲室就不一定了。

在遊樂場，夾娃娃機的獎品上限價格設定在千圓，然而大街小巷常見的那種，放了高價獎品的機率型夾娃娃機之所以完全沒有減少，也是基於這個原因。說到底，即使不算違法，玩了也肯定吃虧。

「討厭啦，媽媽那件未免太誇張了吧？算了，也沒差。等我們洗好溫泉就會穿上，你好好期待吧。」

「我總覺得是時候該制止姊姊的暴行了。」

我決定向擁有常識的媽媽提出抱怨，讓她來阻止興奮到做出白目行為的姊姊。

「這對我來說確實太過刺激了，不過偶爾一次應該還好。話說回來，竟然還有這種獎品啊……我記得以前的確有賣色情雜誌的自動販賣機。拿一個給柊當伴手禮似乎也很有趣，她就喜歡這類東西。能再幫我夾一個嗎？」

「怎麼連媽媽也玩嗨了。」

實在拿她沒轍，我只好多夾了十個做為伴手禮。順便拿來送燈凪她們好了，還有冰見山小姐、三條寺老師、澪小姐跟特莉絲蒂小姐。看來我也玩嗨了。

「洗溫泉之前先來流個汗吧，『九重家氣墊球對決』即將開打了。你那麼強，我跟媽媽一隊好了。」

「呵呵，這下子絕對不能輸了呢。」

悠璃站在臺前預備，媽媽似乎也相當起勁。

氣墊球算是遊樂場常見的機臺之一，這項運動相當簡單，就是雙方在噴出空氣的臺上，拿擊球器將球片推進對方球門。

我在這遊戲曾有過慘痛的經驗，以前在遊樂場打到十五連勝，最後沒人敢上前挑戰，逼得我只能含淚引退。現在身手應該也沒生疏才對。

如今悠璃跟媽媽組成雙打，的確是夠格當我的對手。

「……為什麼你突然感動起來了？」

「我還是第一次能發自內心享受九重家系列賽……內容真的好健全。」

「哈，那可難說了。」

「為什麼要反嗆⁉」

她那直截了當的發言令我頓時緊張起來。此時球片彈出，比賽正式開始。

不過，說到打氣墊球還是我技高一籌。對不起了兩位，這場比賽我是贏定了。

我緊握擊球器。來場堂堂正正的比賽吧！

「喝啊啊啊啊啊啊啊啊啊！」

我使勁殺球，悠璃勉強接下。

「唔——！稍微放點水啦！媽媽，拜託妳了！」

「交給我吧悠璃！嘿！」

媽媽用力擊球，霎時之間，動作太過激烈，使得腿從浴衣裸露出來。我情不自禁地盯著那魅力無窮的大腿，一瞬間僵住。

「啊。」

哐啷一聲，球片被吸進球門。

「好耶！」

媽媽開心地說。這次是抱持邪念的我不對，得打起精神才行。

「這次輪到我上了！」

悠璃擊打球片。從斜角展開攻勢。

須臾之間，擊球的激烈晃動，使得浴衣敞開，雙丘差點從中露出。由於尚未入浴，媽媽跟姊姊現在都沒穿胸罩。我一瞬間僵住。

時間延展，精神專注到極限，進入所謂的心流狀態，眼下一切變慢動作。

「——看到了！——啊——」

哐啷一聲，球片被吸進球門。

「竟然這麼容易就上鉤了，該說是你太老實嗎，真是可愛的孩子。」

「完了，怎麼想我都絕對贏不了。」

隨後，我被若隱若現的雙丘所擊敗。一不留神就會看過去，完全無法集中。

我有什麼辦法，就是會看到啊，這是要怎麼贏……

「好了，第一局由我們拿下，可憐的喪家之犬，你打算怎麼辦？」
「再來一場汪。拜託妳們汪。」
「你連骨子裡也變喪家犬了嘛。」
即使此身遭受汙辱，我也不會放棄比賽。說什麼都要贏！
「那就再比一場吧，正好拿來運動。」
除了姊姊之外，媽媽也充滿幹勁。我得趕緊想好對策，要是無法戰勝那若隱若現的東西，局勢只會對我不利。既然如此，我只能靠發球取勝！
「這次我不會再輸給慾望了汪！」
「我早就看穿你的想法了。」
正當我鬥志旺盛，打算一擊必殺時，姊姊跟媽媽卻擺出了異常前傾的姿勢。她們整個人靠在臺上，還各自用超大的G跟H將球門堵住。
要是我全力發球，肯定會直接打到G跟H。
「——怎麼可能！竟然用鐵壁——鐵乳防守戰術!?太卑鄙了汪！」
日本首度公開。如此嶄新的氣墊球戰術，令我感到膽顫心驚。
「你是個溫柔的孩子，不過，這也是你的弱點。這樣你就沒辦法下重手了吧？」
姊姊擺出勝利者姿態說。對打贏不了，如今發球也被封住，我已經無計可施了。
「怎麼啦？快點把那個硬邦邦又堅挺的東西用力殺進我的穴裡啊！來啊，快點進來！媽媽也學我一起煽動他。」

「咦，我也要嗎⁉那個……拜託不要弄痛我喔？」

我摸索各種可能性，卻找不出鐵乳防守戰術的攻略方法。將死。以為能夠打贏根本是我不自量力。

最後意志消沉的我，只能無力地將球片打出去。叩。彈。

「呀♡」

彈到姊姊的G了。誠可稱得上是難以攻陷的要塞。不，乳塞。

叩。彈。叩。彈。叩。彈。叩。彈。叩。彈。

「你就這麼想讓我舒服嗎？」

「——哈⁉感覺越玩越開心，最後整個出神了⁉」

「晚點再讓你盡情享受。想怎麼吸都行。」

「…………………吸、吸什麼？」

為避免產生誤會，我姑且確認一下。純粹是以防萬一，以防萬一罷了。

「蛤？那還用說。當然是奶——」

「吃我一拳————！」

我狠狠揍向拳擊機，砰咚一聲，刷新第一名紀錄。

「哼，也不過如此。」

「你這什麼意思。難道說比起我，你覺得媽媽更好是嗎⁉啊啊⁉」

「口氣也太差了吧⁉又不是超愛家鄉的溫和混混。」

壓迫感超級強。悠璃的沸點也低過頭了吧，而且情緒不穩有夠恐怖。

「媽媽，我總覺得是時候該制止姊姊的暴行了。」

這是今天第二次提議。

「那個……上次這麼做是你還是嬰兒的時候，如果你這麼想吸的話，我也……」

「喝呀——————！」

我再次狠揍拳擊機。刷新了三十秒前的紀錄。

「你這是家暴啊。原來你是家暴老公。」

「我沒家暴也不是老公！」

我反駁不實毀謗說，並用擊球器擊打球片。叩。彈。

「討厭！跑進浴衣裡——」

本以為會彈到媽媽的H，結果球片順勢滑進浴衣裡。

「好像掉到後面了。我手摸不到，能幫我拿出來嗎？」

媽媽看似困擾地說。身為輸家只能乖乖服從贏家，我做好心理準備，將手伸進浴衣裡摸索。我看看。哦，是這個嗎？摳弄。

「……不是……那個……嗯！不是那邊，在稍微後面一點的地方。」

「真羨慕。晚點我也要。」

「我受夠這一家人了。」

「你是認真說的嗎？」

「如果是認真的，我就不會跟妳們一起旅行啊。」

「…………」

「…………」

媽媽跟姊姊看向彼此。兩人心中的想法似乎一致。

「我看他真的各方面都壞了。」

「是啊，我們還是別深究了。」

兩人說話的期間，我仍不斷摸索媽媽的浴衣尋找球片。由於剛才運動了好一陣子，媽媽的身體發燙，肌膚悶出一層細汗，使得浴衣裡面充滿熱氣，但我絲毫不介意。

運動流了一身汗。晚點去洗澡肯定非常舒暢。

我如此心想，媽媽的神情看上去卻莫名豔麗且疲憊。

「媽媽我拿到了！咦？妳怎麼啦？」

「……你愛撫的技術真好。」

「因為我是金手指啊！」

莫名被稱讚了。金手指的稱號並非浪得虛名。

♨　♨　♨

「這溫泉真棒啊～」

大浴池裡客人並不多，露天溫泉被石頭圍繞，還有能邊泡邊觀賞美景的檜木浴池。我依序泡進泉質不同的溫泉裡，悠哉地體驗這天堂般的享受。

這裡的溫泉街意外地充滿美食，我到處買點心來吃，本來還擔心可能會吃不下晚餐，不過後來打了一場激烈（意味深長）的氣墊球，還泡了溫泉，肚子自然而然就餓了起來。

我看買個溫泉饅頭給爽朗型男當伴手禮吧，他媽媽千沙小姐應該也會很開心。我屈指數了數，要送伴手禮的對象還真不少。

看來不知不覺間，我真的成了一名現充，以前只有一位數的手機聯絡人名單，如今都暴增到三位數，這下我實在無法再自稱邊緣人了。

「不去在意……真的好嗎？」

再怎麼在意也於事無補，只能順其自然了。

周遭的人都在改變，而我也尋求改變，可是，我並不討厭這麼做。

我在寬敞的浴池裡伸展手腳，接著重點式按摩過去受過傷的部位，讓肌肉放鬆。

儘管已經痊癒，受傷部位特別容易復發，要是再次受傷，又會給家人添麻煩。

我說什麼都得避免這種事情發生，因此防止復發已然成為日課。

入院期間，我時間多到不知道該怎麼用，於是學習了瑜伽、皮拉提斯、整骨、人體穴道等知識，就是為了防止受傷。基於這些經驗，我變得非常擅長保養自己身體，幸好有學習這些必要知識。

我仔細做著伸展，時間轉眼間就過去了。女性洗澡時間總是比較長，她們應該還正在享受溫泉吧。

「不過真的好開心啊。」

我本來擔心自己跟來家族旅行，會不會害媽媽她們玩得不開心，看來是我多心了。難得一次旅行，實在不希望她們心情變差。

再這麼泡下去怕是會泡昏頭，晚點再來泡吧。

我依依不捨地離開溫泉，還享受剛洗好澡的咖啡牛奶。

然而，這時我還沒有發現，真正的地獄現在才正要開始。

♨　♨　♨

「登登——！知道這是什麼嗎？」

一從溫泉回來，媽媽就興高采烈地從包包拿出一個小瓶子給我看。

「呃……按摩油？」

「沒錯！平常啊，你都有幫我按摩對不對。難得出來旅行，又拜託你實在不好意思，但今天能用這個幫我按摩嗎？」
「好是好啦……咦，為什麼？」
「可以嗎？謝謝！有拜託你真是太好了。」
我還來不及理解情況，就一不小心先答應了。
小瓶子上面寫著杏仁油，似乎有著滋潤肌膚跟抗老化的美容效果。
我平時的確經常幫媽媽跟姊姊按摩。
其實剛開始，我就是知道媽媽為肩膀痠痛所苦，才會在住院期間學習各種知識，之所以定期幫她按摩，也是為了改善症狀。
既然我只能為家人幫上這點小忙，自然不存在拒絕這個選項。
話是這麼說啦……
按摩油？這要怎麼用啊？
「穿著浴衣應該無法用這個吧……」
「那不是理所當然的嗎？」
姊姊表現出一副「這不用想也知道吧」的模樣。
嗯，我想也是，這樣根本沒辦法用！哈哈，這分明就是常識嘛。
「這樣就好了。那麼拜託你吧。」
媽媽為了避免弄溼床鋪，在上面鋪了兩層浴巾。
「暫停————！」

「怎麼了？」

「為何要脫浴衣？」

「呵呵，你怎麼問這種問題啊？穿著衣服就沒辦法塗油啦。」

「妳怎麼答得如此理所當然!?」

我為了指正母親的愚蠢行為，於是找悠璃求救，誰知道一轉過頭，就看到她已經脫去浴衣，正打算解開內衣。

美、美的巨人……

「好了，快點按摩啊。」

「內衣！為什麼妳要脫內衣!?」

「還問為什麼，不然內衣會整個黏答答的啊。你是白痴嗎？」

「對啦，我就是白痴！別說得那麼理所當然好不好！」

最後她終於脫到一絲不掛，接著趴在床鋪上。

「拜託你了。」

「做不到做不到做不到做不到做不到做不到做不到！」

「為什麼？」

「妳還敢問為什麼！」

「你今天情緒好像特別激動啊。」

「想不激動都難吧可惡！」

雖說我經常幫她們按摩，但終究也只是隔著衣服揉揉肩膀、按鬆肩胛骨，或是隔著睡衣指壓而已，跟現在要做的事可是有著天壤之別。是說這兩個人到底怎麼了!?是發瘋嗎!?終於發瘋了嗎!?

「為什麼妳們能如此鎮定？」

「我們是家人，不用在意那麼多。」

「我會在意，辦不到。」

媽媽那豁達的胸襟已經超越極限了。

「我怎麼可能不覺得害羞。你是白痴嗎？」

「對啦，我就白痴！明明想狠狠罵妳一頓卻連看都不敢看！」

咦，真的要做？

「我心想你可能會喜歡，就把下面給剃了。如何？」

「妳可真有挑戰精神啊！」

「蛤？你明明就喜歡對吧？」

「妳真以為我會喜歡喔!?」

「用來耕田挖雜草的農具叫什麼？」

「鋤頭，不對，現在沒空跟妳猜謎——」

「答對了，雖然我除的不是雜草。」

「姊妳今天真愛說笑啊！」

按摩是將身體的廢物跟汙垢排出，單就這個觀點而論，這行為也稱得上是垢ＢＡＮ（註11），是說我現在就快做出會被官方封帳號的行為啊!?

沒辦法。事到如今只能老實回答了。

儘管說出來會對我造成致命傷，但是無可奈何了。

說出這句話，她們恐怕會覺得我噁心討厭，甚至永遠不跟我說話。總之我肯定會遭受責罵。

可是，要從這局面脫困，我只能想到這個辦法了。

反正就算現在被她們討厭也沒差，她們對我的好感早就跌到谷底了。

只要媽媽她們知道我是怎麼想的，肯定會恢復冷靜。我必須說出口，我將自己的真心話，不加修飾地傳達給她們。

「說來羞愧……」

「怎麼了？」

說啊。快點，快說出口！

被她們討厭就能了事已經算好了，最慘的下場是被趕出家門。

但是，我也非說不可。做這種事實在太奇怪了，我無法忍受這種不講理的行為。

就算我的精神跟離子鍵一樣堅強，也是有限度的！

註11　和製英文 Account ban 的簡寫，封鎖帳號的意思。

我盡可能留心別看到她們的身體，並下定決心開口說。

「那個……我會忍不住用色色的眼光看妳們，我覺得不太好……」

靜——

空氣凝結。現場陷入死寂。

結束了。我徹底完了。

終於說出口了。我也並不想迎接這樣的結果。這是我第一次參加期待已久的家族旅行，本來想開開心心地畫下句點。明明沒人會希望發生這種壞結局，為什麼事情會變這樣……

我戰戰兢兢地看向她們，兩人以驚訝神情看向我這裡。我實在無從確認她們的想法，但或許是在心中咒罵我。

至少我覺得，自己應該立即離開這個地方。

兩人彷彿是無法承受沉默的壓力，開口說。

「雪兔你……」

「原來你是這樣看我的……意思是，我能自認還很有魅力嗎？」

「嗚哇啊啊啊啊啊啊嗯！為什麼要說這種奇怪的話啦————！」

這下完了。

我哭了，雖然是在內心落淚。

「臨・兵・鬥・者・皆・陣・列・在・前。」

撐過地獄的按摩時間，我們開始吃晚餐。我不停念著九字真言揮去邪念，結果揮得太乾淨，達到了無我境界，卻時不時又被手上殘留的柔軟觸感拉回現實，看來我仍修行不足。

不知為何，我甚至比泡溫泉之前還要更累。精神力被徹底削弱，變得精疲力竭，相較於奄奄一息的我，媽媽跟姊姊卻容光煥發。看來油壓的效果非常顯著，這就是現代的社會分化嗎？

「真的是非常舒服呢，謝謝你。之後再拜託你吧。」

「下次記得不要移開視線。」

「妳們都不懂什麼叫憐憫嗎？」

不愧是旅館，豪華晚餐的菜色主要是新鮮海產為主，還附帶當季山菜跟當地品牌牛，天婦羅跟生魚片，各種精緻料理堆到桌上都沒有空間了。

我們吃著美味的料理，度過一段平穩的時光。

我跟姊姊還未成年無法喝酒，媽媽倒是已經喝到微醺，看起來心情頗佳。稍微穿好的浴衣現在感覺隨時都會滑下來。

快看到……沒事。剛才都看那麼久了……我這男人真的是學不乖。

「……真好吃。」
「來這邊玩真是太好了呢，悠璃。」
「嗯。」
媽媽跟姊姊似乎心滿意足。太好了太好了。
我？只要她們玩得開心就夠了，我倒是犧牲了大半的精神力。
「其實啊，我的夢想就是一家人像這樣放輕鬆出去旅行。」
媽媽看似感慨地說。
家人之間的關係扭曲且不完整。至今連這點事都沒有實現過。
「因為過去都沒有一起旅行……」
「是啊，每一次你都沒有跟。」
「這……對不起。」
因為我不希望她們掃興，不過我沒有直接說出這句話。即使到了現在，我也不知道她們心中的答案，但我想，說不定是我誤會了什麼。或許是媽媽那夾雜著哀傷和開心的複雜神情，使我稍微產生了這樣的想法。
「你連國中的修學旅行都沒去啊。」
「不，那是因為——」
「悠璃，過去的事就算了。我們現在開心就好。未來我們一定會過得更開心。」
「是……這樣嗎？嗯，一定是。」

「我們三個是家人。在這幾十億人生活的世界裡，只有我們三人相依為命。希望你們相信我，我把你們看得比任何事物都還重要，也想永遠跟你們在一起。我知道自己沒資格說這種話，但是——」

媽媽突然抱住我跟姊姊。

「我們三人現在能在一起，真的是非常幸福。」

飄來一股微微的酒味。

回想起來，我們似乎繞了不少遠路。

我不知道如何回答才是正確答案，也想不到該說些什麼，甚至記不起我們是什麼時候漸行漸遠。

當我們發現時，已經變成這樣了。

一切都為時已晚。

我只知道，我們必須珍惜現在這個當下。所以現在，哪怕只有現在，讓昏昏沉沉的大腦停擺，接受這一切就好了。

「對不起喔，在吃飯時講這些。我實在是忍不住。」

媽媽為了改變感傷氣氛，於是換了個話題。

「對了！我還有其他想跟你們一起做的事，可能得先約好。」

「事先約？不約就做不成嗎？」

姊姊一臉不解地問。

媽媽雙手一拍，笑容滿面地答道。

「那個啊。我想要約啪！」

「我怎麼渾身惡寒，現在不是夏天嗎？」

好奇怪啊。是感受到什麼妖氣嗎？

「我們難得一起放假，不能約嗎？」

媽媽偏著頭說，好可愛啊。不對，現在不是說這種話的時候！

「約啪這種事不是說約就能約的！」

「是這樣嗎？我在前陣子上班休息時間，聽柊說最近年輕人都喜歡約啪。我以為你也會感興趣。」

「要說想或不想的話，我只能簡潔扼要地說想。」

我這個忠厚的老實人每次都會乖乖地把答案說出來。多麼可悲。

「這樣啊！那我們馬上來做吧。」

「不是這個問題！都說了這種事不是說約就約！我能揍妳那個屬下嗎？」

「我才不會輸給年輕人呢！」

「妳是在跟誰較勁啊⁉」

柊小姐是媽媽的屬下，先前我們有過一面之緣。她到底在公司聊什麼鬼東西啊，而且媽媽還完全會錯意了，拜託別教我媽奇怪的知識好不好！

「媽妳等一下！」

此時姊姊伸出援手。

想當然耳。約帕真的不妙，應該說豈止是不妙，根本就觸犯禁忌了。雖然說實話，我總覺得剛才就已經超越限度，理智線隨時都有可能斷掉。除了有可能會被禁止出版外，最重要的是就各種意義上來說，我都快撐不住了。

姊姊到底是個大天使，我彷彿能看到她所散發的光芒，悠璃艾爾溫暖的胸襟照耀著大地。這已經是月費服務了，每個月只要消費一定金額訂閱，就能受到被姊姊和善對待這項恩澤。

只要她能將我從這絕境中救出，要我捐獻多少錢都行！

「我也要加入。」

「怎麼可能……她竟然墮落了……？」

大天使悠璃艾爾變成墮天使悠璃艾爾了。

「我老早就沉淪了。」

「怎麼會……！」

這個世界沒有任何希望。真是難以置信，竟然連姊姊都墮落了。

啊，對了！

「我剛才看到這附近長了曼德拉草，我去剷除它。」

「站住，你以為跑得掉嗎？」

「到底搞什麼東西……人家受夠了啦……」

我就像是一個被闖入迷宮的冒險者給逼到死路的FOE（註12）。

「你就乖乖放棄來約啪吧。」

「噫咿咿咿咿咿咿！」

「呼，人家醉了。」

悠璃呼出一股甘甜的香氣。使我進入了負面狀態酩酊（假的）。

「妳明明一滴酒都沒沾吧。」

「蛤？」

「這種時候誰會乖乖聽話！別以為我真的都不會反抗！」

誰要屈服於威脅，我要跟公主騎士一樣，以高潔精神來拒絕誘惑！

「你想跟我約啪對吧？」

「是。」

「那我們去滾床單吧。」

「對不起我騙人的！我只是一時答得太快，並不想這麼做！」

「不要找藉口，先找套子吧。」

「妳以為這樣講有梗嗎！」

「找不到也沒差。」

註12　Field on Enemy，意指地圖上的敵人。

「冰見山小姐的健康教育課中有提到，要是大意可是會釀成悲劇。」

「因為我……覺得害羞嘛。」

「為什麼事到如今才覺得害羞⁉」

她將我往床鋪拖去。這條纖細的手臂哪生出這麼大的力氣⁉

「不過，約啪的啪到底是什麼意思啊？」

媽媽悠悠哉哉地說出最應該先瞭解的事。

♨　♨　♨

「呼、呼……」

差點就登上大人的階梯了，這可不是鬧著玩的。

我從宛如地獄的房間奪門而出逃往大廳，總之先坐在沙發上，調整呼吸，灌下自動販賣機買的可樂潤喉。累死了……

乾脆再去泡溫泉吧。我的疲勞豈止沒有消除，還不斷增加。

媽媽跟姊姊到底為什麼會那麼嗨啊，還是說這才是正常的家族旅行？過去我一次都沒參加過，完全無法理解，若真是如此，那家族旅行似乎是個非常嚴酷的活動，太恐怖了。

「你還好嗎？」

我整個人癱倒在沙發上，忽然有人對我搭話，是男性的聲音。
不是女性的聲音，最起碼不會被捲入麻煩事，我頓時放心起身。
「你看起來好累啊，還好嗎？」
「沒事，我只是來找曼德拉草……」
「曼德拉……？」
「沒什麼，請不必介意。」
對方是個壯年男性，是工作人員嗎？不好意思打擾到你。
他看似擔心地看著我，接著表情卻逐漸轉為驚訝。
「你是……鎮上家電行的人？」
「什麼？」
抱歉，你搞錯人了。

「不好意思啊。時間沒問題嗎？」
「沒問題，都這時間了，接下來只剩回房睡覺。」
所幸時間非常充裕，而且現在也沒辦法輕易回房間。
他帶我到一個房間，並拿出茶跟茶點招待。是餡蜜啊。
我現在位於客人禁止進入的地方，也就是員工用的房間，話雖如此，這時間房裡只有我跟帶我進來的男性。是說，這人到底是誰啊？

「你找我有事嗎？」

「其實也稱不上是有事，你還記得我嗎？」

「難、難道說，你是小時候跟我約好要一起去甲子園的小洋？」

「才不是！你說的到底是誰啊!? 我們年齡差這麼多耶。」

「我的假想朋友。」

「我人就在你眼前耶……」

「也是，而且我也沒打過棒球。」

「那你為何要選擇去甲子園？」

這人到底是誰啦！即使他看似傻眼地說，我也絲毫沒有印象。

我的確經常有很多不知不覺間認識的朋友，既然都是不知不覺認識的人了，當然在我的管轄之外。

「我們在美咲那見過面吧？你當時自稱是家電行的人。」

「家電行？我是學生耶，你是不是搞錯人啦？」

「明明是你自己講的啊！我們在美咲——冰見山小姐家裡見過啊。當時沒有多聊，你可能不記得就是了。」

他這麼講我才回想起來。

「啊啊，我想起來了。你是那個外遇對象！」

「才不是外遇！」

我沒打算妨礙他人談戀愛，不過凡事都好歹得合乎情理。

「對一個大人講這種話或許太過放肆，但是這麼做會讓冰見山小姐哀傷，建議你還是不要搞外遇，最近連藝人做這種事都會無法重登舞臺。」

「就說了不是外遇啊……難不成在我回去之後，美咲對你說了什麼嗎？她似乎跟你相當親密。」

「這麼說來，她好像講過會妥善處理之類的話……？」

我只依稀有個印象，她似乎是這樣講的。

「妥善處理嗎，真不知道那句話是哪種意思。從她的角度來看，我被恨也是理所當然的事。是說你跟美咲似乎很要好啊。」

「應該說我們是天敵。」

「你這樣講反而更讓我在意你們的關係了……」

眼前男人嘆了一口氣，隨後重新自我介紹，沒想到這個人竟然是位社長。他是海原旅館的社長，名叫海原幹也，看上去年齡似乎比冰見山小姐稍微年長，頗有年輕社長的架勢，卻感覺莫名地疲倦。

「沒什麼，我是正好看到認識的人，才會有點在意。本來只是這樣而已……」

社長吞吞吐吐地說，接著突然問道。

「你覺得這間旅館如何？」

「走通用設計風格，看起來很不錯啊。還有溫泉泡起來非常舒服。」

「你知道這麼難的詞彙啊。謝謝誇獎。」

「在老闆面前沒辦法給差評啊。要給也是等回家再寫在旅遊網站評論上，我可不想被人肉搜。」

「可以的話能別這麼做嗎？很多同業者就是因為這樣才變得心灰意冷。」

「這就是網路社會的黑暗面呢。」

「我怎麼覺得是你的黑暗面……算了，你覺得旅館內的設施有什麼地方怪怪的嗎？」

「怪怪的？嗯——除了外語告示很多之外沒什麼想法……」

「其實問題就在這。」

「什麼？」

社長娓娓道來。真不明白，他為什麼要找我諮詢，但都吃了人家的餡蜜，還是認真聽吧。這也太好吃了吧！

「原來如此，意思是你們並沒有外遇。那打從一開始這麼講不就好了，我還擔心冰見山小姐因為這事遭人指指點點呢。」

「我想一開始就沒人說我們外遇。算了，總而言之這間旅館，現在正因此傷腦筋。實際上，客人確實很少對吧？」

海原社長跟她正式離婚了，所以不算外遇。搞什麼，原來是這樣啊！

「太好了，這樣一切問題都解決了。」

「拜託你不要隨隨便便就結束話題好嗎？」

「你對我講這些，我也是無可奈何啊……」

「話是這麼說沒錯啦，我看美咲跟你感情這麼好，而且她似乎非常信賴你，說不定你可以幫幫我。」

我已經還清了餡蜜的人情，所以直截了當拒絕他。

「我做不到。我沒辦法拿這種事拜託冰見山小姐，結果你到底想做什麼？你是喜歡冰見山小姐，想跟她在一起？還是純粹想要利用她？」

「我希望能和她在一起，就跟當年一樣。」

「可是，你不是拋棄她了？」

「我沒有拋棄她。只是當時的我，並沒有其他選擇。」

他露出痛苦神情說，話中聽起來充滿後悔。雖不清楚詳情，不過冰見山小姐擁有強大的人脈，只要拉攏她，就能獲得強大的助力。

也因為如此，我沒辦法輕易地利用她。

「將旅館方針轉為接待外國旅客，也是你母親的決定嗎？」

「是啊，雖說並不是沒考慮過這一類風險，但我們想法太過天真，沒做好風險管理也是事實。」

「你會跟冰見山小姐分手，也是受母親指使？」

「如果我能抬頭挺胸說不是這麼回事，或許結果會有所改變吧。」

他那似是緬懷的目光，不知映出何種景象。我所知道的，就只有往事沒辦法改變。

「我知道這種事旁人不該插嘴，恕我直言，如果你真這麼後悔，當初為何不好好保護她？」

「當初我太年輕，只懂得乖乖聽話。是我太不成熟。」

「換作是現在，哪怕與所有人為敵，你也會保護她嗎？」

「這……」

只能選擇其中一方，這種抉擇任誰都碰過。這個人拋棄婚約對象，選擇了母親、旅館跟地位。背負的事物越龐大，就越是難以割捨。

最終只能將兩者放在天秤上衡量，做出取捨。這是無可奈何的事，不論有多麼懊悔，旁人也無法責難他。

「我認為現在才跑來依賴她是不對的。如果你說什麼都希望她幫忙，那就得抱持與一切為敵去戰鬥的覺悟，否則是無法打動她的。」

「是這樣嗎……」

「我沒辦法幫你對冰見山小姐求情。應該說，如果她知道你找我商量這種事，可能會氣到再也不願意見你。」

「那就傷腦筋了……姑且不論旅館的事，我仍對她——」

「既然如此，請你仔細考慮清楚。」

想也知道，用這種拐彎抹角的手段，冰見山小姐絕對會氣炸。

也不知為何，冰見山小姐對我的好感度早就爆表，要是知道這人有求於我，肯定不會有好臉色。

為他請吃餡蜜道謝後，我便離開現場。

旅館的事，兩人的關係，大人的世界，不論哪件事，我都只是個外人，沒有辦法深究。剩下的只能交給社長跟冰見山小姐去處理。

我決定稍微散個步，於是走出大廳到外頭。

白天熱鬧非凡的溫泉街，在這時間也變得一片冷清。話雖如此，卻留有一種溫泉街獨有的氛圍，令人興奮得靜不下心。

對實施觀光立國政策的日本來說，夜間經濟也是相當迫切的課題。

可惜現階段人才短缺，要立即滿足這一類需求非常困難。

我四處溜躂，結果被貓凶了，說實話打擊有點大。

媽媽跟姊姊也該冷靜下來了吧？要是還沒冷靜我可傷腦筋了。

再晃下去怕是會睡不著，熬夜可是旅行的天敵。

街道前方有間便利商店，這讓我深深感受到二十四小時營業有多麼地珍貴，觀光地的便利商店通常會賣些罕見的當地特產，令我滿懷期待。

我決定買些點心再回去，於是朝超商走去，此時我聽見微弱的呻吟聲乘風而來。

嘰沙啊啊啊啊啊啊啊啊啊啊啊啊啊。

「難不成真有曼德拉草？」

沒想到胡謅也能歪打正著。這可是個驚人的大發現，我懷著難以言喻的興奮，朝聲音方向走去，卻看見一位女性蹲在地上。

她看起來非常痛苦，是癲疾發作了嗎？

「男人什麼的～全都是垃圾啦垃圾！這世上沒一個好男人～聽好了？我才不是沒辦法結婚，而是不想結婚。聽到了沒，大白痴——」

……嗯？啊，這傢伙絕對不妙！

她滿口咒罵，身上還飄出一股刺鼻的酒臭。我本來拿出手機想叫救護車，但思索半晌後，便立刻得出結論，將手機收回口袋。

「還是當沒看見吧。」

「啊啊？」

糟糕！眼神對上了。

她以尖銳的眼神打量我全身上下。

「我這麼難受～你竟然還視若無睹！所以我才說男人都是垃圾～」

「醉鬼閉嘴。」

「我才沒醉～！最近的小鬼頭都沒有好好受教育嗎～」

「我受的教育告訴我碰到奇怪的女人要馬上逃走。」

這是偉大姊姊的教誨，過去我曾盲目遵從，不過如今她成為墮天使，使得信賴度微妙地下滑。話雖如此，別跟對方扯上關係比較好這點，我倒是深感贊同，至少我覺得眼前這人只會給我帶來麻煩。

「我還有事就先走了。」

「給我站住～」

她搖搖晃晃地站起身，朝我走來，眼神看起來完全喝茫了，還一身酒臭。

我是不清楚她為什麼會醉倒在這種地方啦，但根本與我無干吧？

為什麼我總是會被捲進這種麻煩事裡，這真的是永遠的謎團。

這神祕醉鬼比我想像中還高，甚至比我還高一點。也因此，有一種莫名的壓力，這應該算是恐怖體驗了吧。為、為什麼要慢慢朝我逼近？

「你一個小孩子～怎麼能在這種時候亂晃～」

「妳該不會認為自己的言論會有說服力吧？」

「少囉嗦！嗚……突然大吼搞得我……嗚噗……」

「啥？」

「嘔嘔嘔嘔嘔嘔嘔嘔嘔嘔嘔嘔——」

她抓住我的肩膀，直接朝臉吐了出來。

哈哈——我明白了。這傢伙是妖怪顏面嘔吐女吧？

搞什麼，原來是妖怪啊。那就沒辦法了！

這世上沒有人類會朝著初次見面的對象嘔吐。

周遭飄著一股胃液的酸味，應該說是從我身上飄出來的。所幸她似乎沒吃東西，沒看到固體食物，但狀況仍是慘不忍睹。

這慘狀是怎樣？連我衣服上都是嘔吐物。

「嗚……好不舒服……嗚！」

妖怪再次蹲下。我一語不發，走進便利商店。

啊，店員臉超臭，眼神直直朝我刺了過來。我想也是，突然有個滿身嘔吐物的客人進店裡，任誰都會嚇到。你沒有錯，錯的是我。不，我也沒錯好嗎！錯的是妖怪，這全都是妖怪害的！

我買了需要的東西，走回妖怪身邊。妖怪維持剛才的狀態蹲在原地，我本來還期待自己看到幻覺，可惜全是不講理的現實。

「來，把這個喝了吧。」

我將剛買的肝臟水解物藥錠跟水遞給她。

為什麼我得照顧這個妖怪……

「什麼～？這是安眠藥對吧～你這個女性公敵——少瞧不起我了～要是你敢做什麼奇怪的事～我就把你送去拘留所～」

她拍開我的手拒絕說。我火大了。

「少囉嗦————————！快給我喝下去妳這臭女人————————！」

「噗哇⁉咕噗噗噗噗噗噗噗噗噗噗噗噗噗！」

我把藥錠跟寶特瓶塞進她口中。

「嗚咕咕咕咕咕咕咕咕咕咕咕⁉噗呼！等、等一下，我喝不下——咕噗噗噗——」

「喝！全喝下去！快給我喝————！」

我才不會手下留情。五百毫升的水慢慢喝光。哇哦，多麼驚人的吸收力。寶特瓶整個空了，妖怪則在我面前癱倒。

她以充滿恨意的眼神看著我說。

「你給我記住～晚點要給你好看……」

「別蹲在這種地方了，請妳乖乖回家吧。」

反正我們不會再見面了，妳講什麼我都不會放在心上。相信這是我最後一次撞見妖怪了，反正我沒有能看到妖怪的神奇手錶，也不想抓妖怪。

而且我現在滿身嘔吐物噁心到不行，只想早點回去洗澡。

正當我打算回旅館時，卻被她從身後抓住腳。這傢伙行動越來越像妖怪了。

「給我站住——」

「我差不多想回去了……不必擔心，我對妳沒興趣。」

「你以為我是誰啊……」

「妖怪顏面嘔吐女。」

「我哪～裡像妖怪了～！別看我這樣……啊！」
「啊？」
「不行……要尿出來了……」
「那我先走了。」
「我怎麼可能讓你逃走──────！」
妖怪連滾帶爬地追了上來，畫面怎麼看都像驚悚影像，幸虧我擁有最強的精神力完全不怕恐怖片，否則事情可就糟糕了。
「快點～把我搬回房間！會變這樣全都你害的～！」
「難不成這傢伙是會附身的妖怪？」
被鬼跟倒是比較常聽說，沒想到我會被妖怪附身。
偏偏我沒有除靈技能。這下該怎麼辦呢……
「不行……到極限……忍不住了……要是真發生那種事～我的人生就完了啦～」
「我怎麼覺得妳早就完了？」
「少囉嗦！快點背我回去～」
「就算妳這樣講，我也不知道妖怪住處在哪啊。」
「在不遠的地方～只要快一點就能趕上──────！」
妖怪神不知鬼不覺地附身在我背上，她在我耳邊輕聲說。
「咦，真假？」

妖怪的住處，跟我一樣是『海原旅館』。

「嗚哦哦哦哦哦哦哦哦哦哦！」

「啊哈哈哈哈哈！好快好快——衝快點——！嗚、越來越噁心了！」

「別吐！別吐啊！不准吐出來！」

「上下都快失守了。」

「兩邊都給我拴緊緊的！」

「你說誰鬆垮垮的——！我還——嗚噗……嘔嘔嘔嘔嘔嘔——」

「呀啊啊啊啊啊！溫溫的好臭啊！別吐我背上！」

我背著妖怪奔馳在回程路上，她似乎直接吐我頭上了。

早知道就應該無視這隻妖怪，這下場也未免太過悽慘了吧。我不過只是出門散個步，為什麼會變這樣……

一回到旅館，櫃檯人員就瞪大眼睛盯著我，但我可沒空管他，我全速衝向妖怪講的房間，目的地近在咫尺。

「……勉強勝利了。」

「取勝!?妳倒是告訴我這算哪門子勝利!?」

妖怪一臉嚴肅地嘟囔。

「來，鑰匙——」

「啊啊啊啊啊啊啊真是夠了——————！」

都怪這妖怪不停亂動，我連把拿來的鑰匙插進鑰匙孔都難如登天。

「不要亂動！信不信我把妳丟下來！」

「太失敗了，果然不該看到房間就安心下來～太大意囉～」

「嗯？妳在胡說什麼……」

「啊♪」

背上傳來一股莫名溫暖的感覺。

「難道說……決堤了……？」

「……呼——呼——」

「妳還敢給我裝睡!?」

「呼、呼……真是倒楣透頂……」

「你終於回來、咦，你怎麼啦？」

「嗚哇————————！姊姊————————！」

「好乖好乖。我們進被窩，讓我好好安慰你。」

「糟了，這邊也不得安寧。」

我把妖怪丟進房間後，才拖著疲憊的身軀回來。

雖說事情結束就好，偏偏結束方式實在糟透了。

妖怪似乎是自己住，房裡沒其他人，一回房她就露出滿足的表情入眠，也不管我有多辛苦。我沒辦法幫她換衣服，也無事可做。

最後只好把她隨便丟著。我得到的只有一身疲憊，跟被穢物弄得溼答答的衣服，不洗乾淨簡直臭不可耐。

「……你到底發生什麼事啊？怎麼有股味道。」

「這點我再清楚不過了。」

所幸這間旅館有投幣式洗衣機，晚點再拿去洗吧。

「媽媽已經睡了，她可是一直在等你呢。」

媽媽發出安穩入眠的呼吸聲，一定是被工作跟家事搞累了吧。我發出感謝意念，謝謝妳總是那麼照顧我。

「抱歉，我也想早點回來，只是我被妖怪附身……」

「……妖怪？」

「我去洗澡。」

房間的浴池也是流出溫泉，實在令人開心。雖說現在是夏天，我還是第一次在這時間弄得滿頭大汗，精疲力盡，就連社團活動也沒那麼累過。

動到平時不常用的肌肉，搞得身體咯吱作響，我浸到溫泉裡，大大地吐了一口氣。

「呼，這就是家族旅行嗎……」

儘管是初次經驗，但家族旅行真的是非常辛苦的一件事，而且嚴酷程度完全超出我的想像。講真的，意外一個接著一個來襲，我根本沒辦法休息。

「我幫你洗背。」

說出這句話的人不用講也知道是姊姊。

沒錯，意外就像這樣一個接著一個來！

看來就算進到浴室，我都無法休息片刻。

我——九重雪兔是日本人。

姊姊——九重悠璃也是日本人。

長久以來，我將這事視為理所當然，但說不定並非如此。

就如同鎌倉幕府成立從一一九二年變更成一一八五年，所謂的常識，隨時都有可能顛覆。過去一臉得意教學生「打造一個好國家吧鎌倉幕府」這口訣的老師，現在臉八成羞得像顆蘋果吧？也有可能直接從臉上噴出綠光就是了。

我——九重雪兔，是個不斷對世間常識抱持懷疑的男人。

總之我想說的呢，是我剛才的確說過「我去洗澡」，然而不知為何，姊姊竟然在我洗澡時闖進來。

這不禁讓我懷疑，我們之間的日文溝通是不是出了什麼問題。回想起來，至今我說的話她多半都沒聽進去。

然而，即使語言不通，姊姊仍是女性。而我這個弟弟終究是男性，她會在明知有男性入浴的狀況下刻意跑進浴室嗎？

不，不可能（反諷）。不過等等喔？

此時我察覺到一個可能性。這也是我懷疑常識後得來的結論。

「……莫非悠璃不是姊姊，而是哥哥？」

「我是姊姊喔。」

「研究又回到原點了……」

「我幫你洗頭，過來這邊。」

再怎麼逃避現實也快到極限了，我決定直言不諱地問她。

「那個……這裡是房間浴池，應該不是混浴……」

「就是混浴。」

「問題是這裡沒寫是混浴……」

「就是混浴。」

「能至少請妳圍個浴巾嗎……」

「這裡是混浴耶？」

「果然語言不通嘛！」

「蛤？我現在變大了，你分明就很開心吧？」

「是。」

哭哭……豪爽地脫到一絲不掛的姊姊坐在凳子上，拍了拍自己的膝蓋。

似乎是叫我過去。比手畫腳的重要性果然恆久不變。

我逐漸習慣跟姊姊之間的異文化交流，誰叫我是個吸收力如海綿一般的男人，而且這裡正好又是浴室。

「是說你剛才怎麼一身臭味，發生什麼事了？」

「全都是妖怪顏面嘔吐失禁女幹的。」

「那是什麼？」

「姊姊，我能感受到妖氣。」

「你這樣講我也不知該作何反應啊。」

姊姊搓洗著我的頭說。說實話，還挺感激的，但要是不靠對話分神，怕是會不小心看到什麼不該看的東西。其實，現在也時不時會看到。

更何況剛才幫她按摩時都已經看光了，如今才移開視線也太遲。在我腦中交戰的天使與惡魔，總是惡魔占優勢。咕嘿嘿嘿嘿。

總覺得自己是時候該達到明鏡止水的境界了，卻遲遲沒有覺醒的跡象。

不過是出門散步就惹得一身麻煩，幸好平安討伐妖怪，事情應該算是落幕了。我從雪華阿姨身上學到，跟醉鬼扯上關係通常不會有好下場。阿姨只要喝一點酒就會喝醉，而她一醉我就肯定會遭殃。到底為什麼……

我把剛才發生的除妖故事告訴姊姊，她一聽，原本就冷淡的表情變得更臭了。

「唉，你真的是……我不是說過小心別被奇怪的女人纏上嗎？」

「我早習以為常了，就連現在也是——」

「蛤？」

「歡喜到不能自已！」

「我是例外好嗎？」

姊姊順便幫我洗背。這種事一個人無法做到，理應算是一種寶貴的體驗，可是我在家裡卻老是發生。

——咦，先等一下！手！那個……那邊……噫！

「前、前面我自己洗就好。」

「依照過往經驗，你覺得我會聽嗎？」

「有道理。」

「那就沒問題了吧。」

「最最最、最好是啦！」

不只嚇到口吃還被洗遍全身。哭哭……

「呼，洗得真舒服。」

「不知為何我實在很難表示同意。」

我們泡進浴池。此刻我的疲勞已經抵達顛峰，真想賴在裡面不出去。

刺激較強的源泉彷彿讓身體融化一般，拿來消除疲勞可說是再適合不過，至於這份疲勞是不是我本來就該背負的事物，這點倒是成謎。

「家族旅行，開心嗎？」

在身旁一起泡澡的姊姊嘟囔了一聲。

「我終於見識到家族旅行有多辛苦了。」

「……只有你這麼覺得。」

開心……我覺得開心嗎？

回想起來，光這一天我就過得有夠辛苦，不過像這樣泡著溫泉，的確是非常舒暢。抬頭一望，月兒在漆黑夜空中散發光輝。

我看向身旁。姊姊的眼神依舊銳利，但沒有平時那麼不悅，光是這樣，就使她看起來和善不少。

這麼說來，媽媽跟姊姊似乎玩得非常開心，甚至可說是玩嗨了。

這樣看來，家族旅行應該算是辦成功了吧。最起碼我的意見不重要。

大家覺得開心就好，而我只要想辦法滿足大家，用盡全力讓她們玩得愉快。

就在我如此思考時，姊姊移動到我正前方，眼睛直盯著我。她像是在打探什麼，又像是為了避免我躲開。

「是說，我有件事想問你。」

「什、什麼事？」

「——修學旅行，為什麼你沒有去？」

「修學旅行？」

怪了？說起來，晚餐時姊姊似乎也提過這件事。

「嗯──其實沒有什麼重要的理由。」

「就是這點，沒有重要的理由才顯得不對勁，而且你最後還是沒去。為什麼？」

我開始回想，自己沒有參加國中修學旅行。

不僅是忘記自己做過這項選擇，要是姊姊不提，我根本就不記得有這件事。其中並沒有什麼特殊的緣由，記憶逐漸鮮明起來，真的只是一些小事。

硬要說理由的話，就是我覺得這個選擇是最好的。除此之外不存在其他理由。

修學旅行的日期逼近，有次班導對大家提出忠告說「千萬別引發問題」。後來，學年主任也說了相同的話，老師會這麼耳提面命是很正常的事。對老師而言，修學旅行也是一個重大活動，他們自然會背負沉重責任。我實在無法想像他們有多麼辛苦，神經有多麼緊繃。

我只覺得自己對不起他們。

這話自己說出口實在有點那個，我運氣是真的很差。於是我想到了。

只要不去，就不會引發問題了。我不會給老師增添負擔，老師們也不用為我勞心傷神，完全就是雙贏的局面。我心想他一定會感到高興，於是意氣風發地對他提議，沒想到他態度起了一百八十度轉變，開始說服我參加。

這麼突然對我道歉，我只感到困擾。

就算他說將來一定會後悔，我對修學旅行也沒有特別的想法，如果我不去就能讓所有人玩得開心，那麼這就是最佳解。

這麼做只有優點，沒任何人蒙受損失，實際上我豈止沒後悔，還壓根把這件事給忘了，所以做出這個決定應該沒錯。

事情原委真的就只有這樣，無聊到不值得一提。

我專心思索，期間我的眼神在虛空中徬徨。

隨著記憶之旅告終，我恢復意識。

「……姊姊？」

姊姊眼中泛淚，手摸著額頭說。

「——為什麼你總是這樣！為什麼雪兔不能讓自己得到幸福？雪兔總是希望別人得到幸福，卻不認為其他人希望雪兔得到幸福嗎？」

她激憤地吼道。彷彿將感情全數傾出，毫不畏懼受傷。

除此之外，我感受不到她當時推開我的冰冷意志。

我不明個中道理。不明白她想說什麼，不明白她為何傷心。

可是，心裡卻覺得溫暖。這是溫泉的效果？還是姊姊的體溫？

彷彿聽見「喀嘰」一聲，某種東西鑲嵌上了。

我突然理解。姊姊現在——**在對我生氣**。

至今媽媽跟姊姊都沒有對我生過氣。

那麼我犯錯時，又有誰能糾正我。
她是如此認真，如此真情流露。
姊姊她，對無可救藥的我生氣了。

——然後，我終於發現了。這就是所謂的家人。

「念書、運動、家事，你是為誰而做？」
月光照耀著姊姊，映出了夢幻的輪廓，就如同神話裡登場的阿蒂蜜絲般神聖，無限美麗。
我不明白她這麼問的用意，只能照實回答。
「呃……為了我自己？」
「……真的嗎？」
姊姊究竟想表達什麼，愚鈍的我實在無法解讀其深意。回想起來，至今我也從沒打算理解過。
姊姊總是深思遠慮，像我這種目光短淺之人，根本不可能揣測她內心的想法。
「除此之外還能為了誰？」
「是啊，你說得對。可是，不知從何時開始，你不再相信任何人。不，這樣講不對。是你不需要任何人。你對任何人都不抱期待也不渴望，所以你才會想自己處理所有事情，而這麼做也使你孤獨。」

或許事實真的跟姊姊講的一樣。不過，有一點我不明白。

「……這有任何問題嗎？」

「當你向人尋求協助時，所有人都背叛了你。最後你將這結果視為理所當然，這樣才是正常的。我知道事到如今才講這種話已經太遲，但我實在看不下去了！」

我不想看到姊姊哀傷的表情。這麼說來，她最近總是露出不熟練的笑容。姊姊總是會對我展現練習的成果，我也被她的笑容所療癒。她終於取回笑容了，而我也變得想多看看她的笑容。

「之前我也問過，畢業後你打算做什麼。你當時沒有具體答覆，卻一如既往地用功念書。為什麼？你將來有想做的事嗎？」

「我只是不想給人添麻煩……」

「美甲也是。那是我隨口說說，你就直接去學習並實踐，這點我很感激，一直以來謝謝你。但是，你為什麼要那麼做？」

「因為我只能做到這點事？」

除此之外我找不到其他答案。我在學校跟在家都給家人添一堆麻煩，尤其是姊姊還跟我讀同一所學校，我一定害她有許多不愉快的經驗，所以我必須報答她的恩——

「我跟媽媽都不覺得你有添麻煩——就算這樣講，你也一定聽不進去吧。畢竟我們曾經對你——」

她的臉因懊悔而扭曲，接著將緊握的拳頭捶向水面。

「可是，我們希望你發現這件事。你明明不期待任何人，卻總是回應他人的要求。這樣不是非常不公平嗎？」

姊姊靠近我說。我們之間的距離變成零，應該說胸部就在我眼前。好大。

她的手輕輕撫過我的額頭，撩起瀏海。

「傷痕，消不掉呢。」

「對不起，讓妳見到這麼難看的東西。」

「……只要你還原諒我，我就不會原諒我自己。」

她用那根纖細又溫柔的手指撫摸傷痕，彷彿是觸碰隨時會壞掉的玻璃工藝品。

我的髮際線有一道兩公分左右的傷痕，那是我被姊姊從遊具推落時受的傷，平常被頭髮藏住看不見，可能連燈凪都不知道。

「反正又不顯眼，沒差啦。」

「不是這個問題！就是因為你一直抱持這種想法我才……雪兔，你聽我說。不論你想對我做什麼，我都願意接受。任何事情都沒關係。」

「那我能摸胸部嗎？」

「可以啊。」

「是我失言了。」

她不加思索地說。想也知道，我沒打算做這種事，只是一不小心說溜了嘴。我有什麼辦法！那東西就在我眼前啊。

從剛才我就試圖努力看向別處，卻無法移開視線。胸部，多麼驚人的吸引力，我都覺得這能稱得上是魔力了……

「其實，我很怕你的獻身。你不求回報，為了我們盡心盡力，我害怕終有一天，你會對一切感到厭煩，甚至是憎惡所有事物。」

姊姊撫摸傷痕，依靠在我身上。

潤澤的眼瞳閃爍著光芒，那深邃的漆黑就彷彿是黑曜石一般。

在溫泉裡，幾乎感受不到重量，不過體重對女人來說是禁句，還是別提為妙，我能直接感受到她發燙的體溫。

「——噯，告訴我那一天的真相。在那之後，我打算殺了你之後，你消失不見了。我的所作所為不可原諒，也不是道歉就能了事。可是，我一直有個疑問。當電話打來時，你——」

一切都被埋在記憶深處的泥沼裡，如今再試圖從中尋求答案，也不會有任何改變。

這一切都只是往事了。

姊姊為此感到後悔，至今仍不斷自責。

——姊姊已經夠痛苦了，沒有必要再折磨她。

這不是姊姊的錯，姊姊沒做錯任何事，錯的是我，錯的是——

除此之外沒有任何答案。姊姊追求的真相並不存在。

明明是這樣——

為什麼她要——

「**難道說，你當時是被人拐走？**」

我一直抱持著這個疑問。知道真相的只有弟弟。

即使真是如此，我的罪孽也不會因此變輕，但很有可能，會因此變得更重。也就是我犯下另一個罪過。

這個假設太過恐怖，使我不願意去提及。

表面上，這起事件不存在犯罪的可能性，因為弟弟親自否定了這項可能。

當時，弟弟是這麼回答的。他流暢地說著，彷彿是一開始就準備好回答。

**他獨自一人在玩，結果從遊具上跌下來，想走回家卻迷了路**。

其中沒提到我的名字，隻字未提。弟弟包庇了當時想殺他的我。

因此，知道真相的人只有家人。不過，其中也有我不知道的事。

那一天，我把他推下去後，弟弟足足有了空白的六天。他究竟發生什麼事？

我打算殺了弟弟，最後弟弟消失不見。過了將近一週，我才與身負重傷後消失的弟弟重逢，他雖然活著，付出的代價卻太過龐大。

他留下了得背負一生的傷痕。他再也不笑了，再也不叫我姊姊了。

弟弟是在鄰市被人發現的。跟我所住的城鎮距離太遠，這不是身負重傷的弟弟能夠走到的距離。發現他的場所，也不是一個小孩會待的地方。

那麼，為什麼那孩子會待在那裡？

我很想相信沒有發生任何事情。

實際上，弟弟也說什麼都沒發生。

這可能是我忍不住疑神疑鬼而已，是期望受罰的我所產生的幻想。然而，我卻無法抹去這個可能性。

弟弟不會說謊，是個既可愛，又直率的乖孩子。

可是，他只是不會為了自己說謊。如果是為了他人，為了保護別人，弟弟就能輕易地撒謊。

他隱藏真相，以虛構粉飾一切。

那怕結果會使自己受傷，弟弟也絲毫不介意。

不論是如何懲罰、犧牲自己，他都在所不惜。

我直到最近才發現這點，所以才會為此苦惱。即使堅信不可能會發生，這個疑慮仍不斷地湧上心頭。

——也就是，他當時有沒有可能是被人拐走的。

◆

我在廣緣（註13）喝著茶，愣愣地看著月亮。姊姊已經靜靜地睡著了。
她肯定也累了吧。我雖然也遭遇了不少事情，但那些全都成了難以忘懷的回憶。
「你，還醒著啊……？」
「媽媽？」
媽媽揉著眼睛，坐在我的對面。我倒了杯茶遞給她。
「謝謝。」
「我吵醒妳了？對不起。」
「沒關係，我只是口渴。」
媽媽溫柔的眼神，讓我忍不住說出心中想法。
「剛才，我被姊姊狠狠罵了一頓，讓我開心到靜不下來。」
「被悠璃罵？發生什麼事了？還有被罵的時候應該不會覺得開心吧……」
「因為這樣的經驗很新奇啊。」
媽媽感到不解，於是我對她說明原委。
「……這樣啊。那孩子說了這種話……」

註13　日式旅館常見的窗邊空間，通常會以拉門隔開。

「被罵的感覺真不錯，因為能理解自己做錯事了。」

既然有錯，那糾正就好。我是個笨蛋，不告訴我，我也不會明白。

我認為這樣才叫溝通。把話悶在心裡誰會知道。

「——我也得做出改變啊。」

光是有了這個經驗，就使得這次家族旅行充滿意義。真得感謝姊姊。

「這明明是我該做的事……我也總是受到悠璃幫助呢。」

媽媽苦笑說，隨後看著窗外。

「……我跟悠璃都感到不安。」

「不安？」

媽媽猶豫了半晌，似是在思考該不該說出口，接著和緩地說：

「你從以前就是個獨立又堅強的孩子。不，我才是造成這一切的原因，你是逼不得已才變成這樣。你早上會自己起床，自己準備早餐。不知不覺間，連念書跟家事都完美處理完畢，沒有我介入的餘地……」

我不明白這樣有什麼不好的。可是，媽媽卻看起來十分落寞——

「你逐漸變得不需要依賴周遭，堅強到不會輸給任何人。你為此耗費了自己的一切，犧牲了過多事物。你每學了一樣新東西，就越來越不需要我跟悠璃。」

「沒有這種事……」

沒錯。姊姊也說，這麼做會使我孤獨。

「你或許會認為，不能夠給我們添麻煩。可是事實並不是這樣喔。我跟悠璃都希望你給我們添麻煩。我們希望你撒嬌，希望你需要我們。」

登登——！簡直是晴天霹靂。媽媽的話令我大受打擊。

那正是過去我避免做出的行為。既然如此，那我所做的事……

「……因為，你是我的寶貝兒子。」

媽媽的手撫過我的臉頰。指尖看起來纖細，又縹緲不定。

「你不要誤會，我很感謝你，你總是為了我們著想而展開行動。不過，就如同你為我們做這麼多事，我們也想為你做點什麼。」

媽媽站起身，仰望夜空。那身影看起來如夢似幻。

「你不需要急著從小孩變成大人。這純粹是我的任性，可是，我希望你能夠依賴我。希望你，能繼續當個需要人照料的孩子。你才剛成為高中生，就已經在經濟上自立了。蓋房子本來應該是我的責任，而你卻代替我去處理，這點我很感激，同時也感到寂寞……」

媽媽沒有流淚，只浮現一抹看似放棄的痛苦笑容。

媽媽跟姊姊並不是為了讓我看到這個表情，才一起來家族旅行。

「希望你，繼續讓我當你的母親。」

「那我該怎麼做？」

不論如何思考，都想不到答案。於是我老實提問。

「……像是，多跟我們撒嬌吧？」

媽媽稍微思考後，提出這樣的要求。

「媽媽，我好喜歡妳！——總覺得不太對啊。」

即使要我撒嬌，我也不知道該怎麼做才好，總之先試著抱住她。

「我也愛你。」

她輕吻我的額頭。我只覺得這樣做怪怪的，但對媽媽而言這似乎是正確答案。

「要我做什麼都行。我想被你需要，這一點都不會給我們添麻煩。」

我想要媽媽做的事，以前曾經有過很多。不過，那一切都沒有實現……

那麼現在——

「……這麼說來，姊姊的肌膚好像光溜溜的。」

「知道了，我晚點就去處理。」

「哇啊啊啊啊啊！這只是一不小心說溜嘴而已！」

「我很喜歡你非常誠實的一面喔？」

想到什麼就會直接說出口是雪兔小弟的壞毛病。得好好反省。

「不孤獨……是嗎？」

「雪兔？」

我本來打算獨自將任務快點處理好，不要麻煩到媽媽跟姊姊，如今她們對我生氣，說不能這麼做。她們說，這麼做會使她們不安。那麼，我應該依賴她們嗎？應該給她們添麻煩嗎？

「……媽媽，我有個請求——大叔，他說謊。」

「那個男人……說謊？你果然……不行，不要去！」

媽媽的表情瞬間轉為悲愴，她緊靠著我說。

「那男人對你說了什麼？不要去他那邊。事到如今他才跑出來，我是絕對不會把你交給他的，絕對不行！拜託，不要拋棄我……！」

媽媽激動地抱住我，我安撫她說。

「不用擔心，我沒有那個打算。可是，我有必須解決的事情。」

就算他拿改定監護權訴訟來威脅，我也十六歲了，已經到了意願會被重視的年紀。

大叔自己也心知肚明，但他依然選擇拿這點威脅。

「像那種男人，別去管他就好了。你不需要把那種人渣放在心上！」

臉色蒼白的媽媽含淚慰留我的模樣，實在令我心痛。

「我也只覺得又被扯進麻煩事裡啊。」

媽媽或許是會錯意，以為我有可能會到大叔身邊，於是我對她解釋狀況。

我也討厭那個大叔啊，即使有血緣關係，我也只覺得他是外人。

可是那個大叔也有家人，他跟媽媽一樣愛著小孩。

因此，我也無法忽視這點。因為我是珍惜家人的男人——九重雪兔。
倘若**同父異母的妹妹**向我尋求幫助，那我只能選擇伸出援手。
「說不定，媽媽——」
大叔說想要收養我，但我可沒那個打算。
我跟大叔不同。換個角度思考，既然如此——就由我來收養。

◇

「……嗯……呼……」
我睜開沉重的眼皮。陽光照進房裡，看來是忘記拉上窗簾。
頭痛欲裂，我卻拿這疼痛無可奈何，整張臉皺成一團，腦中迷霧逐漸消散。
……這裡是哪啊？
竟然連這種事都記不清楚，顯然連認知功能都停擺了。我從症狀思考，過去曾有好幾次相同的經驗。說來丟臉——就是宿醉。
爽朗的夏日早晨。意識慢慢覺醒，睡覺流汗把整個背弄溼了。
我將手上案件處理完畢後，請假來泡溫泉療癒身心。我的興趣是獨自旅行，一個人就算稍微玩過頭也沒關係，換作是跟別人在一起可沒辦法這麼做。這就是獨自旅行的醍醐味。

我悠哉地泡了溫泉，享受豪華餐點跟美酒。可能是興奮過頭了吧，我期待已久的地酒（註14）嘗起來清爽順口，一不小心就喝多，加上酒精度數高，結果整個人醉到不省人事。

我摸索口袋尋找手機，手上傳來了冰冷堅硬的觸感。

看來我是把手機放在口袋睡著了。

看向四周，這房間我有印象，正是我住的房間。

不過，我不記得自己為什麼會在這。

昨晚，我應該去了便利商店才對。接下來的記憶就變得模糊不清。

「唔——————⁉」

噁心的觸感。我腦中浮現最糟的想像，整個人彈起來。

我摸遍身體。還穿著昨天出門時的衣服，溼成一片的褲子使得不舒服的感覺更加明顯。我努力揮去鈍痛，活動頭腦。

摸下腹部，沒有特別奇怪的感覺，我才稍微安心。至少避免了最糟糕的狀況。看起來沒有被人做了什麼事的跡象，仔細一看，衣服被嘔吐物弄髒，內衣也呈現沒辦法穿的狀態。

我逐漸理解褲子上傳來的冰冷觸感是何物。都老大不小了，發生這種事可一點都

註14　以在地農作物和水，配合當地氣候風土釀造的酒。

不好笑，所幸身邊沒有其他人。

可能正是因為悠哉地獨自旅行，才會瘋到這種地步也說不定……

話說回來，就算喝得再怎麼醉，我也不覺得自己會在這種慘狀下睡著。我準備了浴衣，睡前最起碼會換上才對。

我搖搖晃晃地站起身。與其說是我在床鋪上睡著，更像是正好倒在床鋪上。就彷彿被人抬回來……

「這應該就是那麼回事吧……？」

腦中浮現起討厭的想像。這麼說來，昨天我似乎跟別人在一起。

回想起這件事後，連同對方的樣貌也變得鮮明起來。

對方不可能知道我住在哪間旅館，而旅館人員也不可能洩漏情報給第三者，更何況他還把我帶回房間，那就只剩一種可能，是我主動告訴對方。

既然如此，即使是我主動邀請對方進房，那也不足為奇。

雖然我不認為自己欲求不滿，不過這類慾望總是會自然累積起來……唉，雖說這種事很常見，但我也太大意了。如今再怎麼責罵自己，也無法改變現實。

我再次檢查身體。

至少不像是做過那種行為……吧？

衣服估計是對方幫我脫的。內衣還穿在身上，味道也很臭，只能祈禱對方聞了會覺得掃興。

我對自己的記憶越來越沒把握。考慮到自己當時喝醉了，就算順勢發生那種事也很正常。若是真的發生那種事，也得考慮到萬一。

所幸現在處於安全期，然而這點完全無法安慰到我。

這種案例我看得太多了。真要講的話，我最近負責的案件中也有類似的情況。不過，那終究是硬被人灌酒，現在是我自己喝醉，假如我又主動邀請對方，那就完全不可能找藉口了。甚至能說是在兩人同意下發生的行為。

背後冷汗直冒。真是太失態了。整個人喝到不省人事，即使被人做了什麼也不會發現。甚至連有沒有被做什麼，都已經無從確認了。

忽然間，桌上放的塑膠袋映入眼簾。裡面放著便利商店買的解酒藥跟空的礦泉水。

這是我昨天想去買的東西，可是我不記得自己有買到。

「……對方是在照顧我？……不會吧。」

哪有人會對初次見面的人做到這種程度？我很清楚，這世上不可能有人純粹照顧完對方就離開，還不求任何回報。

從事這份工作，就會看盡人性醜陋的一面。換個角度來看，對方準備這些東西或許只是為了脫罪。

我考慮到幾種可能性，對方或許已經把我衣服脫了拍照也說不定。假如察覺到我的身分，還能拿去跟週刊雜誌爆料，換得一筆不小的報酬。

如果是一般人，那就會當成被害者看待，如果是知名人士的爆料，就會被當成娛樂新聞消費，此乃世間常態。不是我想自詡名人，不過自己總是過著對話跟照片遭人流出，被拿來當話題的日子。

當然，我早就習慣對付那種傢伙，每次都會讓他們得到應有的報應。

雖說我自己早就習慣被當成目標，但我的神經終究沒那麼大條。這次是我太過鬆懈，造成了無法挽回的失態。

照片一旦流出，即使要申請刪除並非難事，也一定會被人留在手上，這項事實絕對不會消失，周遭看待我的眼光也會因此改變。

對我而言，這樣的代價太過龐大，甚至會影響到我的職業生涯。

明明出來休假是為了放鬆，卻發生了最糟糕的事態。根據狀況，還可能給事務所的大家跟其他人造成麻煩。

我抱持著沉重的心情換掉弄髒的衣服跟內衣。總之，先泡個溫泉轉換心情，剩下的泡完再來思考吧。反正要考慮最糟的可能性，肯定沒完沒了。

說不定真的什麼事都沒發生，縱使有個萬一，只要當作是一夜情處理，不留任何禍根也就沒問題。

反正，現在我也只能看開點。

我拖著沉重的腳步，離開房間。

相傳庶民們是在江戶時代才開始使用澡堂，過去被源賴朝追殺的源義經從平泉逃往北方的北海道，最終橫越大陸，逃往蒙古，這就是知名的「義經北行傳說」。路途中，義經在穿過赤羽根峠發現的民家裡，打造浴池洗澡。

相傳，那一家人後來將姓氏改為「風呂」，並將該地稱為「風呂」。我說這些是想表達，日本人從以前就非常愛洗澡，甚至喜歡到連跑路都想洗澡。

而我們九重一家，從大白天就開始泡溫泉，舒緩身心。媽媽跟姊姊還沒從溫泉出來。似乎是打算泡到過癮為止。

難得一次旅行，我也沒有理由催促，她們想怎麼泡就怎麼泡吧。我悠悠哉哉地喝著咖啡牛奶，在入口處等待。

最後姊姊提起的事，就這麼模糊帶過了，這世上並沒有那麼美好的真相。

那一切都是遙遠的往事。如今再挖出來舊事重提也沒意義，就連我自己，也不知道當時發生了什麼事，以及為什麼會變那樣。

只不過，要是當時沒被找到，我或許就達成自己的目的了。

——也就是達成消失不見這個目的。

我不清楚這麼做是好是壞。那一天的我，擁有兩個選項。不過現在已經沒辦法做到了。我無法選擇其中一方。

之所以變成這樣，可能是因為我自己變弱了。

先不講這個。原來我會錯意了。我本以為所謂的溫泉，是個讓人消除疲勞，療癒身心，重新振作起來的地方，然而即使我消除了肉體的疲勞，精神上的疲勞卻變本加厲。打從進到這旅館後，我就沒有一刻安寧。

昨天跟媽媽在半夜聊完天後，我們一起洗澡。

就媽媽的說法是，她想跟我一起洗澡，並幫我洗身體。本人感謝她的厚愛，而這項任務被姊姊搶走，似乎讓她非常不悅。

結果，我被媽媽洗遍了全身，呈現出高中生不應該有的狀態。她們也洗得太乾淨了吧，現在我全身都變成光滑動人的美肌。

突然間，一名似曾相識的女性，朝我這走過來。

這莫非是——妖氣!?

她也跑來泡溫泉嗎？我不加思索地跟她打招呼說。

「妳身體還好嗎？」

「……？呃……你問我嗎？」

「是的，妳昨天似乎喝得很醉。」

「!?——等、等一下。我似乎認得你的臉……」

咦，她難不成是忘了吧？雖然我沒有喝醉的經驗，但常聽說酒喝太多會失去記憶。長大成人後一定得多加小心。

「畢竟我實在沒辦法幫妳換衣服。」

「換衣服，你、昨天，對我做了什麼⁉」

「妳還問，分明是妳對我做了什麼吧。」

「——果然！竟然是我要求的嗎……」

不知為何，她看似非常激動，接著慌慌張張地靠了過來。她看上去跟昨晚不同，眼神中充滿知性，而凜然的外貌也讓人感到極大的反差。我仔細觀察了一下，她年齡看似是二十後半到三十前半。

「我昨天真的是倒大楣了。妳可要好好反省。」

「……嗯？慢著。難不成你……還未成年？」

「是啊，有任何問題嗎？」

「……我……到底做了什麼好事……呃、那個，昨晚是我主動邀請你？」

「明明是妳硬把我給抓住的，竟然完全不記得了嗎？」

「——⁉」

她突然雙腿一軟，坐倒在地。口中還不停嘀咕「青少年保護育成條例……」、「沒被發現就沒問題……」、「只要沒有證據……」之類的話，她搞什麼啊？

「你的手機，手機借我！」

「啥？為什麼？」

「雖然不記得了，但我自知對不起你。可是我說什麼都不能讓這件事傳開。你應該沒有拍成影片吧？」

「才沒有呢。」

「抱歉，我沒辦法將你的話照單全收。讓我看你的手機。」

「就說我沒拍了啊。」

「那麼給我看也沒問題吧。快點拿出來！」

不論我如何否定，她都始終保持高壓態度，看來是發生什麼不妙的事，才讓她慌成這副模樣。反正事情都變這麼麻煩了，於是我乖乖交出手機。

她二話不說搶了過去，接著開始操作。

「密碼鎖是……你沒設定啊。太不小心了，以後最好注意點。照片……咦，沒有？為什麼你一張照片都沒？」

「本來就沒有啊。」

「——你不會是傳到電腦上了吧？」

「我為什麼要說謊？」

「為什麼，當然是因為……」

我唯一留存的令人臉紅心跳的照片，基於危險性，我已經轉移到USB上妥善保存。

這世上會發生什麼事沒人知道。任何事物都要連上網的物聯網社會到來，同時也增添了風險。重要事物就要離線隔離保存，為防意外發生，凡事講求風險管理的男人就是我——九重雪兔。

「等發生什麼事就太遲了。要處理起來是不難，可是我也有自己的立場要——啊！」

女性再次逼近，此時手機從她手中滑落。

手機螢幕「啪嘰」一聲裂開。看來在這個手機的全盛時期，強化玻璃的強度並沒有想像中那麼堅硬。

「…………」

「對、對不起！那個，我一定會賠償你——」

儘管平常都沒有在用，不過這還是我手機第一次螢幕裂開。

雖然弄壞的人不是我，我撿起手機確認，觸控能夠正常運作，但畫面整個看不清楚，這下我也成為手機螢幕碎裂一族。

「——雪兔，這人是誰？」

背後傳來熟悉的聲音。媽媽跟姊姊從溫泉裡出來了。

「她是妖怪顏面嘔吐失禁臭老太婆。」

「……妖怪？這麼說來你昨天似乎講過——」

「嗚哇啊啊啊啊嗯——媽媽————！」

「好乖好乖，媽媽給你抱抱。」

「我一時失心瘋而已。」

昨天給我添了無數麻煩連聲謝也沒說，到了今天又不分青紅皂白纏上我，還把我手機螢幕弄爆，就算我為人再怎麼敦厚，也會忍不住口出穢言。我對妖怪顏面嘔吐失禁臭老太婆的評價已經跌到谷底了。

我向媽媽姊姊說明原委。她對著我的臉嘔吐，還在我背上失禁的事，全部一五一十地講出來，她一聽嚇到臉都綠了。呼哈哈，活該啦。

反倒是姊姊聽了眼神變得越來越來越凶狠。

「就說什麼都沒做了，她不但不相信還把我手機弄壞……」

「所以我才時時刻刻叮嚀你不要接近奇怪的女人啊。這是這個世界的真理，聽懂了嗎？聽懂了就回說最喜歡姊姊了。」

「是。」

聽不懂她在說什麼，總之先老實回話，其他的當沒聽到吧。這次我確實該好好反省。俗話說「閉門家裡坐，禍從天上來」，誰能想到出門散步也能碰上麻煩事，看來我真的得把姊姊的叮嚀牢記在心。早知道就無視她了……

「──是說妳，看看妳對我弟做了什麼？啊？」

「對不起！我真的是無心的，一定會好好賠償你們。沒想到你們是一家人出來玩……」

「嗯……我好像在哪見過妳啊……」

「──！」

「是認識的人？」

「不是啦……」

媽媽和明顯表現出敵意的姊姊不同，愁眉不展地陷入苦思。隨後似是憶起什麼，表情頓時豁然開朗。

「我想起來了！我在雜誌上見過她。我記得是……對了，是法律界女神！」

「這個妖怪顏面嘔吐失禁臭老太婆是女神？」

「媽媽，為什麼這個妖怪顏面嘔吐失禁臭老太婆是女神？」

姊姊也追問道，女神又是怎麼回事？

「她是現在當紅的律師，經常有雜誌採訪她，結果她就被稱作是法律界女神。」

得知了一個意外的事實。我以狐疑的眼神打量她。

律師？這個妖怪顏面嘔吐失禁臭老太婆？完全看不出來啊。

「從妖怪變成女神……？而且還是律師？女神……律師？不對……轉生……」

——靈光一閃。

「原來如此。也就是女神轉生——！」

「還不住口。」

「是。」

再講下去怕是會被告，還是適可而止吧。

「對啦，我想起來了。她叫做——不來方久遠。」

媽媽說出她名字的同時，我碎裂的手機接到來電。
我無視冷汗直流的當紅律師，確認是誰打來。
「老師，有什麼事嗎？」
打來的人是三條寺老師，她急迫地說出了極具衝擊的內容。
「——冰見山小姐倒下了？」

◆

「冰見山小姐，妳還好嗎⁉」
「雪兔？」
「太好了……」
冰見山小姐坐在床上，那模樣看起來十分脆弱，整個人似乎消瘦了些。
我大概是在三小時前接到聯絡。如今日落西沉，夕陽照進室內。
本來聽說她倒下，現在看她意識清醒，使我頓時放心，坐倒在地。
「對不起，我來得有點晚。我已經盡快趕過來了。」
「你、你不需要道歉！我竟然還讓雪兔你擔心……」
冰見山小姐的表情上，浮現出發自內心覺得抱歉的情感。
我從三條寺老師那簡單得知事情經過，今天似乎是冰見山小姐第一次在補習班上課。

然而，她卻突然倒下，被送到都內的綜合醫院。

對我來說值得慶幸的是，這間醫院是我的御用醫院。本人九重雪兔，最不缺的就是住院經驗，一年至少會受三次重傷的我，每次被搬來這間醫院時，都會被負責看病的女醫師冷泉醫生跟護理師黑金小姐說教。

而每次出院都會被叮嚀「不要再來了」，結果過不了多久又會露面的我，某種意義上來講已經成了這間醫院的知名常客，這裡可說是我再熟悉不過的主場。

話雖如此，最近我變得比較少來，剛才一到櫃檯，櫃檯的人就把黑金小姐叫出來，害我差點又被抓去檢查，解開誤會還費了我不少功夫。解釋完狀況後，她們才告訴我冰見山小姐的病房。下次帶個伴手禮過來好了。

「咦，只有冰見山小姐在嗎？」

我東張西望地看了一圈，房裡整理得非常乾淨，卻不見其他人影。

「剛才涼香老師還在這陪我，爺爺也有過來探病，明明就不需要這麼擔心。可是，沒想到連雪兔都來了……」

看來我是最後一位訪客，雖然來得比較晚，我好歹也是全力趕來的。

在家族旅行中跑回來，實在對不起媽媽跟姊姊。晚點從醫院回旅館，肯定都入夜了，儘管有點擔心她們倆，不過我們講好一起去泳池當作補償。但現在不是提這件事的時候。

「今天能出院嗎？」

黑金小姐說，狀況並沒有危及到生命。可是——

「是啊，只要換好衣服就能出院了。這不是什麼疾病，比較接近心理上的問題。」

冰見山小姐有氣無力地笑道。我實在高興不起來，因為我記得以前跟冰見山小姐上祕密的私人課程時，她全身緊繃，雙手顫抖。

如果她說這是心理問題，那原因肯定是因我而起。

「只要吃藥靜養就會恢復，你不需要那麼介意喔。可是，我可能沒辦法當補習班講師了……今天還給孩子們添了麻煩。」

「……麻煩，是嗎？」

不知為何，這句話讓我有些在意。

餘暉逐漸籠罩冰見山小姐的表情。

她看向窗外的夕陽，平淡地說出洩氣話。

「明明都讓雪兔幫忙了，結果，我還是做不到……」

話中帶著對自己的失望，以及無能為力的悔恨。

「我還以為，自己能夠克服。與你重逢，才令我想再次站起。」

冰見山轉向我露出笑容。她的微笑一如既往，非常溫柔。

「明明讓你幫了這麼多忙……對不起。」

她低頭說。夕陽映照在那對美麗的紫色瞳孔上，將之染成了紫紺色。

——這是多麼、多麼悲傷的笑容。

她沒有笑，只是掛上虛假的笑容。我不想看冰見山小姐露出這種表情。

「好了，我們回去吧。繼續待在這也沒用。」

冰見山小姐為了揮去陰鬱氣氛，強顏歡笑說。

進入病房前，我一瞬間看到冰見山小姐臉上掛的，是我最討厭的那種表情。

我總是露出那樣的表情，不論是對家人、兒時玩伴，還是同學。

回想起來，自從見到冰見山小姐，不，與她重逢以來，冰見山小姐總是面露笑容。至少在我面前一直都是。當然，我也看過她生氣、傷腦筋、哀傷的表情。即使是如此，在我記憶中，她一直都是一位與笑容非常相襯的女性。

冰見山小姐做好回家準備。要是現在讓她回去，我一定會後悔。

我現在，是背負著擔心她的人們的——「思念」，才會在這個地方。

「我剛才跑過來有點口渴。我能喝這個嗎？」

「嗯，請喝吧……那個，雪兔你怎麼了？」

不知這是誰來探病忘記拿的東西，或者是慰問品，我拿起臺上放的罐裝咖啡，坐在冰見山小姐身旁。這是我和冰見山小姐一如既往的距離。

冰見山小姐頓時身體緊繃，神情緊張。這時我才察覺到，原來是這麼回事。

冰見山小姐總是離我很近。然而，靠近對方是需要勇氣的。跨越適當距離，與對方近到能接觸彼此，這不是與外人之間能做到的事。

要與他人如此接近，甚至展露自己毫無防備的一面，通常只有對家人，非常親近的對象，或者是，**覺得被這個人殺死也無所謂**。當我主動靠近時，我才察覺這點。

冰見山小姐只有在做好覺悟，鼓起勇氣時，才會坐在我身旁。

「……雪兔，你這麼擔心我嗎？」

「那當然，我跟冰見山小姐都什麼關係了。」

「……我們看起來像是什麼關係？應該有人覺得我是在包養你吧。」

「不就是男高中生跟女高中生（疑惑）嗎？」

「哎呀，你不是討厭泡泡襪嗎？」

「能不能在那東西上面加重物，脫掉之後能解放真正的實力啊。」

「呵呵，要試試看嗎？下次我會先換好等你。」

「為什麼我總是學不乖！」

拿挖土機自掘墳墓的男人，這就是我——九重雪兔。噫——

我打開易開罐，含了一口咖啡，頓時露出苦瓜臉。

「好苦——」

「這是黑咖啡啊。雪兔不喜歡苦？」

「我愛吃甜食，黑咖啡對我來說還太早了。」

「即使看似成熟，雪兔在這方面，也只是個普通的高中生呢。」

冰見山小姐這句話，跟媽媽姊姊所說的話重疊。

「……是啊。我還只是個小孩。」
「啊，對不起！被人當成小孩，一定會讓你覺得不愉快吧。」
冰見山小姐慌張不已，我輕輕地握住她的手，手指交扣。
「昨天，我被媽媽跟姊姊罵了一頓。」
「被最喜歡你的櫻花小姐她們？」
冰見山小姐偏著頭，感到不解地說。這對我而言也是相當貴重的體驗。
「她們叫我不要急著成為大人。不要想著獨自完成所有的事。」
「這……」
冰見山小姐欲言又止，看來她對這番話也有共感，我接著說下去。
「我一直以為自己不能給家人添麻煩。實際上，我一直給她們添了不少麻煩，所以我才想，至少要努力想辦法獨自跨越難關——就連那個時候，我被人冤枉了，也是打算自己處理。」
「唔——！」
我緊緊地握住她想要收回的手，不讓她逃開。
「我一直覺得這樣就夠了。實際上，問題也解決了。」
「雪兔，我——」
我打斷冰見山小姐的話。問題解決了，那究竟是對誰而言呢。
「不過，這就是我的極限了，沒有人能夠變得幸福。三條寺老師、冰見山小姐、同班同學，就連我，在那之後也是孤獨地度過。」

我並不後悔在班上被人排擠，反正我有兒時玩伴燈凪，那樣就夠了。

「——我不該採取那樣的手段。至少，現在我是這麼想的。即使給媽媽添麻煩，造成姊姊的困擾，我也應該找她們商量，一起處理這個問題……被罵了之後，我才發現，即使給喜歡的對象添麻煩也不會有問題。」

被她罵了之後，我才發現自己犯的錯。姊姊果然是大天使。我得多多捐獻。

「冰見山小姐，妳喜歡我嗎？」

我自知這種臺詞只有自戀本大爺系帥哥牛郎才會說出口，但是好感度無限上升系大姊姊——冰見山小姐似乎不覺得有任何問題，稀鬆平常地答道。

「嗯，我喜歡雪兔喔。」

「既然是這樣——」

暮光將景色染出漸層。我整個身體面向冰見山小姐說。

「冰見山小姐，請妳給我添麻煩吧。」

「……不要這樣……雪兔。」

我看著她的眼睛。淚水溢出眼眶，彷彿隨時都會滴落。

「請不要想著獨自解決問題。做出這種決定，會使冰見山小姐不幸。」

「我沒有那種資格！我害了你，傷害你的尊嚴，剝奪你的未來——」

我環抱住她。冰見山小姐身上飄來一如既往的香味，聞了就讓人靜下心來。

「拜託妳。那天我沒收下冰見山小姐的信，甚至拒絕妳的道歉。我無視了求助的呼喊，無情地劃清界線。所以希望妳再一次——」

假如當時我收下冰見山小姐的信，那說不定她至少能將心情整理好。但我卻沒有收下。

是我害得冰見山小姐的時間停滯下來，使她遲遲無法邁進。

若真是如此，那冰見山小姐究竟花了多少時間在贖罪上。

她白白浪費了二十歲的寶貴時光，成天虛度光陰。

我彷彿聽見了啪哩的破碎聲響。冰見山小姐臉上的笑容出現了裂痕。

「請妳伸出手求救。試著依賴我。」

眼中浮現出猶豫、困惑的糾結情感。對於是否要接受我的話，她還拿不定主意。

我靜靜地等待她伸手求助，以及相信我說的話。

從再次見面到今天為止，我們一同堆砌的時光是有意義的。

——那是信賴。一切都是為了這個瞬間，為了把她從冰冷的地獄最底層中拯救出來。

冰見山小姐的嘴唇微微顫抖，發出了不帶情感的冷冽哀嘆。

「…………可以嗎？」

微弱的聲音。冰見山小姐發自內心哀號，那聲音確實傳入我的耳中。

她是個強忍痛苦歡笑，既堅強又脆弱的人。同時也比任何人都還溫柔。

「…………你願意，將我從這個地方拯救出來嗎？」

猶如化妝般貼在冰見山小姐臉上的笑容，一點一滴地剝落。

凍結的感情逐漸融解，我看到她藏在笑容底下的真正面貌。

「是的。」

冰見山小姐的眼淚濡溼我的T恤，跟嘔吐物比起來簡直美得太多了。

「我好怕……我好怕啊！孩子們看著我的眼神，還有嘲笑聲，我明明知道他們沒有那種想法，卻發不出聲，身體動彈不得，整個喘不過氣。我受夠了！我不想再維持這麼難堪又悲慘的模樣！我失去了夢想跟希望，只能選擇放棄——」

「來給身邊的人添麻煩吧。沒事啦，大家一定會樂意幫忙。」

我一個人幫忙，能做的也有極限，但是沒必要自己處理。我們需要幫忙。

像現在冰見山小姐向我求助，我也一點都不會覺得麻煩。

這就是媽媽跟姊姊想傳達給我的事，純粹是我自命不凡沒有察覺。

「…………你願意跟我約好嗎？」

我們的小指緊緊地相扣，不讓彼此分開。接著說出誓言。

「要不要打勾勾？」

「——要是說謊……要是說謊……的話……」

冰見山小姐嗚嗚咽咽地說，她害怕將接下來的話說出口。甚至拒絕去思考。

即使只是打勾勾，她也怕我有那麼一點可能會違背約定。

「冰見山小姐，我不會說謊——所以，我一定會想辦法的。」

過去將我定罪為騙子的人。重逢之後，則不斷偽裝自己。

不過，已經沒有那個必要了，因為我們之間的關係，如今產生了變化。

「……啊啊啊啊啊啊啊啊啊啊啊啊啊啊啊！」

冰見山小姐在我懷裡落淚。這是她長年忍受痛苦的慟哭。

她剝落的笑容碎片，已經無從收集起來。

只能希望，未來的她能夠發自內心歡笑。

彷彿沸騰般的炙熱淚水化為濁流，將厚重冰層融解開來。

——我感覺到，自己第一次觸碰到冰見山小姐的心。

◆

「害怕人的視線……是嗎？」

在漆黑轎車裡密談的我們，怎麼看都像是混黑的吧。我沒有追撞別人車子，現在也不是在談判，是冰見山小姐的祖父，利舟先生把我叫到醫院停車場，說想談談我所不知道的冰見山小姐的過去。

「嗯，或者該說她無法站在人前……美咲從以前就喜歡小孩，放棄當老師後，她曾試著想當保育員。然而，在實習期間卻發生了相同的狀況。所幸當時有同事在場，才沒有釀成大禍……」

利舟先生是個為孫女憂心的溫柔祖父，他肯定為自己無能為力感到羞愧吧。

「於是她認定自己無法實現夢想，也無法成就任何事情。最近她變得跟過去一樣開朗，我還以為她終於能夠跨越這道檻，只可惜事與願違。」

「原來如此。」

「我有去向補習班那邊致歉。不過——」

補習班老闆看到利舟先生來道歉肯定嚇死了吧。即使他已隱退，終究是個曾經肩負國政重任，並擔任黨要職的政界巨頭。對方肯定在電視新聞或網路上看過他的臉，一旦知道冰見山小姐是他的孫女，也難以立刻將她辭退。

「一週，再怎麼拖也只能拖到兩週時間吧。」

「時間拉長對方也會感到困擾，況且那孩子也不希望這麼做。」

要是冰見山小姐無法擔任講師工作，就只能選擇離職。

即使這次事件被當成身體不適，最大的問題還是在於未來她能否上臺授課。

因此，得在一週內，再怎麼慢也得在兩週內解決冰見山小姐的問題。這真是個難題，姑且不論外在因素，但原因是心理因素的話，就跟大叔帶來的任務不同，沒辦法一次給出滿分答案。

「我有再多的錢跟權力有什麼用，竟然連自己的寶貝孫女都無法拯救……我到底是為什麼才努力到現在……政治總是如此，即使能拯救眾人，也無法拯救個體。真是諷刺的教訓。所以，我才會來拜託你。」

利舟先生對我低頭。司機先生則看都不看後座一眼。

「求求你，拯救那個孩子。我只能拜託你了。美咲自從見到你後，才終於重拾笑容。你是她心靈的依靠。只要是我能做到的事，我都會幫忙，有需要的東西也會幫你備齊，也會給你足夠的謝禮。所以——」

「不必擔心。我已經答應她，一定會想辦法了。而且，雖然你說金錢跟權力沒用，但總是會有派上用場的時候。我也有很多做不到的事，這一切都不會白費。所以，我們一起加油吧！」

冰見山小姐是如此受到他人喜愛。我才正在煩惱該如何是好，如今得到利舟先生協助，光是能做的選項就多上許多，令我內心踏實不少。這就是利舟先生的力量。

「多麼豪爽的一個男子漢……真想拉攏你啊。美咲的眼光果然是正確的……」

利舟先生眼裡彷彿閃爍著一絲詭異的光芒。總覺得好恐怖啊！

「對了，補習班有多少學生啊？」

「嗯？那是一間個人經營的小補習班，當時頂多只有五個人吧。」

「五個人啊……」

那些孩子們看到老師突然倒下，肯定是嚇壞了吧。說不定家長也會拿來當茶餘飯後的話題，這方面的事我之後再處理，不過人數不多倒是一個好消息。

「怎麼了嗎？你是不是想到什麼主意了？」

「我看乾脆斯巴達一點吧。五個人就讓她倒下？那下次就增為十倍！」

大能兼小，這是恆久不變的法則。

「利舟先生，我其實算是一個擁有大批跟隨者的網路紅人，而說到網路紅人會做的事，那肯定就是這個了。」

「是什麼？」

「送禮企劃。」

我豎起食指，面無表情地說。

◆

熱水沐浴全身。我仔細沖洗身體，試圖沉靜下來。

一回到家，我就完全不想做任何事，過了幾個小時才動了起來。

在病房時，明明被打入絕望深淵，如今卻情緒激動，不能自已。

撲通、撲通，心如鹿撞，久久難以平復。

「……難道，我……」

我知道這個心情是什麼，可是我卻害怕產生自覺，選擇視而不見。

多久沒有這麼哭過了。我一回想，就立刻憶起。

是那一天。他沒收下信的那個時候，我哭到早上。

不過，這次和當時不同，胸口產生一股暖流。我緊緊抱住自己。堆積的鬱悶心情彷彿和淚水一併沖刷殆盡，讓心情輕盈不少。

雪兔他答應了我——他說一定會拯救我。

我偎著他痛哭流涕，醜態百出。即使是如此，他仍抓住我的手。

我走出浴室，擦乾身體，拿吹風機吹乾頭髮。不做點事，就整個靜不下來。我害怕自己會被不該察覺的心情給吞噬。

這時，手機鈴聲響起。

「幹也先生？」

沒想到是他打來，儘管困惑，我仍拿起手機。

『美咲？我聽說妳暈倒，妳沒事吧？妳現在出院回家了——』

「為什麼幹也先生會知道這件事？」

這個問題令我感到意外，他不可能知道才對。但他卻回了一個出乎意料的答案。

「啊啊，我從他那聽來的。他剛剛才終於回來。總之我放心了。」

「他？」

我不清楚他指的是誰。我跟幹也先生早已斷絕關係，好幾年沒有聯絡了。我們之間應該不存在共通的熟人。

『之前不是在妳家遇見過嗎？那個家電行的男生。』

「家電？幹也先生你到底在說什麼——難道你是指雪兔？」

腦中浮現了好幾個疑問。我絲毫無法理解幹也先生在說什麼。
「為什麼幹也先生會認識雪兔？你們什麼時候交換聯絡方式的？」
「嗯？啊，妳不知道啊。他現在住在我們家旅館，好像是來家族旅行，還跟兩位漂亮的女性住在一起。他一接到通知，就直接衝出去了。」
「慢著，幹也先生家的旅館是指……」
手機差點從我手中滑落。不可能，怎麼會有這種事。
因為幹也先生家的旅館『海原旅館』位在京都。即使接到通知就立刻搭上新幹線，也得花三小時以上才能抵達醫院。這麼說來，雪兔還道歉說自己來晚了。光是他來就已經讓我非常開心了，所以沒去在意，如果他那句話真的是那個意思，那雪兔……
我想否定。拜託讓我否定。不要再讓我更——
『他出發去找妳之前把這件事告訴我，還邀請我一起去。可是，我今天跟人約好要談融資的事，所以拒絕他的邀約。當時他還說「如果她問工作跟我哪個比較重要，那你打算怎麼回答？」呢。』
我聽得出幹也先生正在苦笑。這是常見的愚蠢問題，這兩樣東西又無法做比較，問了也沒意義，就跟問「身高跟體重，哪個比較重要？」是一樣的道理，根本無從回答。不過，如果是雪兔這樣問，那應該有其他意涵。
『結果，我這次還是選了工作。跟上次一樣，我又背叛了妳。』

「才沒這種——」

這話題也跳得太遠了。我們現在只是外人，這件事跟幹也先生沒有任何關係。

『他告訴我，如果有兩個珍惜的東西需要守護，那就得讓自己變強，強到能夠同時守護兩種事物。如果做不到，就不要去奢求。這樣一想，我真的是很丟臉。可是，看他直接衝到妳身邊去，我就理解那句話是什麼意思了。他真的非常珍惜妳，所以選擇為珍惜的事物展開行動。空口說白話誰都能做到，就跟我現在打電話給妳一樣。』

一瞬間，全身燥熱，本該洗刷掉的心情再次湧現。可是，我做不到那種事。

「幹也先生沒做錯任何事。光是你主動關心，我就很開心了。」

『今天我整個人都心不在焉的。工作還不斷出錯，連媽媽都對我說教。』

「謝謝你擔心我。看來我也給幹也先生添麻煩了。」

『啊，不，妳誤會了！我不是這個意思！我才該說對不起，妳不需要放在心上。總之太好了，妳似乎挺有精神的。』

雪兔口中的「身邊的人」，應該也包含幹也先生在內吧。他說我能給那些人添麻煩，其中到底包含了誰呢——我分明就只相信你。

『——他真是個不可思議的孩子。』

「雪兔？是啊，他這人有一點怪。」

幹也先生嘟囔說。應該說他非常怪才對，但是也沒必要糾正。

『他可能擁有非常多需要守護的東西。我真不懂，為什麼——』

「幹也先生？」

「沒什麼，我自言自語罷了。對不起。美咲，我明天還要早起，先掛斷了。」

「好的，再見。」

我掛斷電話。幹也先生最後到底是想講什麼呢？

雪兔他有許多重要的事物想守護，而我也在其中。

「——難道說幹也先生也是？」

這不可能。他沒必要這麼做。要他獨自背負這些，實在太過沉重。

可是只要跟雪兔扯上關係，不論幹也先生的意願如何，他的人生都有可能會出現轉變。雪兔就是有著如此不可思議的力量。

「我想太多了。」

我躺在床上，身體熱到發燙，無法壓抑激昂的情緒。

「雪兔為了我趕來……」

我說出聲反覆回味。這是多麼重要的事。

他連想都不想，就從家族旅行中跑了出來。兩位漂亮的女性應該是指他母親櫻花小姐跟姊姊悠璃吧。這對他們一家人來說，是非常寶貴的時光。

他卻以我為優先。我明明害他受了這麼多苦。

我回想起他在病房抱住我。那厚實的胸膛，令我產生安心感。

不知為何，胸罩的背扣被解開了，雪兔似乎沒有發現，我也沒有察覺到。有可能只是手正好碰到就解開了吧，真是驚人的技巧。

「他還是個可愛的男孩子啊……我真是下流。」

我已經忍不住了。被他緊緊抱住，讓我徹底感受到，雪兔是男性。

「不行……不能認真……」

我忍不住思考。自己身為女人，想將身心都獻給這個人。想委身於他。

——想被他擁抱。沒錯，這個不被允許的願望，使我的身體隱隱作痛。

先前明明勉強忍住，壓抑下去了，一聽幹也先生那麼講，又再次點燃我的慾望。

可是，我有什麼辦法。不論是誰被他那麼做，都會忍不住喜歡上他啊。

我本想視而不見，但現在做不到了。我無法對自己撒謊。只要他要求，不論是什麼事，我都會滿足他。我已經被他攻陷，才不管什麼禁忌。

「雪兔——我已經，真心愛上你了。」

我情不自禁地將話說出口。他是我珍惜的男孩子，也是我心愛的男性。

即便是如此，我還是得先將這份心情藏於心中。被這種大嬸喜歡上，他肯定會感到困擾。沒關係，只要像過去那樣與他相處——

「我做得到嗎……？」

心中充滿不安。我還不知道雪兔接下來打算做什麼。

光是現在，我就已經那麼愛他了，根據結果，我可能會——

# 第四章「無從開始，亦永不結束的戀愛」

「抱歉，讓妳久等了。」
「不會，我也才剛到。好久沒跟久遠姊見面了呢。」
「不好意思讓妳陪我。我有件重要的事想找妳談。」
一人旅行結束，已經過了兩天。我在咖啡廳的隔間等著堂妹。
之所以選擇隔間，是希望能不用在意周遭，專心談事情。
「這是土產，我有先試吃過，真的很美味。」
「這樣啊，謝謝。我會交給大家。」
現在是午餐時間，我們隨便點了些實惠的餐點跟飲料後開始聊天。
「這次也是去溫泉嗎？」
「是啊，溫泉本身是非常棒啦，只不過……」
「妳說有事情想問對吧？我想自己應該沒多少事能幫上忙喔……」
我跟堂妹平時感情就很好，除了經常聊天，也會傳訊息互動。雖然我們年齡有差，但堂妹是個很棒的聽眾，而且很仰慕我，跟她聊天總是很開心。這次除了有事想問她外，還有一部分是希望她聽我抱怨。

這件事沒辦法跟事務所的女生講。除了感情要好的同學外，大概就只能找堂妹談了。而且面對親戚，比較方便我說出自己的糗事。

我一邊講著旅行趣事，一邊敘述自己的醜態。

不找人說出來，實在是無法卸下心中大石。總之我越是回想，越是覺得如此愚蠢的行為，完全不像是平時的自己會做的事。

後來聽那男生的敘述，我所做的事，簡直令人毛骨悚然，最後還擅自會錯意逼問並懷疑他，把他的手機弄壞了。

光是陳述事實我就快暈倒了。

他所做的，只有特地把喝醉的我搬回房間，豈止沒有任何過錯，我甚至該感謝他才對。他沒有做出我所擔心的行為，仔細想想也很合情合理。

他是跟家人一起來溫泉旅行，哪有可能帶女人回房。

而我卻做了如此差勁的行為。對方心裡肯定只有厭惡。

事實上，他姊姊看我的眼神確實極其凶狠嚴厲，這才是正常反應。最後就連我打算隱瞞的身分也穿幫了。

他肯定覺得我無可救藥吧，就算他把這件事寫到網路上大罵人渣，我也無從否認。

我賠償了他壞掉的手機，那麼做是理所當然的，甚至該說要是不賠償，那被告也不足為奇，那只是最低限度的責任。

更何況，要是不誠心誠意對他道歉，我實在是難以接受。我決定之後挑個日子，正式登門道歉。到時候不論他們提出什麼要求，我都會心甘情願地接受。

要是我的行為，使他喪失了他擁有的溫柔，那才真的是慘不忍睹。能夠無視得失幫助他人，是非常高貴的行為。

從事這份工作，每天都會看到人性醜陋的一面。

慢慢地，我也成了一個疑心病重的人。

擁有如清流般高潔的人格，是一件難能可貴的事，我絕不能讓這樣的人被玷汙。然而，我至今還是無法難以相信，這世上竟然有如此清心寡慾之人。

「結果妳就對那男生的臉嘔吐了……這真的有點過分耶。」

「這次我是真心反省。再怎麼喜歡喝酒，還是得適量才行啊。妳長大後也要注意，不能跟我一樣喝得太醉喔。雖然我講這種話一點說服力都沒有。」

「我只能說自己會小心，真沒想到久遠姊會出這種包耶。」

「我也沒想到事情會變成這樣啊……但事情不光是如此。」

……應該不需要說出失禁的事吧？

即使對方是堂妹，我也不想失去自己身為成人的最後一絲尊嚴。

對於他無怨無悔（說不定其實有抱怨就是了）地將我帶回房間，我心中只有感謝之意。

房間只有我住，他也沒辦法幫我換衣服，只能選擇將我放著不管。不過桌上，卻擺著我沒有印象的礦泉水跟肝臟水解物藥錠。應該是他準備的。

我到底對如此貼心的人做了什麼好事啊……

這兩天，我陷入嚴重的自我厭惡。話雖如此，又不能將糟糕的心情帶到工作上，才只能找人吐苦水。

「不過，他真的是個不可思議的孩子。一開始還叫我妖怪。」

「妖怪？什麼東西啊，聽起來好有趣。」

「畢竟我不方便說出名字。還有啊，他媽媽似乎知道我的事，他聽完之後，就不知為何開始稱我為女神律師，真的有夠丟臉。光是被人叫法律界女神就夠丟臉了。真希望他不要給我冠上奇怪的綽號。」

「……女神律師？我怎麼莫名有股既視感……」

「是說我有事想問妳。他似乎跟妳念同一所高中，現在是一年級。那孩子非常顯眼，妳說不定認識他。」

「是嗎？久遠姊妳先等等。我怎麼突然有種不好的預感——」

「他叫做九重雪兔。」

「——!?」

我把名片給了他家人，也詢問了聯絡方式。當時碰巧得知，他跟堂妹就讀同所高中。

一所學校學生那麼多。堂妹不一定認識對方，反正今天都跟她見面了，那說不定能打聽一下當作參考。

「……女神律師……女神學姊……一年級……九重……」

「鏡花妳怎麼了？如果妳知道些什麼，能夠告訴我嗎？」

不知為何，堂妹相馬鏡花嚇得兩眼瞪大，口中念念有詞。

◇

「阿雪謝謝！」

「打開看看，這是我覺得妳會喜歡才特地選的。」

暑假期間會到學校的學生大概分成三種，參加社團活動、補習，或是委員會的其中一個。而過著不及格人生的我，就只有考試成績沒有問題。

所以我來學校不是因為社團活動，就是參加委員會，然而我沒加入委員會，那麼答案自然就是參加社團活動。

我和結束女籃社練習的汐里走在回家路上，順便將伴手禮交給她。

「跟家人一起去溫泉旅行真是不錯呢！這是什麼伴手禮啊？」

「是內褲。經我深思熟慮之後，覺得藍色比較適合妳——」

「為什麼是內褲!?」

將轉蛋殼打開的汐里看似相當震驚。
太好了，看來她很喜歡。汐里果然跟明亮的顏色比較搭。
「剛才我去學生會室把這個交給會長，她竟然想當場換上，真是傷腦筋。」
「我都不知道該從何吐槽了！」
雖然三雲學姊把她給架住，但書記佐久間學姊竟然在一旁扇風點火。
正當我開始說起溫泉旅行祕辛時，身後忽然傳來人聲。

「——神代同學？」

對方是幾個人的小團體，看似跟我們一樣剛結束社團活動。
一名看似是被同伴們推出來的男生上前說。
「鈴木學長……？」
我對這名字有印象。我記得他是棒球社下任王牌候補的二年級生，之前對汐里告白過。我跟他是初次見面，無從插入話題。
明明是棒球社卻沒留平頭，時代變了……
「神代同學是在約會嗎？」
「才才、才不是！我只是跟阿雪一起回去，這不是在約會。」
「那這邊這位同學……原來如此，你就是九重同學呀。」

我本來像隻砧板上的鯉魚一樣乖乖在一旁待著，結果學長主動向我搭話。

「我才想自我介紹的說……」

我無精打采地說。

「畢竟你很有名嘛。我是二年級的鈴木啟二。你跟神代正在交往嗎？」

「我跟她是會送內褲當禮物的關係，雖然是銅板價內褲就是了！」

「為什麼你要把狀況變複雜!?」

「這、這樣啊……不，這到底是什麼關係啊？」

鈴木學長似乎感到困惑，不過他再次拉回正題說。

「說實話，我不是很喜歡你。不論那些事究竟是真是假，你都太過顯眼了。」

「學長，阿雪才不是那種人——！」

「神代同學，我還沒有放棄。妳現在沒跟任何人交往對吧？那代表我還有機會。即使之前告白被拒，我也會想辦法讓妳回心轉意。」

「——這樣我很困擾！我已經拒絕你了！」

「我是真心喜歡妳。」

「就算你這樣講……」

學長的同伴們在一旁看戲起鬨。鈴木學長直率的眼神，以及那副以心意直球對決的身影非常乾淨俐落，不愧是棒球社的。不過，看到他呼朋引伴圍住曾經拒絕過自己的對象，還施以群眾壓力再次告白的手段，實在讓人感到不齒。他都沒發現汐里感到嫌棄嗎？

「真遜，汐里，我們回去吧？」

「──咦，阿雪？學長對不起！」

「喂、喂，等一下啊！」

我強制打斷話題，這樣下去沒完沒了。我聳聳肩，和汐里走出校門。

我不清楚鈴木學長的為人，但是靠這種方式逼迫人並不公平。

「謝謝阿雪。」

「妳可真受歡迎。」

「阿雪講這種話聽起來只像在諷刺喔？」

「我連個女朋友都沒交過啊……」

「──那你為什麼！」

萬里晴空瞬間轉陰，急速發展成形的積雨雲覆蓋整個天空。在夏天，受陽光照射變熱的空氣於高空冷卻後，就會迅速發展成積雨雲，使大氣狀態變不穩定。轉眼之間，滂沱大雨伴隨著雷鳴落下。

這類突發性的夏季自然災害極難預測。而我當然也沒帶傘。

「竟然下起雷陣雨啊……汐里，用跑的！」

「嗯，阿雪，從這邊去我家比較近！」

人說女人心像秋天的天空，說不定跟夏天的氣候也很相似。

晴天會突然轉陰，是因為日照使低層空氣增溫上升，到達高層遇冷後導致降雨。自然界的法則今天也一如既往地運作著。夏天天氣總是說變就變。

社團活動結束的回家路上突然降起雷陣雨，於是我跑去汐里家躲雨。鞋子裡積滿了水，穿起來非常不舒服。

氣象預報拿這種天氣驟變也沒轍。我拿自己的毛巾擦乾頭跟身體。

「妳先去洗澡吧。」

姑且不管我，但總不能讓汐里感冒。我如此提案，汐里卻莫名滿臉通紅。到底為什麼啊？

「這、這臺詞聽起來好害羞喔……」

我絲毫不明白這臺詞有何害羞的要素存在，不過吐槽這點也沒意義。問這類問題多半不會有好下場，此乃世間常理。

轟隆一聲，被厚重烏雲覆蓋的天空出現一道閃光。

「應該不會停電吧？」

「要是停電就讓我來幫妳取暖吧。」

「阿雪你為什麼要講這種話!?你故意的吧？絕對是故意的吧！」

「什麼意思？」

我以純真無邪、閃閃發亮的眼神看向汐里。

「嗚————！明明平時總是露出死魚眼，為何只有這種時候眼神才會如此純真！」

汐里苦悶地哀號道。現在到底是什麼情況。

要是停電家裡變得一片漆黑，到時候洗澡會非常危險。

除了在浴室有失足滑倒的可能性外，要是滑倒還撞到頭，那可不是開玩笑的。每年都有五千人左右死於熱休克，在浴室發生意外的死亡人數更是超過一萬七千人。浴室其實是家庭內首屈一指的危險地帶。

摸黑洗澡是非常危險的事，大家都要注意喔！

我剛才那句話的意思是，如果真停電了，我得想辦法幫汐里取暖避免她感冒，真不知道汐里到底是在扯些什麼？

她正值青春期，可能是產生了什麼妄想吧。算了，那也沒辦法。

「雨似乎還不會停啊。」

「嗯，可能會下到晚上？」

「另一頭的雲層變薄了，應該不會下太久吧？」

夏天雨勢的特徵是不會持續太久。目前勢頭雖然沒有絲毫減弱，但下個一小時應該就會趨緩才對。

「啊，我得去收衣服！」

「我來收吧。妳快去洗澡吧，不然會感冒的。」

「嗯！謝謝阿雪。我馬上洗好出來。」

我無視脫衣服的布料摩擦聲，走向陽臺把衣服收起來。

橫風吹雨直接打進陽臺。已經被弄溼的衣服等雨停之後再晒應該也沒問題，總之先收還乾著的衣服吧。

今年夏天也很熱，在這種季節舉辦奧運簡直就是瘋了。

衣服的數量不多，看上去應該只有汐里本人的衣物。

「好大……」

衣架晒了一件豪大大的胸罩。汐里小姐，您變得如此出色……

神代汐里就體格來說能位列女生的最強級別。加上她正值成長期，身高也不斷更新。

而且她還不單單只是個子高，連體能也非常優秀。除了籃球外，排球等運動社團也有意招攬她。另外我就不說是哪了，她身體的某個部位也是超群出眾，神代汐里就是這樣一位女生。

我如此心想，並將跟衣服晒在一起的內衣也一併取下。

我總不能只留下內衣給雨水摧殘，更何況我不帶丁點邪念。

「哇啊啊啊啊啊！阿雪，內衣、內衣不行！」

汐里似乎想起自己內衣還晒在外面，急忙從浴室衝了出來。

「妳這模樣才更糟糕吧？是說我都已經收進來了……」

雖然汐里圍著浴巾衝出浴室制止我，但為時已晚。

這時我已經開始在摺衣服了。在媽媽晚歸時，大多數的家事幾乎都是由我包辦，事到如今不過是衣服裡混了件內衣，我也心無波瀾。

更何況媽媽跟姊姊也一樣豪大大。姑且不說媽媽，姊姊不像汐里那麼高，反而更有悖德感。

「嗚嗚嗚嗚……」

汐里滿臉通紅，淚眼汪汪地拖著腳步走回浴室。我是不會期待幸運色狼事件的男人——九重雪兔。要是繼續跟穿成那副模樣的汐里說話，說不定會發生浴巾脫落的危險意外事故。

我才不會冒著那樣的風險。本人的風險管理可是完美無缺。

洗完澡走出浴室的汐里仍滿臉通紅，還不斷發出不成聲的呻吟。我也不知該如何處理，總之先說句話讓她安心好了。

「不用在意啦，我看媽媽跟姊姊的已經習慣了。」

「當、當然會在意啊！是說你為什麼會看習慣啊⁉」

「誰叫姊姊完全不會做家事，所以洗衣服之類的事都是由我負責。」

「原來是這樣……所以你才會煮飯啊。」

「畢竟媽媽先前都會晚歸啊。」
儘管最近都沒有機會煮飯，不過這技能學了也不會有壞處。
我把摺好的衣服遞給換上輕便裝扮的汐里。
「阿雪也要洗澡嗎？」
「我就免了，反正雨停了就要立刻回去。」
「先去洗啦！還是你之後有什麼要緊事？」
「是沒有啦……」
「那就去洗啊——！」
哈哈——我懂了。妳八成是寂寞了吧？
汐里父母不在。聽說是參加員工旅遊去北海道玩了。
「好吧，那我借個浴室。」
「嗯！」
「放心吧，我不會做奇怪的事。」
「為什麼你每次都要強調這種事啊！」
「我只是實話實說啊……」
「真是的！快、快點去洗澡啦。晚點我們一起玩遊戲吧？」
汐里推著我說。肥皂的香味鑽入鼻腔。她雖然看起來沒事，但可能累積了不少壓力。既然是我送她去女籃社，那麼幫忙消除壓力自然也是我應盡的義務。

——我，到底要剝奪汐里的未來到什麼時候？

「要玩什麼呀？其實我不太擅長玩遊戲。」
「乾脆來玩賓果吧？首先來做賓果卡片——」
「那根本不是兩個人玩的遊戲吧⁉」
「畢竟沒有準備獎品嘛。」
「我怎麼覺得不是這個問題……」
「數字就從一到五百如何。」
「這樣絕對沒辦法賓果好不好！你是要玩幾個小時啊⁉」
討論到最後，我們決定就玩個普通的方塊遊戲，詳情我不太清楚，總之這似乎是拼成方塊後就能攻陷角色的戀愛遊戲。到底什麼鬼東東啊！
我忍不住確認一下，是間沒聽過的神祕廠商做的。儘管內容讓人傻眼，卻意外地玩得很嗨，就在我們讓第四個角色沉淪於快樂時，時間已經到了傍晚。
「吃奶油蛋黃麵可以嗎？」
「好久沒吃阿雪煮的飯了！」
弄溼的衣服已經用烘乾機弄乾了。我確認材料，迅速做好料理。
汐里似乎不是那麼擅長煮飯，光看廚房就知道了。
「拿去，別老是吃便利商店的東西啊。」

我將食物裝盤，擺到餐桌上。雖然只是做點簡易料理，但這時間吃算是有點微妙。我以晚上還會吃東西為前提，將做的量減少。畢竟神代汐里還正值成長期。她那麼豪大大，這點量對她來說一定不算什麼。

「我是有試著努力煮煮看啦……結果不算成功就是了。」

「說到底，煮一人份的食物也比較麻煩。反正慢慢就會習慣啦。」

「說得也對！我開動了。」

吃完將餐具洗乾淨後，汐里看似靜不下心地說。

「總覺得啊，這樣子感覺真不錯。家裡只有一個人，在晚上會稍微有點寂寞。有人陪伴在身邊真的很開心。」

汐里看向牆上的日曆，露出了略帶困惑的笑容。

「他們是去北海道旅行對吧？會不會一回來就有了弟弟或妹妹啊？」

「別說那麼恐怖的話好不好！」

「還是妳打算先弄出個孫子給他們☆」

「這句話聽起來更恐怖了!?」

汐里面紅耳赤地敲打我。這舉止乍看之下是很可愛，不過讓擁有最強體格的汐里這麼做，只會使得每一捶都成為重擊，讓我受到極大傷害。

「對不起。我被身邊的人性騷擾慣了，感官似乎整個麻痺。」

「看來你所處的環境跟症狀都很要命。」

「還真的是如此。」

我開著賓果卡片的孔，緩緩地開口問道。

「為什麼妳沒接受學長的告白？」

「那還用說，因為我喜歡的人是阿雪呀！」

彷彿是為了阻擋我的退路，她以無比率真的話語，直抵我的心扉。

不光是棒球社的學長。我知道有許多人對汐里有好感。對那些人而言，我只會礙了他們的事。

要是維持假告白的狀態就好了。我自知這是個差勁的想法，完全不尊重汐里的心意。但是，她眼神中蘊藏的決心告訴我，她再也不會讓這種誤會發生。

我知道她對我有好感。我沒有後宮漫畫男主角的遲鈍跟氣度，也無法佯裝成沒有察覺到她的心意。

讓她產生好感，卻故作不知保留答案，實在是太過殘酷了。

時間對任何人都是平等的。在青春這個有限的時間裡，將她一直綁在我身邊是種罪過。任誰都有權利度過這段燦爛奪目的時光。

也沒人有資格剝奪這段時光。

所以我必須告訴她。不多做修飾，只陳述事實。

即使這個答案會傷害到她，汐里也該度過屬於汐里的青春。

否定跟保留都會傷害到她，差別只在傷口的大小而已。即使是如此，給予曖昧不清的希望與期待，跟玩弄她的感情無異，我絕不允許自己這麼做。

「──汐里，我無法接受妳的告白。」

我能清楚聽見她倒抽一口氣的聲音。

一瞬間，她的表情扭曲，看似差點哭出來，我無法視而不見。

「我沒辦法陪伴著你嗎？不是硯川同學就沒辦法嗎？」

「我跟燈凪說過同樣的話。」

「……咦？為、為什麼……？」

──我不想說，別讓我說出口！

我的內心深處如此糾結著。

但是我也明白，正因為如此，我必須說出口才能讓她接受。

「……因為我沒辦法喜歡人。」

這是我唯一的真心話。

「是、是我的錯？要不是我做了那種事……！」

我用手指拭去她渾圓大眼中的淚水。

「不對，妳沒做錯任何事。全都是我不對。妳要恨我、討厭我都可以。所以，妳也該向前邁進了。不要再浪費時間。」

「阿雪不要這樣！這種事我做不到……」

「妳很受歡迎，一定能找到出色的對象。不過那個棒球社的學長就算了吧，至少要找個像爽朗型男一樣超高規格的男生。」

「我不要其他人！我喜歡的人是——」

「妳的贖罪已經結束了。我沒辦法讓妳幸福。」

過去的事已經無所謂了。我受的傷早已復原，如今也不在意。

這件事非常簡單，她告白，而我拒絕。是隨處可見的日常。

而之前不過是被糾結成一件複雜的事。我把繩子解開，將兩件事劃分開來。

「一直以來謝謝妳。」

「不要……我不想離開你……」

她的手撫摸我的臉頰，彷彿戀戀不捨。

要怎麼做她才能向前邁進？要怎麼做她才能揮去往事？只要被她討厭就行了嗎？

如果她認為我是個人生汙點，喜歡上我這麼差勁的人根本是種錯誤，沒有必要去在意的話——

「汐里，我一直很討厭妳。不要再靠近我了。」

「阿雪……？」

我揮開汐里，走向玄關。

一到外頭，厚重烏雲已經散去，重見天日。

「所以，再見。」

我頭也不回，小聲地說。我知道不論自己如何抉擇，都會使她哀傷。儘管有些矛盾，但我希望至少她能獲得幸福。

如果我能喜歡上別人，那或許也會有喜歡上汐里的未來。無論如何，那些都只是假設，沒有答案的問題罷了。

光是被人告白後拒絕對方，就已經如此難受了，那麼與對方結婚後又劈腿，對方到底會受到多深的心傷，我真的是無法想像。

最起碼我無法做出那種勾當。大叔果然是個人渣。

我是無法成為後宮主角的男人——九重雪兔。

「啊——啊，被甩了……」

阿雪離開後，我獨自回到房間，坐在椅子上碎念著。

開心的回憶，悲傷的回憶，種種不搭調的感情湧現，使腦中亂成一團。

「他說討厭我……也對。他怎麼可能會喜歡上我。」

我曾傷害他三次。我否定了自己的話，之後還害他受傷。使得在重要比賽前受傷的阿雪，遭社團顧問跟隊友責罵。

大家就是懷抱著期待，希望能打出佳績，才會如此拚命。也因為如此，一旦大失所望，才會忍不住說出那種氣話。

可是，阿雪卻沒說出一切原因在我，他身受重傷，遭眾人譴責，全都是為了保護我。最後他默默地承受這一切，離開了籃球社。

他沒有找任何藉口。同時他再也沒出現在籃球社了，學長引退交接給學弟時他沒出現。顧問跟男籃成員認為自己說得太過火，跑去跟他道歉，但阿雪仍不打算回來，一切都沒有改變。

全部都是因我而起。會被他討厭是理所當然的事。像我這種人，他哪有可能會喜歡，說不定還對我成天纏著他感到厭煩。

這是他第一次面對面說出他討厭我。我本是這麼想的。可是，阿雪他——

「我沒辦法放棄啊……」

如果阿雪是一如往常，面無表情地說出那句話，我或許會老實接受阿雪的說詞，並相信他是發自內心討厭我。

那麼一來，我說不定就能放棄了。

然而，阿雪將那句話說出口時，露出了我從沒見過的痛苦神情。

那句「討厭我」，是他硬逼自己說出口的。所以我才會明白，他就是太溫柔了，才會隱瞞真心，卻又無法徹底絕情。

正因為是這樣吧。明明被他說討厭了，明明被言語否定了，我卻無法壓抑心中的情感，越來越喜歡他。儘管如此，我卻不知道到底該怎麼做。

我的心意無法傳達到阿雪心中，所以我以為他一定會選擇硯川同學。

他們是兒時玩伴，而且阿雪以前還喜歡過她。

但阿雪卻說自己對硯川同學說過相同的話。為什麼？那麼阿雪到底喜歡誰？我回想起他說過的話。他究竟說了什麼。

阿雪不擅長偽裝自己。要說他是直率也行。他擁有最強的精神力，不論是任何話，都能不加修飾地說出口。所以我才會明白。

「——他沒有……喜歡的對象嗎？」

他似乎是說沒辦法喜歡人。不是有其他喜歡的對象，也不是喜歡硯川同學，而是有著打從根本就完全不同的理由……

我還真是死纏爛打……

這話阿雪都不知道跟我說了多少次。我甚至都不在意了。

實際上真的是如此。如果阿雪說自己不介意，就表示他真的沒放在心上。他就是這樣的性格。但我還是希望為自己所做的事贖罪。

「這樣啊。原來我，是希望阿雪對我生氣……」

為什麼我到現在才終於理解。愚鈍的我總是晚一步才想通，結果後悔莫及。阿雪太溫柔了，同時那份溫柔也拘束著我。

而現在，阿雪解放了我。

我沒有給他任何補償。只害他為了保護我而受傷。

我沒為他做任何事。只是不停追趕他，最後受無力感折磨。

選擇念同一所高中，是為了和他在一起。

不過，阿雪卻認為我這麼做是在犧牲自己。

所以才用這種方式拒絕我。不對，並不是這樣。我口口聲聲說這麼做不光是為了贖罪，卻連自己的心情都搞不明白。

這不是贖罪，也不是補償，我純粹是喜歡他。這是我最真實的心情。

阿雪願意讓我再一次追求他嗎？

他說要向前邁進。那一定是叫我別再回首過去，而是要展望未來。

要是那樣的未來裡面沒有阿雪呢？我才不要。

這不是我的問題，而是他的問題。我沒辦法找到答案，也無法將心意傳達給他。

「可是，光靠阿雪自己有辦法找出答案嗎？」

硯川同學肯定也得出相同的結論。

即使阿雪對硯川同學說無法接受她的心意，她也一定不會放棄，就和我一樣。

不論阿雪再怎麼獨自思考，都無法靠那句話使我放棄。

因為這不光是阿雪的問題，也不單純是我的問題，而是兩人的問題。

只有兩人做出的結論，才能使雙方接受。

# 第五章「冰釋的時間」

「哇——！是兔子先生——！兔子先生——！」

「才不是呢！我知道他，他是兔兔人——」

「你真聰明兔，前途不可限量兔。讓我摸摸頭。」

孩子們開心地圍繞著我摸個沒完。哼，知道厲害了吧。這就是兔兔人的知名度。

是說小孩子也太有精神了吧，好像活力都用不完啊。

「對不起喔，還讓你來幫忙。」

「不會不會。是我們該說不好意思，竟然臨時提出這種要求。」

我和頻頻低頭的溫柔保母小姐，一起陪孩子們玩耍。

「姊姊，一起來玩——！」

「呃，好、好啊。要玩什麼呢？」

冰見山小姐也非常受孩子們喜愛。她是個充滿包容力的溫柔姊姊，相信這點孩子們也能感覺得出來。畢竟連我都想跟她玩了。

「那個……能念故事書給我聽嗎……？」

綁著麻花辮的女孩子怯生生地問道。我把她抱到膝蓋上。

「當然可以兔。我看看。很久很久以前兔，在某一個地方兔，有一位老兔爺爺兔，跟老兔奶奶兔，爺爺上兔山兔，砍兔柴兔，有一顆兔大的桃兔飄了兔來兔。」

「雪兔，你念到完形崩壞（註15）了！」

「兔？」

「完全聽不懂耶。」

「這樣啊——」

儘管沒有必要重新解釋，但我和冰見山小姐來到幼稚園做志工。

本網紅雪兔的社群帳號，每天都會接到各種委託，其中碰巧有一個希望我參加這類活動的委託。時間是有點趕，不過能讓孩子們玩得開心，又能減輕保母們的負擔，那當然是皆大歡喜。

當然，這跟拿錢辦事的企業商案不同，這類志工多半是看個人良心接案，反正我的目的也不是報酬。

在暑假當志工，對高中生而言可說是再正常不過的事了。這就跟參加面試時隨口扯的鬼話一樣，是為了增加操行分數才會參加的活動。可是比起善小而不為，還不如

---

註15　又稱語義飽和，是一種心理學現象。指人在重複盯著一個字或者一個詞長時間後，會發生突然不認識該字或者單詞的情況。

假好心去做善舉，反正能幫到人，也沒人會管你的真心話。最起碼受到大家熱烈歡迎，這樣就已經夠了。嗯嗯。

「來——送禮物給大家兔——想要哪個呀——？」

「好棒喔——！」

「我想要這個毛巾——」

「那我要這支筆——」

我豪爽地將帶來的兔兔人周邊送給小孩。保母們低頭的速度越來越快了。但是妳們不用擔心。

「真的能收下這麼多東西嗎……？」

「請不必介意，這其實是在清庫存。」

廠商送給我一大票兔兔人周邊的樣品跟禮物，我正愁沒地方用。與其讓這些東西堆著，不如一口氣消化掉，對我來說也是一箭雙鵰。畢竟孩子們的笑容正是兔兔人的精神食糧（裝善人）。

「噯——噯——姊姊是兔子先生的朋友嗎？」

「我、我嗎？這個嘛，我是兔子先生的……」

冰見小姐瞥向我，看似不知如何答覆。冰見山小姐是朋友？不！

「這個姊姊是我的配偶兔。」

「雪兔!?」

孩子們聽完我的答覆便愣住了。糟糕，這個詞對他們來說還太難了。

「配偶──？配偶是什麼──？」

「就是新娘子的意思兔。兔兔人會讓新娘生寶寶擴張勢力，而我的野心，就是要讓這個地球成為兔兔人的樂園兔。兔──兔兔兔兔！」

哇──哈哈哈哈哈哈哈，不對，兔──兔兔兔兔兔兔兔。

「新娘子──！哇，跟媽媽一樣──」

「生寶寶──」

「生寶寶──生寶寶──」

「那個，拜託不要教小孩奇怪的詞彙……我會被家長罵的。」

保母略帶歉意地抱怨說。我只能磕頭道歉。

總而言之，我們正努力做志工活動。

「不好意思讓妳陪我。」

「你在說什麼啊，你是為了我才做這些事，我才該向你道謝。」

做完志工後，我們來到家庭餐廳休息。雖說消耗了不少體力，但過得非常充實。能每天陪小孩子玩耍的保母們簡直是神。

「話說回來，為什麼要來幼稚園？」

「啊啊，其實是這樣的。我聽利舟先生說，冰見山小姐曾經想當保母，他也說過妳放棄的理由了。」

冰見山小姐的表情頓時蒙上一層陰霾，這似乎是她不願想起的往事。

「……是、啊。我從以前，就非常喜歡小孩。放棄教師夢後，我覺得自己應該能當保育員。可是，實際面對小孩後才知道做不到。身體彷彿產生排斥，使我退縮。幼兒比小學生還要純潔無瑕，我好怕。他們天真無邪地看著我的眼神……」

冰見山小姐的手不停顫抖，相信不是因為室內冷氣太強。

「現在回想起來，孕活之所以會失敗，可能就是這個原因。我嘴上說想要小孩，內心卻感到害怕，甚至擔心自己無法發自內心祝福小孩，希望他乾脆不要出生。或許是因為我口是心非地抱持著相反的想法，才沒辦法生下小孩。這全都是自作自受。更何況我都這麼大年紀了。」

冰見山小姐自嘲笑道。我聽了她的話卻略有不滿。

「唔。」

「怎麼了？看你好像非常不愉快……」

「雖然冰見山小姐說自己年紀一大把，可是妳看我媽，感覺要生第三胎也沒問題，妳現在放棄還太早了吧。應該說，現在才是適婚年齡吧？妳明明就充滿魅力啊。」

才三十多歲還不到放棄生小孩的年紀吧。四十歲可能都勉強還行。

「要是櫻花小姐有生第三胎的可能性，那應該是你的……」

「哎呀，難不成妳對我媽的戀愛對象有個底？」

「沒、沒有，我不知道。真的，什麼都不知道。呃，總之沒事！」

不知為何，冰見山小姐矢口否認。真神祕。難不成是媽媽偷偷跟人交往，而她被下緘口令了。真的讓我好在意，好在意啊！

「好——回家後去跟媽媽打聽一下。」

「為什麼你一點危機意識都沒有啊!?你這樣一定會打草驚蛇，拜託不要去問。雪兔，你絕對不能故意露出這麼可愛的表情問她喔。」

「好——」

「你這樣回答肯定是會去問吧！你這孩子真是的……」

媽媽的事晚點再說，現在最重要的是冰見山小姐。

「是說，感覺有點奇怪啊。今天的冰見山小姐看起來沒問題呀。」

話雖如此，也不算完全沒事。就我的觀察，她感覺非常緊張，臉色也不好。不過在做志工的期間，冰見山小姐都有妥善對應小孩。

「這很簡單啊——因為有你，雪兔在我身邊，令我感到非常放心。我知道一定不會有事，原因就這麼單純。要是我獨自照顧孩子們，八成又會昏倒。」

「但妳的確平安撐到最後了。不用擔心，未來一週，我們就努力做志工克服這件事吧。妳馬上就會習慣了。」

冰見山小姐缺乏的，是自己一定能完成這件事的自信。這點只能從小事逐步累積，而冰見山小姐今天則跨出了第一步。

「可是，這樣會浪費雪兔的暑假……」

「我覺得冰見山小姐有讓我這麼做的價值，所以我才會做。」

冰見山小姐小聲說了句「謝謝」。

「……說得、也對。你答應過要拯救我了。那麼，還請你多多指教。雪兔，請你幫助我。讓我再也不會害怕，讓我再一次站在孩子們的面前。」

「交給我吧。」

要做的可不只是志工。我還有第二、第三個計畫，而且早就安排妥當了。準備跟調整計畫是很辛苦，但總算是趕上了。這也都多虧有利舟先生幫忙。

「冰見山小姐，妳的聲音好漂亮。簡直像是配音員呢。」

「是……這樣嗎？還是第一次有人這麼說過。」

雖說朝令夕改不可取，不過光是腳踏實地前進可沒辦法顛覆現狀。

「妳害怕人的眼睛。想要克服這點，就必須故意引人注目才行。」

我抓住冰見山小姐的雙手說。

「來當偶像吧。」

「…………………………咦？」

冰見山小姐的額頭流下一滴汗。

◇

「哈————累死了————！」

「是說真虧你能拉到這麼多人，雪兔你做事總是太急了啦。」

我大字躺在柏油路上，背後熱到我瞬間彈起來。好燙！

爽朗型男爽朗地擦拭汗水。光是這個舉動，其他學校的女生看了就尖叫歡呼。這傢伙現在完全變成名人了。

這裡是海原旅館的停車場，我們跟旅館借了部分空間，裝設籃框做成街籃場地，現場聚集了高中生、大學生、社會人士社團等大批年輕人。

這當然不是我們非法強占土地來用，這是我跟社長海原先生交涉的結果。說是說停車場，但也不是停小客車用的區域，而是觀光巴士用的大客車停車場。現在的海原旅館不可能停多少輛觀光巴士，我們只是借了一部分停車格。

聽到這，可能會有人產生疑問，這對海原旅館有什麼好處。

當然不會讓他吃虧。由於第三次籃球熱潮到來，全球正掀起一陣街籃風潮，而元凶，也就是我們，正以夏季合宿的名義跑到京都遠征。

我們在社群上募集對手，鄰縣奈良、兵庫、滋賀、大阪，甚至全國各地都有人跑來應徵。順帶一提，我是在醫院停車場跟利舟先生談過之後才開始募集，這麼做簡直如履薄冰，所幸勉強準備好。

最後，我們經由正式抽籤，選出了二十支隊伍對戰。

而會場兼住宿地點，就是這間海原旅館。我們先準備好住宿地點，才能讓遠道而來的隊伍能夠放心參加，沒想到效果十分顯著。

行程是兩天一夜，二十支隊伍的住宿費則由我來支付，話是這麼說，其實這些都能報帳，完全沒問題。說到底，這次夏季合宿其實是為了順便宣傳。

比賽會在網路上實況轉播，學校跟代表地區的隊伍激烈交手，觀眾看得也受氣氛感染嗨翻，瘋狂斗內。

再加上廣告行銷收益，肯定是穩賺不賠。

而門可羅雀的海原旅館接到這筆難得的大生意，當然是幹勁滿滿地熱烈歡迎。

「好了，大家期待已久的宴會時刻到了！」

我如此宣言道，參加的隊伍們立刻發出歡呼。

說是夏季合宿，但參加的只有我、爽朗型男跟正道三人。

汐里沒有參加，因為這件事跟社團活動沒有關係，況且大家思考一下……

去溫泉做兩天一夜的合宿，還有好幾個男生參加，汐里的雙親怎麼可能允許她參加這種旅行。他們肯定只覺得這是場亂交派對吧，未成年學生要參加還太早了。

就算我是ＰＧ（控球後衛），也不可能連夜晚的３Ｐ（三分球）都能夠上手。

雖然不知為何，汐里的父母對我信賴有加，汐里也說不會有事，可是我並不希望給她家人帶來不安，或是操不必要的心。總之下次再補償她吧。

大宴會廳熱鬧非凡，在場有許多未成年人，所以嚴禁酒精飲料。眾人在現場一邊享用美食，一邊各自認識新朋友，擴展全新的交友關係。

「……我說雪兔，這種活動還挺不錯的耶。」

光喜感慨地說。畢竟他曾說過想做些暑假會做的事。

「滿足了？」

「啥？別傻了。這對我們來說才剛開始好嗎？」

他咧嘴一笑，那個表情比用墊板反射陽光照向校長的禿頭還要耀眼。

「正道也是，不好意思硬是把你牽扯進來。」

「不會啦，其實我也很嚮往這種活動。而且再怎麼說，我可是被選上的勇者啊！」

正道淘氣地笑說。這位御來屋正道，其實是從熱血學長那繼承勇者名號的人。

熱血學長因備考引退之後，我們便失去了「Snow rabbit 隊」的勇者。最後決定由籃球社的新進社員——正道來繼承勇者稱號。

「差不多是時候了。光喜，準備得如何？」

我看向時鐘。場子也差不多熱起來，宴會正達到高潮。就是現在！

「算是勉強達到最低標準吧，是說啊——真的要搞這個喔？」

「我也不想淪落到成為在園遊會上組樂團搞演唱會的嗨咖啊。話是這麼說，這類表演要弄得好看，還是得在視覺上多下點功夫，你看像角色歌曲就這麼一回事。」

「我完全聽不懂你在扯什麼。」
你當作是跟動畫裡沒來由地出現泳裝回一樣就好。
「正道呢？不行的話上臺做個樣子就好。反正主角不是我們。」
「我、我會在正式上場前練好……」
「神代什麼都不知道，真是為她感到難過。」
爽朗型男似乎為汐里擔心，哼哼哼，她肯定會大吃一驚。
我甚至能想像汐里的馬尾像瘋馬一樣跳來跳去的樣子。
然而，汐里並不在這。因為接下來的主角是——
我走出宴會廳，對著在走廊待機的冰見山小姐搭話。
「非常適合妳喔。簡直跟真正的偶像一樣！」
冰見山小姐身穿燦爛奪目的服裝，緊張到全身僵硬。
「雪、雪兔，我這樣會不會很怪？大家會不會認為我這個老太婆還敢裝嫩？」
「胡說什麼啊，妳穿這樣明明就很可愛。我都快要迷上妳了。」
「你這樣講我當然是非常開心啦……」
我探向宴會廳裡，燈光聚焦在舞臺上，開始說明接下來的餘興節目。
事情的開端，是決定要製作廣告曲的商案工作。原本客戶就在製作第二第三支廣告要用的曲子，結果他們改變主意，說要做不如做支宣傳影片，然後讓「Snow rabbit隊」組成樂團，而主唱就是唯一的女生汐里。

雖然也有姊姊這個選項，但她似乎無意參與，最後就決定由汐里擔任。

附帶一提，這個企劃是瞞著汐里偷偷展開，理由純粹是因為這樣做比較有趣。原本預定會在秋天正式宣布歌曲內容，而我們臨時決定在這次夏季合宿宣布給大家一個驚喜。不過問題在於汐里這個主唱不在。

我心想，乾脆讓害怕他人視線的冰見山小姐擔任好了。

我跟冰見山小姐這一週都不停擔任志工，整天黏在一起。

剛開始，冰見山小姐還戰戰兢兢地照顧小孩，過了幾天後，她逐漸習慣，表現得越來越自然。我感覺到她是真心喜歡小孩，可是，光這樣還不夠。

於是我決定採取強硬措施，在這上面賭一把。雖然九重家嚴禁賭博，但我仍然將一切賭在冰見山小姐身上，也不覺得自己會輸。

「沒想到都年過三十了還當偶像……」

我安慰神色不安的冰見山小姐。說實話，這方法的確很亂來，不過是有必要的。

我和冰見山小姐做完志工後，還會跑去卡拉ＯＫ練習好幾個小時。

「……當偶像跟年齡沒關係。我覺得不論何時，要做些什麼，都永遠不嫌晚。妳看我，到這年紀才第一次體驗家族旅行呢。」

我享受了溫泉、氣墊球對決，塗了按摩油，撞見妖怪，手機蒙主恩召。每一個都是快樂的回憶。

「跟冰見山小姐度過的這一週，對我來說也是非常重要的回憶。」

我知曉了冰見山小姐全新的一面。她陷在絕望深淵裡哀嘆，仍強顏歡笑，努力抓住機會。她對孩子們露出的溫柔表情，強忍痛苦的身影，縱使傷痕累累，她也打算跨越過往。冰見山小姐流下的淚水，絕對不會白費。

「……雪兔，也對……這是你，為了我準備的舞臺……」

「上臺給大家好看吧。」

爽朗型男坐在鼓手的位置上，拿起鼓棒試打，正道開始給吉他調音，照明也準備萬全，而我則負責貝斯。

「雪兔，先等一下！」

冰見山小姐在走廊上喊道，她拉住我的手，現場只有我們倆。

「你是真心認為……年齡不是問題嗎？」

「當然不是問題。就算是五百歲的蘿莉，只要加上老者語氣也能當老太婆了。」

「這我就聽不太懂了……」

這只能說是一種浪漫。蘿莉老太婆是我身邊欠缺的屬性。※急徵！

「我希望你告訴我——為什麼，你會為我做這麼多事？」

她的神情十分認真，彷彿是在等待審判結果出爐。

冰見山小姐提的這個問題，根本連想都不用想。因為——

「因為妳對我很好。妳說喜歡我……就這麼簡單。」

光是這個理由就足夠了。

「……原來是這樣。惡意就要以惡意回報。那麼，被溫柔對待就要溫柔待人，好感就要以好感相報。至於愛——……即使到現在，你的心還是如玻璃般剔透——」

冰見山小姐抱住我。

「嗳，雪兔，如果我成功回去當老師，你能給我獎勵嗎？」

「獎勵嗎？要給什麼都可以喔。」

我又輕易答應人了，真是學不乖。但如果這麼做能提起冰見山小姐的幹勁，那我當然樂意。冰見山小姐是個有常識的大人，應該不會提出要一千兆圓之類的難題。

「謝謝你。這樣一來，我非得成功不可呢。」

冰見山小姐手掌傳來的溫暖遠去。

「我們走吧。」

「好的。」

一踏入燈光轉暗的宴會廳，就傳來盛大的鼓掌聲迎接我們。

聚光燈打在冰見山小姐身上，這還只是計畫的第二步。

房間昏暗，她應該看不清楚觀眾的表情。無須害怕他人視線。

然而冰見山小姐卻顫抖著，似乎是感到緊張。

「——美咲，加油啊！」

「……幹也先生？」

工作偷懶跑來宴會廳的海原社長揮著螢光棒喊。

「你們還不一起幫她加油。」

「爺爺你趕來啦！」

我邀來的利舟先生，似乎還帶了其他觀眾前來。

孫女登臺亮相，他加油得特別起勁。

啊，會叫他爺爺純粹是一時興起，還請不用介意。

「爸爸，在這邊！雪兔同學好帥！」

「瘋小子，感謝你的招待，我們會好好享受這場度假。還記得我年輕時曾見過一個少年，他一直盯著擺在櫥窗展示的小號，我就拿了把十字鎬給他，然後對他說『只要你去挖煤礦，很快就能買到樂器了』——」

「你明明連酒都沒喝，怎麼就已經醉了。閉上嘴巴乖乖看表演。」

愛耍嘴皮子的美國老爸被夫人罵了。

特莉絲蒂一家也來了，雷恩先生跟澪小姐也在。

非常好，不枉費我把認識的人全邀來。

「雖然看不清楚，但現在沒人對冰見山小姐投以帶著敵意的視線。」

「嗯，我感覺到了……好溫暖。」

我拍打冰見山小姐的背，讓她提起幹勁。

「好了，讓大家見識一下！」

「討厭，胸罩的背扣!?雪兔你真是的！」

我當場磕頭道歉。這是不可抗力——！真的啦——————！

「你真的不論在任何場合都是一個樣耶。不過，我現在放輕鬆了。謝謝。」

冰見山小姐呵呵笑說。看來她已經沒問題了。

我開始倒數，隨即演奏曲子。我也得專心演奏貝斯。

——就這樣，只有一首曲子的短暫演唱會拉開序幕。

◆

「我都不知道美咲小姐還有這種專長呢。」

「我只是代打，沒有下次了。」

「是這樣嗎？那我還真的是看到相當寶貴的畫面呢。」

「涼香老師好壞！」

「呵呵，又沒關係。」

我浸在溫泉裡。方才的興奮還未消散，身上留著令人舒暢的疲勞。

沒想到，我會成為偶像……第一次沐浴在聚光燈下，第一次穿上夢幻的偶像服，第一次受到那麼多人聲援，純粹令我感到開心。

回想起來，這一週過得非常充實。有好幾次都差點被不安壓垮，內心崩潰，我害怕孩子們的笑容，哭了出來。可是，他卻一直陪伴在身邊。

雖說現在在放暑假，但他日復一日地陪我，連一句怨言都沒。他無私地奉獻，在身心兩方面支持著我。令我無限感激。

我不禁產生自覺，自己越來越喜歡他了。

「不好意思，還讓涼香老師跑這一趟。」

在身旁和我並肩泡溫泉的，是現在和我成為好友的涼香老師。她也是雪兔邀請的其中一人。她特地前來，將事情發展看到最後一刻。

「請不要道歉，而且我也很喜歡泡溫泉。」

涼香老師露出柔和的笑容說。她的表情也變得相當沉穩。

「話說回來，真的是做了件對不起他的事。」

涼香老師微微地嘆了口氣，眉頭深鎖地說。

「我並沒有感到後悔，也不覺得自己做出錯誤判斷。只是沒想到他正在家族旅行中……竟然把他從京都叫回來，這下得對他跟雙親低頭道歉了……」

「不過，涼香老師在那天聯絡雪兔……我真的好開心。」

這件事無法責怪涼香老師，錯的是倒下的我，況且她也不知情，只能說是無可奈何。

雪兔接到聯絡時，也沒說自己人在京都，只說了句自己馬上過去就掛斷電話。即使他只是打通電話來關心，我也心滿意足了。

然而，他卻直接從京都跑回來，這種事任誰都想不到。

「妳這麼講讓我心裡踏實不少。明天要正式上場了，沒問題吧？」

「都幫我準備到這個份上了，要是說做不到可是會被雪兔罵呢。」

「……我完全無法想像他生氣的樣子。小學時的他確實是像隻刺蝟，但現在的他個性非常溫和，是個善良的好孩子。」

涼香老師笑道。我回想起演唱會前和他之間的對話。

「雪兔曾這麼說過。因為別人溫柔待他，所以他也會溫柔待人。我認為他的本質從那時就沒變，倘若妳認為他變溫柔的話，那應該是他身處的環境，是個能夠溫柔善待他的世界也說不定。」

「……如果是這樣就好了。」

和朋友共度的時光非常舒適，無須偽裝自己。我對涼香老師提議說。

「雪兔為了我盡心盡力，我想回禮答謝他。我打算下次招待他吃飯，涼香老師要不要參加呢？」

「好啊，我當然樂意奉陪……我有反省過，自己讓他背負了太多事物。雖說是我主動拜託他，但他終究只是個十六歲的孩子。看來太過可靠也很讓人傷腦筋，會忍不住想要依賴他——我真是一個失職的大人。」

涼香老師尷尬地笑了笑……是啊，雪兔才十六歲而已。

總覺得這件事實在讓人難以置信。

除了雪兔，又有誰能夠達成這些事呢。

海原旅館。沒想到我會再次回到這個地方。
我早就和這條路徹底訣別了，而雪兔再次為我牽起這段緣分。
還大費周章地準備了這樣一個舞臺，他肯定是費了不少苦心。
如果只是為了我一人，他沒必要刻意光顧海原旅館。
他不光是為了我，還打算拯救幹也先生跟這間海原旅館，才會訂立如此胡來的計畫。
說不定，是幹也先生拜託他來跟我牽線？假使真是如此，雪兔也沒必要做到這個份上。試圖拯救眼界所及的一切事物，這樣的想法實在太過桀驁不馴且貪心。同時也不禁讓人心想，如果是他，說不定真的能夠達成。
——你曾經教導過我——甚至以行動證明給我看。
任何事都不需要放棄。想要什麼就去爭取，想做什麼就儘管去做，這樣就夠了。
我們有權追求自己的幸福。
「涼香老師，如果我真的克服了，我打算再次去考教師甄試。」
「……美咲小姐？」
涼香老師瞪大雙眼，淚水從眼眶溢出。
「是……這樣嗎？妳打算再一次當老師。太好了。真的是太好了——！」
這是我藏於心中的決定，甚至沒跟雪兔說過。他知道了會為我高興嗎？
假如沒有你，我根本不會產生這種想法喔。

「我也得感謝涼香老師，謝謝妳這麼關心我。」

「沒關係！追根究柢地說，全都是我不好。是我破壞了你們的未來。」

涼香老師自己也過得很辛苦才對。在我離開後，她仍沒有逃避，在那地獄之中繼續擔任班導。她是我所完全無法比擬的出色教育家。

甚至在事情結束後，她也親切地關心著我。

她是我的憧憬，一名出色的理想教育者。我甚至對她抱持著思慕之情。

「不過……我還有一個夢想。」

我也被雪兔感化了，甚至覺得自己的心境變化大到可笑。

「……夢想是嗎？」

「當志工的期間，我跟許多孩子接觸，他們就如天使般可愛。我果然喜歡小孩子，我是真心想要一個自己的小孩。」

雖然陪小孩玩非常辛苦，但那段時光充滿幸福，彷彿做了一場美夢。

「雪兔打算拯救所有人，並散播自己擁有的幸福。所以，我決定再也不放棄了。如果有兩個夢想，那我就該摸索同時實現兩個夢想的方法，如此一來，我就無需做出捨棄任何一方的悲傷決定了。」

人類這種生物，只能在生活中不斷妥協。放棄的次數，也會隨著年齡增長變多。

放棄的大人們總會說「不要成天說夢話了」，所有人都是聽著這種話，被現實壓垮，最後忘記抵抗，只能找藉口說長大成人就是如此。

「說得對。如果是美咲小姐，一定能同時實現兩個夢想，妳還年輕呢。」

年齡，這比任何事都來得重要。涼香老師也深明個中道理。

涼香老師的話語之中夾雜了些許的放棄念頭，實在讓我看不下去……

「是說涼香老師，我聽說妳有加入婚友社。」

「嗚……妳就別問了吧……——成果並不算好。」

她移開視線說。涼香老師和我一樣，對幸福感到恐懼。

涼香老師長得漂亮、有財力、家世又顯赫，應該不愁對象才是。

但她至今都沒有結婚，那是因為涼香老師害怕。

我放棄成為老師，雪兔在班上被孤立，這一切原因都是自己，所以她不允許只有自己獲得幸福。明明打從內心深處渴求，卻又迴避眼前的幸福。

不過，如今已經沒有必要這麼做了。我現在打算迎接未來，所以——

「涼香老師不是說過，自己也想要小孩嗎？」

「話是這麼說，問題是沒有對象啊……我現在都快奔四了。」

她頓時意志消沉。年齡問題對涼香老師而言，確實是攸關生死。

結婚跟參加教師甄試，想做隨時都能達成，然而生小孩就不是這麼一回事了。

這件事存在著明確的時間限制，越是年輕越好。

自然懷孕的機率會隨著年齡增長而下降，尤其是過了四十歲，機率會一口氣下滑，還會增加風險。就婚活的角度來說，對於想要成家育子的男性而言，年齡可說是他們最為重視的指標。

「涼香老師──我們身邊不就有一個對象嗎？還是一個非常優秀的男性呢。」

「……………咦？」

◆

「美咲，原來妳在這啊！」

「幹也先生？你怎麼跑來這裡？」

幹也一發現美咲，就對她搭話說。幹也本來就四處尋找她，沒想到她跑到旅館外頭。現在即將換日。在滿月之下，幹也回想起令人懷念的日子。

「……沒想到妳會當偶像啊。」

「被你這麼一提，還真的有點害羞啊。」

講是這麼講，但美咲卻露出了愉悅的神情。對她而言，這份經驗的確是無可取代。他們慢慢地走著聊天，似是在彌補中斷的時光。

「……他真厲害啊。當天他一回旅館，我就從他那打聽到妳的事。他找我商量這件事時，我也是大吃一驚，那時我才知道，自己到底有多麼不瞭解妳。到頭來，我仍舊沒把妳放在第一順位。後來轉眼間就產生各種變化，真的讓我大開眼界。」

幹也碰巧在自家旅館再次遇見那名少年，接著便發生了一連串令他無法置信的事。認識他之後，齒輪再次運轉，一切產生變化。

海原旅館接到了無數預約，住宿旅客絡繹不絕。

就連心情黯淡，擔憂旅館未來的員工們，都如涸魚得水一般，變得生氣蓬勃。幹也的母親也是如此，工作如潮水般不斷湧入，令她渾身充滿動力。

「我也不清楚，聽說這好像叫『聖地巡禮』？」

「雪兔做的事，我們實在難以理解。」

那個思考著異想天開的點子，接著立即實行的少年。正是這間旅館的恩人。

「不過那個影片確實讓我有點頭痛。」

雖說那位網紅少年為旅館大肆宣傳的確讓人感激不盡，但九重雪兔上傳到社群的「試著送了夾內褲機拿到的土產給別人」系列影片，完全超出幹也的料想之外，每一集觀看次數都輕鬆突破百萬。

其中內容最正常，同時也最難纏的是班導藤代，她本來還期待是什麼銘菓，結果一打開卻是她意想不到的土產，『哦——你這傢伙可真有種啊，竟敢送這玩意給我當禮物。臭小子給我跪下！』接著發飆開始說教。學生會長祁堂收到甚至說：「這、這是！我立刻換上，你等我一下。」接著把手伸向裙子，使這集成為強制結束的播出事故回，每個對象的反應可說是截然不同，掀起不小的話題。

最重要的則是今天，這裡成為了街籃的聖地，名聲傳遍全國。而且拉攏了與之前全然不同的客群與世代。

這樣的幸運降臨，對海原旅館而言，可說是讓他們起死回生。

沒人知道街籃熱潮會持續到什麼時候。可能是一兩年，也可能半年就結束了，不過這倒是不重要。

「他給了我緩衝時間。」

光是徹底改變門可羅雀的現況，就已經堪稱是奇蹟，現在有了這段緩衝時間，就能審視營運方針，重振旅館。可說是幹也當前最需要的事物。

對幹也而言，他還給了一個重要的東西——就是復合的機會。

他給了幹也機會，讓幹也能再次繫起自己放手的這段緣分，這點令幹也感激不盡。

他甚至對幹也低頭說：「請你幫助冰見山小姐。」

為了拯救美咲，他還用盡各種方法，所以才會選擇幹也跟海原旅館。

幹也被他的生存之道打動，同時也為自己缺乏決心感到羞愧。

幹也至今也是一路努力過來，不過他做的終究只有努力，其中有多少事，是幹也根據自己的意志下決定呢。打從出生，他就是以旅館繼承人的身分活到現在。

繼承是既定事項，凡事必須以旅館為優先。若是旁人被幹也硬逼著以這種方式過活，自然會感到厭煩。實際上，幹也不惜拋棄美咲才找到的伴侶也跑了，甚至連孩子的親權也拱手讓人。

最後只剩下一個負債累累的旅館，跟離過一次婚的笨男人。

幹也為了讓旅館續命，拚了命地四處奔波籌錢。

最後他盼望已久的救星，卻是美咲認識的人。

幹也不斷自問自答，自己到底在胡混什麼。

最後幹也看到了，自己從未見過的美咲身影。

也不知是不是被人硬逼，她打扮成偶像上臺唱歌，然而，她那張臉上卻滿是充實感。兩人交往時，幹也從未見過美咲露出那樣的笑容。

把旅館的事擺在第一順位並非錯誤。但是，如果自己稍微關心一下伴侶，試著守護那個笑容，說不定她就不會離開自己身邊了。

選錯應當珍惜的事物，使幹也後悔莫及。不過，機會卻突然降臨。

這次不是為了重振經營不善的旅館，也不是為了母親的命令，幹也是基於自己的意志，決定再次與美咲攜手共度人生，這次一定要待在美咲身旁支持她。

「那個，美咲——我希望能夠跟妳復合。這次不是為了任何人，而是為了妳跟我。」

看到幹也露出與以往不同的堅定神情，使得美咲感到震驚。

◇

「美咲小姐，雖然我只能在一旁觀望，但我會默默守候著妳。要加油喔。」

「……謝謝。希望有那麼一天，我能再次跟涼香老師一同站上講臺。」

「我也很期待那天的到來。」

我們緊緊握住彼此的手。我也發自內心希望那天能夠到來。

「抱歉啊，我最多就幫到這了。」

「謝謝爺爺。你那麼忙，光是能過來就已經足夠了。」

「一開始從他那聽到計畫時，我也是大吃一驚。妳就放手去做吧。真不知道欠那位少年的人情，能不能趁我還在世時還清啊……」

「爺爺你別擔心，剩下的我會負責還。」

——我會賭上自己的一切，花費一生向雪兔償還這筆恩情。

「哈哈哈哈。這樣啊，那就拜託美咲了。希望妳能順便讓我抱抱曾孫。」

「只要雪兔點頭的話，我隨時都沒問題就是了。」

爺爺豪爽地大笑離去。他也跟涼香老師一樣，決定默默守候著我吧。大家都期待著我，至今我不知道讓多少人擔心、失望。

我們所在的位置，是某間教室的走廊，話雖如此，此處並非校舍，應該說是擺設成教室的攝影棚吧，不過裝潢倒是跟真正的教室無異。

現場聚集了多達五十個小朋友，非常熱鬧。

現在小學導入三十五人一般的制度，但由於少子化，多數班級無法編滿，如今將這麼多人全塞進一個班裡，對孩子們來說，或許非常新奇。

話雖如此，聚集在場的小朋友，學年卻非常零散。

而他們的眼睛都閃閃發亮，充滿了活力與熱情。

「那、那個……晚點還能見到兔子先生嗎？」

八歲左右的小女生走到我身邊，怯生生地問道。

「當然可以。所以妳再稍微忍耐一下吧？」

「哇♪」

女孩子笑逐顏開。我摸摸她的頭，她便踏著小小的步伐回去了。

「感謝妳的招待。不過，做這點事真的就好了嗎……？」

「這次是我們拜託各位幫忙，還請各位不用介意。我們才要謝謝各位陪同小孩前來，人數這麼多，只有我們幾個實在有些不安。」

「不會不會，妳客氣了。我們這些家庭主婦多的是時間。」

一位媽媽溫柔地笑說。本來不該由我來回答疑問，但是無可奈何。

帶著小孩前來的家長們在走廊上，各自做著自己的事。

聚集在此處的小孩，是雪兔以送禮企劃的名義召集來的。他大肆宣傳，說這次活動將會贈送目前難以入手的限定款籃球鞋。

參加對象條件是就讀小學的孩子們。消息一出就接到無數報名，而且男女學年分布都非常均衡。

大家會在櫃檯處登記住址、小孩的鞋子尺寸，以及想要的款式，之後再以郵寄方式送到。不知為何還多了魔女這個新款，該不會是我的吧？

當完偶像，接著又當魔女，真的是被他耍得團團轉。這種事，除了雪兔之外又有誰能做到呢。他用盡各種手段，就為了我一個人。

我們跟孩子和家長解釋，來這裡是要當臨時演員，只要在教室裡參與四十五分鐘的課程即可。家長們聽了當然會感到疑惑，做這種事就能拿到贈品嗎？

知道真相的只有我們，不過，這樣就夠了。畢竟這件事對任何人都只有好處。在場沒有任何一個人變得不幸，這點實在很有雪兔的作風。

「美咲小姐，是時候了。」

「好的。」

涼香老師提醒說。不知何時，雪兔不見人影。

視線掃向周圍，到處都找不到他。我頓時心神不寧。

可是，我有什麼辦法。誰叫他一直待在我的身邊——

光是有他在，我就感到無比踏實。如今只是他不在身旁，我就感到不安。

他可能是為了讓我自立才刻意消失，避免我時時刻刻都依賴雪兔。現在我才發現，自己成了一個過度依賴的女人。

跟幹也先生交往時，明明沒有發生這種事情過……

我深吸一口氣，踏進教室。孩子們的視線一口氣集中在我身上。

教學內容，其實根本稱不上是上課，純粹是為了讓不同學年的孩子們能夠一同開心玩耍所準備的，而我只要照著表演就好。這也是我跟雪兔一起準備的。

只要平安度過這段時間，我就打算跟他說，自己想再次成為老師。這對我而言，正是開始的第一步。但是——為什麼——

「——唔！」

身體哆嗦不止，想要出聲，話卻卡在喉嚨，全身冒汗，心跳加速。我開始感到那些盯著我的視線無比恐怖，使我頓失自信。

啊……我果然還是做不到。我對游移不定的自己感到失望，甚至覺得可悲。

我看向走廊，涼香老師跟爺爺不安地看著我，家長們也露出了訝異的表情，似乎覺得我的樣子不太對勁。

孩子們可能也察覺到異變，紛紛交頭接耳，緊張情緒瞬間擴散。

我得說點什麼……明明這麼想，我卻低垂著頭，遲遲無法抬起。

「……對不起。」

我只敢用誰也聽不見的音量小聲道歉。我果然做不到。

我辜負了眾人期待，白費了雪兔為我所做的一切。這一點令我坐立難安，甚至想立刻逃離現場。我那脆弱的心，再次被粉碎了。

內心被絕望所支配，再一次描繪的未來也被塗黑，我又墮入地獄。

我到底在空歡喜什麼，我明明就知道，那裡才是自己的棲身處。

淚水滴落，我被打落到失意的最底層，只剩下滿心懊悔。

「——美咲小姐！」

涼香老師認為我無法繼續，正打算衝向我身邊。

此時有一陣既微弱，又惹人憐愛的聲音傳進我耳中，阻斷涼香老師的呼喊。

（冰見山小姐，冰見山小姐，妳愣著做什麼啊！快點上課——）

「……雪兔？」

直到走進教室為止還沒問題，但冰見山小姐突然僵在原地，一動也不動。

喧鬧聲逐漸變大。我察覺到緊急狀況發生，於是向她搭話。

（……雪兔？你、你怎麼會在那裡？）

（不待在這，我要怎麼陪在冰見山小姐的身邊。）

（唔！你打算……陪我到最後一刻……）

咦，你們問我到底在哪？想知道嗎？真拿你們沒轍啊。那我就告訴你們吧。

沒錯，我就躲在講桌底下啊！登登登登——

其實我從好久以前就想試著躲在這了，現在整個心滿意足。

只是我躲進去才發現，待在這四十五分鐘也太累了吧？

要說這是年少輕狂犯下的失誤也沒辦法，我只怕結束之後全身肌肉痠痛。

偏偏現在課程開始了，我跑出去肯定被當可疑人士，只好乖乖待在裡頭。

（冰見山小姐沒問題的，妳當偶像時也非常完美，要有自信。）

（……雪兔，謝謝。）

我戳了戳冰見山小姐的美腿鼓勵她。

現在正是冰見山小姐揮去心理陰影，展翅高飛的時刻。

冰見山小姐走向教室前方。一一確認學生的臉，將他們牢記在心。

「對不起，我身體有點不舒服。不過現在沒事了。」

她以沉穩、溫柔的聲音說，讓孩子們感到放心。她又變回平時那個冰見山小姐。

「那麼，我們開始上課吧。」

這下終於鬆了一口氣。這樣看來，冰見山小姐應該沒問題了。

我避免被小孩子發現我躲在這，並對三條寺老師微微揮手。

三條寺老師一發現我，就露出困惑的表情苦笑，並對我揮手。

接下來就只能乖乖等上完課了。啊——啊。真的好無聊啊……

這時，發生了不可思議的事！

（……冰見山小姐？為什麼要把裙子……冰見山小姐!?）

她在我眼前將裙襬緩緩拉起，這已經超出露內褲的等級了。

我的全副精神都被那件性感內褲奪去，但總算是勉強回過神來。

（妳在這種時候搞什麼東西啊!?）

（我怕雪兔覺得無聊啊。你覺得如何，這是你送的內褲喔。要不要摸摸看？）

（當然要！要個頭啦！）

我的精神徹底混亂了。

（你也真是純情，明明想怎麼玩都行啊……）

（妳這個不良老師，拜託認真一點啦。）

（好——♪被雪兔罵了呢。不過啊，雪兔，我果然最喜歡跟你相處的時光。內心感到安穩，讓人徹底沉靜下來。謝謝你，我已經沒事了。）

（……冰見山小姐。）

人只要做出一如既往的行動，就能維持平常心。如果對冰見山小姐來說，一如既往的行動就是指對我性騷擾的話，我也只能心甘情願接受了。

你、你們可別會錯意了！人家才沒有覺得開心呢！

於是，我靜靜地觀賞冰見山小姐的內褲，度過這四十五分鐘。

「成功了……我做到了！我再次成為老師——」

「太好了呢，美咲小姐！」

三條寺老師拿起手帕擦淚，猶如為自己的事感到開心。

「哦嗚嗚嗚嗚——美咲——！太好了——！」

利舟先生似乎因為長年煩惱解決而放心，也不顧旁人眼光開始大哭。

多虧有利舟先生幫忙，才能準備這樣一塊場地，不愧是大人物，竟然三兩下就談妥一切。要是少了他，我們根本沒辦法在如此緊迫的時間排程內完成這件事。

我自鳴得意地點頭心想，這時冰見山小姐搖搖晃晃地過來，用力抱住我。

「我站上講臺了！這都是因為有你在，因為你一直待在我身旁——」

姑且提一下供大家參考，冰見山小姐是I。是什麼我就不說了，總之我被I包覆著。

「要是沒有你在，我說不定又會暈過去。可是，我做到了。全都是多虧有你——雪兔，你聽我說。我決定試著再次努力當上老師。」

「美咲小姐，九重同學臉色不太對勁啊！」

三條寺老師把我救了出來。啊吧吧吧吧吧吧吧吧吧吧。呼，不出所料，簡直天堂。

「對、對不起喔!?我太高興到太過激動。」

「反正我覺得賺到了所以沒差啦。這樣啊，妳打算回去當老師呀。」

這次她減輕力道抱住我。看來對冰見山小姐來說，沒有不擁抱這個選項。

「嗯，我想現在的我，不會再發生那樣的失敗。是你讓我學會，不論何時，都有辦法挽救，所以，我打算努力看看。雪兔，你會為我加油嗎？」

「當然會。」

冰見山小姐一定能成為受到學生愛戴的出色老師。

因為，她是個能夠設身處地為學生思考的人。一定有學生會被她的溫柔拯救。

一切都回歸應有的模樣。我似乎終於將自己扭曲的事物矯正過來了。

「……我還是感到不安。」

「不安是嗎？」

冰見山小姐面露愁容。我決定負起責任，陪她完成這件事。

這是我，對那些**被我造成心理創傷的女生們**的贖罪。

「我想相信，你會永遠待在我身邊。我想要這樣一個證明，希望你給我勇氣。」

勇氣。那是我所沒有的感情。

「我該怎麼做？」

精神如不可切斷的合成金屬鉅般強韌的我，實在無法明白。

「——……像這樣做。」

她抱住我——給了我一個甜蜜的吻。

「——冰見山小姐，妳做什麼!?」

「——我想讓身體記住你。這麼一來，我就能永遠感覺到雪兔啦。」

冰見山小姐淘氣地笑說，搞得我不知該做何反應。只覺疲勞瞬間湧上。

「好吧，如果就只有這樣的話……」

「不只這樣，我還要跟你收取精氣。爺爺已經認可了。」

「竟然能在這種地方撞見吸血鬼!?」

不愧是擁有一千兩百年歷史的京都，竟然有妖怪跟吸血鬼等魑魅魍魎四處橫行。

「——乾脆找個陰陽師吧……」

我不經意地嘟囔了一聲。

「——不好意思！你剛才是不是說了要找陰陽師？真是太巧了，你別看我這樣，其實是個新人陰陽師，名叫邪涯薪樞。雖然我老是被大家調侃說笨手笨腳的，但實力是貨真價實，連婆婆都讚譽有加呢。嘿嘿。」

「拜託別來更多女性了！」

我請她回去了。嗚哇……我的遇敵率，未免太高了吧……？

# 第六章「祭典燈火」

『……嗯，謝謝……──那就這樣，小悠拜拜。』

和姪女聊完，我便掛斷電話。

背部出汗，我打開冷氣開關。接著坐在沙發上，啜了一口紅茶。

……小悠也經歷不少事情呢。

姪女──姊姊的女兒小悠，最近似乎過得非常辛苦。

她們一家人去了趟溫泉旅行，結果引發了一連串騷動。

真沒想到，那個人渣竟敢出現在姊姊面前，雪雪似乎心中有什麼打算。唉……這孩子真是傷腦筋。

才一個不留神，他就立刻被捲入奇怪的事件裡。

當我得知時，事件大概也都落幕了。

真要講的話，其實我有些不滿。這樣感覺像是自己被排除在外。

小悠好像用各種方式對雪雪示好，但實在難稱得上是有成效，狀況遲遲沒有進展。算了，這本來就不是一朝一夕能改變的事。

話雖如此，在這之前就連想對他示好都做不到，更別提要去什麼家族旅行了。如今他們逐漸拉近距離，著實是件好事。

——從現在起，他們終於要逐步前進。

事情逐漸好轉，但也只是從無可挽回的負數變成零，並沒有成為正數。

別太天真了，一切都還沒開始，我得更加疼愛雪雪才行。

姊姊跟雪雪之間，一定有什麼他們倆才知道的心結。

這點小悠也一樣，雪雪不會主動跟任何人提及這些事，假使問了他也不會講。不過他們的關係確實有了改善，這是不錯的趨勢。

至於未來應該如何處理，這點實在難辦。

到頭來，雪雪還是對別人沒有半點執著。

他不對任何人抱期望，也不要求。

雪雪打算什麼事都自行處理，只是附加代價而已。

所以他無法更進一步。雪雪的日常生活中，不存在與別人攜手前行的未來。

每當他想前進就會失敗。久而久之，他決定獨自過活，而且沒有因此受挫。

就連我這個罪魁禍首，也無法料到事情會演變至此。

雪雪再也不相信任何人，即使他跟他人之間產生信賴，也與一般所認知的信賴大相逕庭。縱使遭信任的某人背叛，雪雪也不會受傷，甚至沒有任何想法，彷彿是打從一開始就認為演變成這樣非常合情合理。

他心中產生了某種類似放棄的想法，認為一切都錯在自己。

不論是面對親人、兄妹——還是戀人，他都這麼想。

這樣下去，就算有個至死也不會背叛他的人待在身旁，雪雪的認知也不會改變。因為這就是雪雪所處的世界的規則。

雪雪的「常識」是如此告訴他的。

而雪雪的世界裡充滿這種「常識」。

這純粹是他不幸？是他運氣不好？我不清楚。

可是，雪雪最終成了一名活在不同常識下的異邦人。

只能說是糟糕透頂又令人作嘔的命運使然。

即便是如此，只要他發現外人對他的感情不光是只有「敵意」，也會有「好感」存在，那麼他就能向前邁進。這是千載難逢的大好機會。

「……原來伽利略是抱持著這樣的心情嗎？」

我苦笑說。這妄想真是愚蠢，想法跳太遠了。

然而，伽利略繼承了哥白尼的意志闡揚地動說，即使面臨宗教審判，他也堅持地球仍然在轉啊。

形成人類骨幹的「常識」，就是如此強固。

即使提出證據，對方也矢口否認。有時候，人類就只會相信對自己有利的事物，最後大家開始跳脫爭論事實，做哲學論戰。

更何況對雪雪而言，根本沒有任何事物對自己有利，這個毫不講理的命運，已成了理所當然的日常。要顛覆這項「常識」，實在極其困難。

就如同經歷刀狩令變得無法持有武器，又過慣和平日子的日本人，無法理解槍砲社會的「常識」。

我們無法理解雪雪至今建立起的「常識」。

說不定，只有跨越此般命運的人，才能夠與他並肩前進。

不過，最近雪雪身邊真的是亂成一團。

彷彿是命運轉捩點即將到來一般——

◇

和太鼓的音色響徹四方，祭典音樂刻下獨特節奏，有人逛著攤子，有人扛著神轎，也有人開心地跳著盆踊（註16）。就連基格也不會逆襲（註17），保證是名作。不論男女老幼、大人小孩跟大姊姊都樂在其中，臉上泛起笑容。

沒錯——除了我以外。

註16　日本盂蘭盆節時會聚集眾人跳的一種舞蹈。

註17　指遊戲《地球冒險2　基格的逆襲》。

為避免擋到他人，我窩在集合地點發愣等待。

看向手錶，時間過了晚上六點。煙火是晚上七點開始，而燈凪跟我約好晚上五點半碰面。時間已經過了三十分鐘以上，燈凪還不見人影。我是五點到的，所以將近在這等了一個小時。

其實只要打通電話就沒事了，偏偏我的手機正拿去修理加上最新機種缺貨，導致我沒電話可打。我的手機漏液，徹底壞掉，只好先將通訊錄之類的資料取出拿去修理，結果賠我手機的女神律師說：「乾脆買最新機種吧？」我只好交由她來處理。然而即使當今手機價格高漲，還每年發售新機種，進貨量卻非常少，說是得等一個禮拜才能拿到。

反正現在正值暑假，這一個禮拜用電腦寄電子郵件應該就能撐過去。

我本來是這麼盤算，所以沒準備其他手機代用，現在馬上就出狀況了。

燈凪邀我參加夏日祭典是沒問題啦，早知道會發生這種問題，就約在她家碰面算了。不過說實話，我不是很想去……我被禁止進入，茜阿姨又那麼可怕。

攤子飄來一股香味。還沒吃晚餐，肚子快餓癟了。剛才只買了份章魚燒來吃，而且現在也沒辦法去逛攤子，只能虛度光陰。

再等了一陣子，燈凪還是不見人影。我才終於察覺。

……這該不會，只是想找我麻煩吧？

回想起來，以前曾被幾個班上同學邀去玩，結果他們只告訴我錯誤的集合地點。

不管等了多久都沒人來，回到家後他們才打電話通知。

隔天去學校，他們還笑著說開個小玩笑而已嘛，簡直垃圾。

從此以後，我到畢業為止都徹底無視對方，當他們不存在，到現在連對方長相跟名字都想不起來了。

後來也不知為何，他們態度徹底轉變，突然跑來對我道歉，還扯了「我們本來沒打算這麼做，其實是因為——」之類的無聊藉口。但是既然他們不存在，我也不可能聽見他們聲音。一切為時已晚，而正好今天也是祭典（註18）。

這件事確實是個無聊的插曲，話雖如此，我不認為燈凪會做出這種事。

沒辦法。即使是燈凪，也是有會想捉弄我的時候。

我忍不住這麼想，不過被家人罵了一頓後，我才理解。

——**是我錯了**。燈凪對我流出的淚水，綻放的笑容，都並非虛假。

一定有什麼除了討厭我之外的理由。我現在知道這個世界其實很溫柔，如此天真的想法才是正確答案。大家教導我，說我可以撒嬌，那麼我就相信她吧。

就算想找公共電話，只要離開現場跟她擦身而過，那估計再也無法碰面。

加上一般接到公共電話的來電都會特別留心，甚至不會接起來。

在沒有手機的年代碰上這種場合，大家到底是如何碰面的啊？

註18　日文「為時已晚」跟「祭典過後」諧音。

「——九重？」

有人喊了我的名字，說話的人並不是燈凪，甚至根本不是女性。

「……誰啊？」

「別忘了我啊！我們好歹同班耶！」

「開玩笑的啦，近藤。」

「誰是近藤啊!?我是高橋！高橋一成。我們都相處四個多月了耶……」

「別氣啦。高橋一成對吧。我當然記得。」

「真的嗎……？」

「你是那個在羽球社大顯身手的高橋一成吧。我記得啦。」

「我是足球社的……」

「你是那個在足球社大顯身手的高橋一成吧。我記得啦。」

「你只是套我的話再重複一遍而已啊……」

這男人可真配合，而且他竟能看穿我如此高超的套話技巧，不過高橋一成並非獨自逛祭典，他跟一個女生走在一塊，看來是個現充。呃……誰啊？超級尷尬。

「你是在搞爸爸活嗎？」

「為什麼會得出這種結論！是的話就恐怖了好嗎？她是我妹橘花。來，打聲招呼。」

「……你好。」

少女躲在高橋身後，抓著他的衣襬看向我這。

雖然她穿浴衣的樣子很好看，但看起來的確不像是在約會，如果他跟如此年幼的少女約會，那肯定會被各界砲轟。是說他們的樣貌也挺相似的。

「高橋原來是個哥哥啊……」

「橘花現在讀小二。我媽太忙，所以由我帶她來逛祭典。」

「這樣啊。來，給妳糖吃。」

難得認識她，於是我從口袋掏出糖果送給橘花妹妹。

橘花畏畏縮縮地接下。她看起來有點怕生，不過是個直率的乖孩子。

「對了，九重你怎麼會在這？」

「我本來是在等人，但可能是我誤會了。」

「我們班有不少人來逛喔。剛才我看到釋迦堂被櫻井她們拉著到處晃。」

「伊莉莎白？希望個性陰沉的釋迦堂不會被她發出的強光融化。」

「是說我老早就想問了，那個伊莉莎白是指誰啊……」

「來，橘花妹妹，妳拉一下這邊。是萬國旗喔。」

「哇——！好厲害——！」

「這什麼東西！」

橘花一拉我從口袋掏出的繩子，便把萬國旗抽了出來。

這是我一時興起在來這中途經過的雜貨店買的，本以為這東西沒半點用處，沒想到會在這派上用場。

橘花妹妹眼睛發亮。哼哼，我可是很受小孩歡迎呢。

「高橋 Brothers 要回去了嗎？」

「別把我們叫得像是某對紅色的哥哥跟綠色的弟弟。我家住在公寓偏上層，從陽臺就能看到煙火。九重是在跟誰約會嗎？抱歉喔，我們礙到你了吧。」

「慢著，高橋兄啊。你簡直是救世主。」

高橋應該知道燈凪的聯絡方式，乾脆拜託他打通電話吧。

「你突然間說什麼啊？啊，說起來我剛才好像看到硯川同學，她似乎跟男生在一起……不過她怎麼想都不會做這種事，是我看錯了吧。」

「——看來是我誤會了。」

「啥？誤會什麼——」

「反正肚子也餓了，還是早點回去吧。橘花妹妹再見。」

一直待在這地方也只是浪費時間。即使煙火即將開始，我也不打算一個人看，隨便逛個攤販就回家吧。

我反覆思考高橋一成的說詞，答案不言而喻。

哈哈——我懂了。她肯定是傳錯了吧？

所以燈凪的聯絡訊息打從一開始就不是傳給我？

去海邊玩的時候，燈凪邀請我去參加夏日祭典，而燈凪把這事忘得一乾二淨，之後她傳訊息邀請其他人，結果卻誤傳到我這。這可能性還挺高的。

儘管不明白我回訊息時她怎麼沒有糾正，有可能是她沒發現訊息是我回的。不不，哪有這種事啊？

目前只能想到這個假設，但我實在難以置信。再怎麼想都不可能會發生這種事才對，不過燈凪沒有出現，還有人看見她跟其他人一起逛夏日祭典，那怕這答案再怎麼不自然，眼前發生的事實才是一切。

如今回想起來，燈凪過去也發過好幾則意圖不明的訊息——我早該察覺到了。

那一天，將我的手甩開的燈凪，怎麼可能會邀我去夏日祭典。

人潮如舒適的旋律一般，熱鬧卻和緩地流動著。

熙來攘往，我快步前往他的身邊。換上穿不慣的木屐，走起路來步履蹣跚，但也沒辦法。準備花了不少時間，看來只能勉強趕上。

要是他喜歡這件浴衣就好了……

我想得也太天真。真要說的話，他就算一臉嫌棄也不足為奇。

……可是，如果是雪兔，一定不會露出那種表情，我完全信任他。

我們好久沒有一起逛夏日祭典了。身上這件浴衣的花紋，跟把他的手甩開那時穿的一樣，或許會讓他記起不好的回憶。

那天以後，我就再也沒機會穿上浴衣，尺寸也跟以往不同。一開始曾想過既然要買新的，乾脆選擇不同的花紋，結果最後還是選了這件。

這麼做，是為了用美好的回憶覆蓋慘痛往事。

「──我也要朝未來邁進。雪兔……」

我鼓舞自己說。我需要的是勇氣。

我需要勇氣，再一次穿上這個花紋的浴衣。

一成不變的我，跟改變後的我。

即使外觀產生變化，歷經成長，心中思念仍沒有改變。

自己的戀心從未改變過，或許我只是想要證明這一點。

成為國中生後，周遭環境、朋友，甚至連自己都不斷產生變化。

沒辦法再當個單純的小孩，但也無法成為大人，而我在變化當中，尋求恆久不變的事物。這樣的日子，令我產生恐懼。

正好從那時開始，我跟雪兔就相處得不太順利。我無法整理感情，不知道該如何面對他，也是從那時開始，我變得對他非常冷淡。

當時我動不動就歇斯底里，還成天將不滿宣洩在他身上。我最討厭那時的自己。

如果我們能繼續當兒時玩伴，事情肯定不會變成那樣。

──然而，我卻期望更進一步的關係。

在人群之中，他為了避免走散，一如既往地牽住我的手。

之所以拒絕不是因為討厭他。會甩開他的手純粹是因為介意手汗，我偷偷拿手帕擦乾，等他再次握住我。

連我自己都覺得可笑。明明老實說出口就好了。

當時的我，無法像現在這樣誠實面對他。

在那之後，他就再也沒有牽過我的手了。我的心懸在半空，最後將責任推卸到他身上，還不斷說些違心之論，怪他為什麼沒有牽我的手。結果夏日祭典結束後，我們漸行漸遠。

明年一定要——我明明如此下定決心。

但我卻連自己的誓言都忘記，還再次否定了試圖改變的他。

若是能再稍微耐心等待，我就得以實現自己的願望了。

雪兔也希望我們的關係有所進展。他也期望產生變化。

無論何時，我都不會付諸行動，只會以最糟糕的形式去要求，甚至是傷害他人。真是個恬不知恥的臭女人。

我無法再乾等，不想再當個只會接受他人好意的公主。

——無論何時，我總是做出錯誤選擇。所以這次一定要！

不停說出違心之論的結果，就是踏進找不到出口的黑暗之中，只能說是我咎由自取。

他卻願意幫助我、保護我，絕不拋下我一個人。不論自己被當成壞蛋，遭眾人厭惡貶低，甚至是與身邊的所有人為敵。

這次輪到我了。

從今以後，一直都會是我的回合。

玻璃鞋早已粉碎。

沒有會載我去城堡的馬車跟推我一把的魔女。

甚至還有一大票勁敵，不過那些都無所謂。

我要靠自己的雙腳前往他身邊。

我滿心雀躍地前往集合地點。

只有這一天，車子因道路管制不會開進來。

祭典使人興高采烈，從遠處就能感受到愉快氛圍。

馬上就要到了，他已經在那邊等我了嗎？

聽說他手機故障正在修理，但我沒問理由，反正一定是他又做了什麼好事。不過，沒有辦法立刻聯絡到等待對象的狀態，令人莫名感到浪漫，我無法壓抑逐漸高漲的情緒。

我確認時間，遲到有點久，晚點得跟他道歉才行。

我要誠實面對，不論發生任何事情，只要將自己的想法傳達給對方，他一定能夠接收到。我不斷告訴自己，我沒必要偽裝，也不需要掩飾。

——再見了，過去的我；初次見面，未來的我。

「妳是，硯川嗎？」

身後卻傳來了令人戰慄的聲音，彷彿是要打擊我的決心。

◆

「……吉川……？」

「喂喂，直呼名字也太沒禮貌了吧。我好歹也是學長啊。」

猶如被人潑了一頭冷水，原本高亢的心情直落冰點。我只能呆立原地，碎念這個讓人不願再次想起的可憎名字。

我只希望是認錯人，雖然體格比國中時還壯，不過那張臉確實是我記憶中的那個吉川。

「俊也怎麼了，她是你熟人喔？」

「是我國中時的前女友。」

吉川俊也，是我國中時交往的對象。實際上我們幾乎等於沒有交往過，但這件事仍會成為事實留下，也不可能抹消掉。

——前男友。

這個噁心的詞彙令我渾身顫抖，噁心作嘔。

「長得很漂亮嘛。學長，晚點介紹給我們認識一下。」

吉川不是一個人。身旁還有一個比他魁梧的男生跟嬌小的男生。他們沒有禮貌地上下打量我的身體，彷彿是在打分數。

「好久不見了，硯川。」

「——為什麼，為什麼你會在這！」

「我在哪又不關妳的事。你們說對吧？」

「幹麼，俊也。你們之間有過節嗎？」

「以前發生點事。」

我強忍顫抖，虛張聲勢大吼，不過似乎被他看透，沒有任何效果。我停止思考的腦袋終於重新轉了起來。

其實我打從一開始就不該理他，當我發現這點時已經太遲。

這麼大的祭典，當然會有許多學生前來參加，就算碰上熟人也不足為奇。我應該無視他早點走掉，而不是停下來回他話。

「妳一個人？要不要跟我們一起逛？」

稱吉川為學長的男生裝熟對我搭話，而吉川是二年級。

那麼這男生應該跟我一樣是一年級的。

「也好，硯川，跟我們一起走吧？」

「別開玩笑了！誰要跟你——」

「妳也不希望生活再次被人搗亂吧？」

「唔——！」

他小聲說出的話，令我再次想起那場惡夢。

每天難過到只能以淚洗面，不論如何掙扎都無可奈何。正當我以為把腳從無底沼澤中拔出來，終於能夠再次前進時，卻又被拖了進去。

受人幫助才終於揮別的過去，如今卻再次出現妨礙我。

「我們會讓妳玩得開心啦。我們走吧？」

「就是啊。硯川……不，妳是叫燈凪對吧。過去的事就當沒發生過，我們好好相處吧。」

他們三人一步步逼近。一股惡寒竄過全身。

吉田他剛才說「再次」。要是我不牽住吉川的手，這個得來不易的日常生活，以及我想再次取回的日子，是不是又會被他破壞呢？

——還有，我跟雪兔之間的情誼。

我無法忍受這種事情發生。彷彿成了隻被蛇盯上的青蛙，完全動彈不得。

鼓起的勇氣，如此輕易地消散了。

「……啊……啊……」

連聲音都發不出來。這個男人植下的心理創傷再次侵蝕我。

我無力地低頭。結果，一切都沒有改變，不論過了多久，往事仍緊緊抓住我不放。我像是身陷流沙，無法從絕望中脫困。

弱小的我，永遠都只能如此弱小。

我分明下定決心，要變得堅強到足以陪伴在他身旁。

眼眶浮現淚水。

吉川抓住我的手。

那一天，我把他的手甩開，而現在，抓住我的手的人並不是他。

「——這種事情，我怎麼可能接受！」

我受激動情緒擺布，逃離現場。

我承認，我很弱小。

跟他不一樣，動不動就逞強，沒辦法誠實表達情緒。

——可是，我並不孤獨。

我差點又忘了。我明明重複過無數次失敗。

這麼做或許又會給人添麻煩。我總是依賴他人。

即使是如此，我一個人無可奈何的事，如果是兩個人就能夠處理。

只要跟他在一起，我就一定能做到。我們要從頭開始。

而這一次，我一定要成為一個能夠讓他依賴、需要的人。

這樣才不是單方面受惠，而是與他對等。

——因為，我們是「兒時玩伴」。

「啊——啊，學長被甩了呢。」

「她搞什麼啊。俊也，她真的是你前女友喔？」

「這女人還是那麼讓人火大。」

吉川等人看著硯川的背影說。他們本來沒有打算在這麼多人的地方鬧事。雖說來這的目的就是為了搭訕，但祭典這種場合容易發生糾紛，警察自然會將此處視為巡邏重點。他們沒有笨到不顧前後就貿然行動。

「是說，她看起來真美味啊。」

「已經上過了嗎？」

「沒有，不過嘛，這樣似乎也不錯。我也不想一直被她小看。」

「這樣才對嘛！她那樣子應該很容易就能攻陷吧？像那種女生多半很脆弱……是說俊也學長在國中時應該很受歡迎吧？人長得帥可真好。應該愛怎麼玩就怎麼玩吧？」

「別說蠢話了，我在國中時可是乖乖牌。」

「俊也你少騙了。」

「我說真的啦。我底下一個學年有個不妙的傢伙，所以我一點都不起眼。」

「那傢伙打架很強嗎？」

「該怎麼說，應該不是那麼一回事……算了算了。我一點都不想提起這件事。」

俊也皺起眉頭，似乎是想起不愉快的回憶。兩人便知道這事還是別提為妙。

跟那種事情扯上關係不會有什麼好下場。於是吉川他們結束話題，邁開步伐。

「總之，今天就先找其他對象吧。主菜等之後再慢慢享用。」

吉川等人聽了學弟這句話便露出苦笑，隨後繼續物色女人。

◆

今晚照亮夜空的，不光只有高掛天上的一彎明月。大規模的焰色反應實驗將漆黑的天空當成畫布，在幾秒鐘裡，綻放出鮮豔的花。

即便是事實，看到煙火也絕對不能說紅色是鋰離子、紫色是鉀離子、黃色是鈉離子造成的，這樣講未免太不識趣。男人的壞習慣就是會得意洋洋地賣弄這類知識，說出口別人只會覺得「討厭啦，這人好白目喔——」。

看到煙火就說「好美喔」的女生，並不想聽你暢談化學反應。這一類的想法差異，或許就是男女之間最大的分別。

其實這個知識是以前姊姊告訴我的。偉哉姊姊，受教了。

當我知道一切只是徒勞，便離開夏日祭典會場，一回到家我就換上運動服，接著出門慢跑這項日課。鍛鍊絕對不可中斷。

慢跑途中，煙火晚會開始，一個人看實在沒趣。我沒抬頭，也沒停下腳步，只是默默地慢跑。轟聲響徹雲霄。

所謂的祭典，其實會形成一種獨特的社群，換言之，那就是一個社交場所。要是找不到人一同參加就沒有意義，因為那是得跟別人一起享受的東西。丟臉如我，誤以為被人邀去參加夏日祭典，如今也不可能獨自去逛。電腦也沒收到燈凪寄的郵件，似乎也沒有發生意外。果然，除了我會錯意之外找不出其他理由。唉呦——一整個丟臉。

維持穩定跑步節奏使思路變得清晰。人跟馬之間的歷史似乎能追溯到西元幾千年前，人跟斑馬之間倒是沒啥關係，說不定人際關係也差不多就是這麼回事。接近卻遙遠，相似卻相異，通曉卻無知，理解卻不解。是說別看斑馬那個樣子，聽說比馬還要火爆。素喔——

即使到了晚上，天氣仍舊炎熱。氣溫加上運動使得身體燥熱，我放鬆身子，和緩地吐氣，並切換成慢跑。這時，已經再也聽不見響徹夜空的轟聲，看來煙火大會結束。

我花了不少時間才回到公寓，一進大廳就發現有人蹲坐在一旁。

這人容貌十分憔悴，而且穿著浴衣，似乎是剛逛完祭典。

不知道她為什麼會待在這種地方，莫非是丟了鑰匙？

我跟鄰居沒什麼交集，但想說起碼打聲招呼，於是從她身旁經過，這時我才察覺到這人是我熟悉的對象。

「妳在這做什麼啊？」

為什麼燈凪會在這？

她原本應該整理好的頭髮非常凌亂，浴衣也穿不整齊。

這模樣就彷彿是隻被人丟棄的野貓，姑且稱為野生燈凪吧。

畢竟沒辦法無視，於是我向她搭話，她猛然抬頭一看。

「……雪兔？雪兔——好痛！」

似乎想衝上來抱住我的燈凪一個腳步不穩跌倒。我急忙接住她，她用那溼潤的眼珠子看著我，緊抓住我的手哆嗦不止。

「對不起！我沒有跟你聯絡……！那傢伙他——！可是，這次我——！」

不得要領的話語如濁流般傾出。既然燈凪會出現在這，就表示她邀請的人的確是我沒錯。真的沒傳錯人？這時我才想到。

哈哈——原來如此。是不小心重複預約了吧？

她跟第一個邀請的人逛太久，結果沒辦法準時赴約，這樣想就合情合理了。畢竟即使想聯絡我，也沒有任何方法，我看以後乾脆生狼煙算了……

——蠢斃了。我將腦中的無聊妄想通通拋開。

就算合情合理又怎樣。什麼重複預約，真無聊。

換是以前的我，或許就會擅自腦補將這一切下定論，但是看到燈凪這個模樣，就知道一定發生什麼事情了。我不相信我自己，因為我所得出的結論是錯誤的。

我仔細看著她。她的表情、態度、模樣，都告訴我事情並非如此。

一定是有什麼理由，燈凪才會在這。

我撫摸她的背部，讓她冷靜下來，浴衣布料較薄，能直接感覺到她的體溫。她的神情一瞬間放鬆下來，接著又看似痛苦扭曲。

我朝下一看，她穿著木屐，而腳趾整個發紅。

「妳受傷了。」

「……啊……呃……」

「上來。」

「咦？」

「有話晚點再說。」

我背著燈凪，朝家走去。

雖說這麼做是下下策，但也別無他法。不知為何，我家媽媽跟姊姊似乎不太想讓外人進家門。她們八成是把裡面當成是某種聖域了。

說實話，我很擔心事後會發生些什麼，不過現在沒空扯那些了。先緊急避難。

媽媽跟姊姊應該會放我一馬才對……拜託，一定要放過我！

「歡迎回來。今天好晚啊……咦，小燈凪？」

「不、不好意思打擾了，櫻花阿姨。」

「我在附近撿到了野生的兒時玩伴。」

「蛤？你怎麼了……」

姊姊也從屋裡探出頭來。一看到燈凪她的臉就瞬間皺成一團，眼神也變得十分凶狠。糟糕，她超氣的！得想個法子讓她息怒，獻上祭品不知道有沒有用。

「——等等！野生是怎麼回事！為什麼這女人會出現在家裡？」

「我幫她療傷後就會送她回去啦！」

「受傷……要是你們敢在家裡做什麼奇怪的事，我可不放過你。你以為現在都幾點——」

「那在家外面做可以嗎？」

「當然不行啊！」

「…………那跟姊姊做呢？」

「當然可以啊。」

「妳自打臉喔。」

「!?」

牽制完看似隨時會撲上來咬人的看門狗，我便回到房間。早就知道會變成這樣了。

雖不清楚理由，但姊姊超級討厭燈凪。

我記得她們以前感情沒那麼差，是起過什麼爭執嗎？

是說我總覺得姊姊討厭絕大多數的人，她這樣人際關係不會有問題吧，真是令我擔心。不過實際上，姊姊在學校非常受歡迎，像我這種傢伙去擔心她，也未免太不自量力了。大天使的魅力可是非比尋常。

我讓燈凪坐在大到不知所以然的床上，接著急忙拿出急救箱。得加緊腳步才行。

「燈凪妳聽好了，詳情我們晚點再說。這裡是我房間，但不會有半點隱私可言。豈止門沒得鎖，還隨時會有可怕的人跑進來，所以我們先做治療就好。」

「嗯、嗯……」

我取出消毒水跟繃帶。腳的拇趾跟二趾之間之間破皮泛紅。

「妳穿不慣木屐就不要逞強啊。」

「……因為我一路走到這。」

穿木屐走？燈凪是在修行嗎？

「還有哪裡會痛？」

「應該……只有腳吧。對不起。」

我在患部塗上消毒水。即使盡可能留意別弄痛她，但似乎還是會刺痛。燈凪發出了苦悶的叫聲，不過也只能請她忍耐了。

這麼做令我產生既視感，彷彿是重現過去發生的事，使我在內心苦笑。

「妳每次都是腳受傷呢。」

「……這已經是第二次讓你療傷了。」

「別這麼無精打采的。我當時也說過了，妳的腳一點都不臭，要有自信點。」

「你到底是怎樣啦！是臭的意思嗎？欸，我的腳真的很臭!?」

本想開個玩笑讓她打起精神，看來只造成反效果。燈凪氣得滿臉通紅，怒上心頭。

「聽說玩彈跳桿會胃下垂是騙人的。我從沒聽說過真的有人玩到胃下垂。」

「別以為這樣就可以扯開話題！欸，到底是怎樣啦!?並不臭對吧？今天我沒穿襪子，出門前還先洗過澡耶！」

儘管被掐住脖子，我仍繼續熟練地包紮。

「我個人認為玩呼拉圈會腸扭轉也是瞎掰的。」

「很香對不對!?我還噴了止汗劑耶。所以是怎樣，只要給你聞就好嗎!?你想聞是嗎!?」

「我就說沒有味道了嘛！」

「那就別說些讓人不安的話啊！」

「知道了知道了。既然妳都這麼講了，我晚點再聞就是。」

「這樣感覺也好討厭！」

太不講理了吧？不過若是這麼做能讓燈凪接受，那也未嘗不可。

在燈凪抗議——更正，找藉口的期間治療已經完成。中間只花了十分鐘。

「好，結束了。走吧。我送妳回去。」

「等、等一下，雪兔！」

我再次背著燈凪。時間過了晚上九點，她家人應該也很擔心。況且她腳受傷了，沒辦法放她在這種時間獨自回家，更不可能讓她借住我家，得盡快把她送回去才行。

燈凪也不是為了住我家才跑來。雖然不知道她是從幾點就待在我家門口，總之在這沒辦法慢慢聊。到底是怎麼回事啦！

我說過無數次了，我家並不存在所謂的隱私！

這值得拿來自誇嗎……？蓋新家時還是把這列為最重要考量吧。

我砰的一聲打開門，如我所料，兩人貼著門偷聽我們說話。好恐怖！

「我治療完野生的兒時玩伴了，現在要帶她去放生。」

「反正是野生的，隨便丟在路邊就好。」

「這麼做太慘忍了吧。」

「小燈凪，妳還好嗎？」

「是、是……不好意思，這麼晚來打擾。」

「都這麼晚了……你要是敢晚歸跑去做奇怪的事，應該知道下場如何吧？明天早上你起床時，肯定如置身於夢境之中。」

「到底會被做些什麼呢？好興奮。」

「哼，你就好好期待吧。等早上我會幫你口——」

「哇啊啊啊啊啊啊！不、不能那麼做啦，悠璃學姊！」

「妳說什麼!?」

「在猛獸大鬧之前先閃吧。」

我匆匆逃出修羅場。她們的關係就如水跟油、狗跟猴子般不相容。是說我突然想到，狗跟猴子的關係真有那麼差嗎？若事實如此，那桃太郎肯定得時時刻刻關心手下，避免牠們動不動就吵起來。英雄真命苦。

「……那個！我、我自己能走。」

離開公寓走了一陣子，燈凪才終於察覺到自己身處何種狀態。發生什麼事我就不說了，總之我算是賺到，要維持這個狀態到體力耗盡都沒問題。她以前是個嬌小的少女，現在已經成長為出色的女性了。

「在我背累之前妳都不要亂動。」

「——……嗯。」

萬籟俱寂，宛如幾小時前的喧囂是虛假的一般。讓人不禁懷疑起煙火、夏日祭典，是否真實發生過。傳入耳中的，只有燈凪嘀嘀咕咕的聲音。

「結果沒看成煙火呢。」

「是啊。」

「我本來想跟你一起逛夏日祭典……這次又被我搞砸了。」

「是喔——」

她沒有停滯地說著，而我只是聆聽，也沒有打算插嘴。

她沒必要說謊找藉口。話中不存在欺騙我的意圖，也沒有惡意，她所陳述的都是事實，也是硯川燈凪真真正正的想法。

——硯川燈凪變了。

她變得非常直率，不會過度偽裝或矯飾自己所說的話。從她過去的行為來看，簡直令人難以置信。不對，也許她不是變了，而是恢復了。她恢復成直率且專情的自己。

既然如此，我也能相信自己能夠再次取回失去的某些事物嗎？就跟她一樣，將過去的自己曾擁有的——

「……我去會合地點時雪兔已經不在，也聯絡不上你。當下我不知該怎麼辦，結果一回神就發現自己走到雪兔家了。」

沒帶手機的弊害徹底顯現出來。「九重雪兔無需手機理論」現在被徹底推翻了，手機終究是現代人必備的道具。

「對不起。」

「不是這樣的。錯的是我，是我遲到了。要是我直接跑去找雪兔就好了。可是，用跑的會讓髮型亂掉，一想到這些我就……到底是從什麼時候開始呢。做什麼都不順利，任何一項願望都無法實現。我只會成天祈求，心意總是無法傳達給對方。」

她在我耳邊輕聲說。

她突然說出這句樸實過頭的話。

靠得這麼近，根本無法當聽錯或裝沒聽見，我無法用不存在的腦中結論蒙混過去。燈凪確實說了「喜歡」。

「我們明明一直陪伴在彼此身旁，不知何時起，我開始追逐你的背影。其實我曾想過要不要放棄喔？因為我不斷變弱，而你又越來越強，我們之間的距離大到我差點追丟了你。最後我滿腦子只剩下後悔，認為一切都太遲了。」

——硯川燈凪變堅強了。

那句如魔法一般的話，造就了現在的她。

「我不會再與你擦身而過，也不會再讓你說不明白我的心意。不論雪兔選擇何種答案，只要我耿直地將心意傳達給你，我就不會後悔了。」

人是會改變的，她教導了我這件事。

冰見山小姐，汐里、燈凪、姊姊還有媽媽。大家都產生了變化。說不定沒有改變的人就只有我而已。我彷彿感到自己被拋下。

「——雪兔也變了呢。」

「是嗎？」

「我覺得你有比以前還要更仔細地盯著我看。」

「因為我開始吃藍莓。」

「不是在說視力啦笨蛋……不過真正的笨蛋是我。我又差點犯錯了。我本來決定再也不要犯錯了，卻完全學不乖，真的是笨到無可救藥。明明把事悶在心裡，我一個人也什麼都做不到。」

——我明白了。

事到如今我才明白。

我是打算疏遠她。燈凪有追求自己幸福的自由，她的時間不該被我剝奪，我是這麼想的。

但是現在的我，一定無法說服燈凪。現在我理解到，自己所得出的結論、說出的話，都無法讓她認同。

無數先達編織出了成千上萬的神話。

毫無疑問的，「青梅竹馬」是無與倫比的——女主角。

「我想把今天發生的事告訴你。希望你能夠聽我講，我想找你商量。只有我一個人，會不知道該如何處理這件事，可是和你在一起，我就一點都不怕。」

我回想起小學時，兩人之間沒有任何祕密，我們一直都是這樣走過來。結果那樣如夢似幻的關係，在不知不覺中煙消雲散，只留下我們曾是兒時玩伴的記憶。

「燈凪。」

「……？」

「我享受完觸感了，妳差不多可以下來了吧？」

「……笨蛋。」

「前男友？」

「……嗯。」

燈凪和緩地顫聲訴說，樣子看起來非常煎熬。

不論有多麼不願意承認，這仍是事實，也是無從改變的過去。

火花四濺的微弱光球倏地熄滅，落到地上。

時間接近晚上十點，就算今天舉辦煙火大會，未成年人這時間還在外遊蕩，實在是不可取。況且燈凪還是位女生。她雙親肯定非常擔心。

即便是如此，若要問我們在這種地方做些什麼的話，我們在放煙火。竟做出如此不良行為，很顯然就是當了壞榜樣。

我本來想早點送她回家，結果燈凪說什麼都想放煙火，我無可奈何，只好去便利商店買了煙火，接著兩人走到附近公園開始玩了起來。

在不良少女燈凪面前，我實在是無計可施。燈織對不起喔。

然而在深夜也沒辦法玩得太過張揚，所以我們買的是仙女棒。我們倆只是靜靜蹲著，看著閃光悄悄墜落。這也是夏日特有的景象，多麼風雅有趣。

「所以呢，他對妳做了什麼嗎？」

「沒有，不過我很害怕。我猜他一定又會做出什麼事情……」

燈凪之所以會遲到，似乎是因為被學長們纏上。

那個學長大她一屆，名叫吉川，是國中時跟燈凪交往過的人。

由於就讀的高中不同，至今都再也沒碰到他，沒想到會在這種地方重逢。

光是這樣其實也沒什麼，不過燈凪似乎感受到，事情不會就這麼結束。她到現在依舊莫名感到不安。

國中時發生的事，對她而言就是如此嚴重的心理創傷。

從燈凪目前為止的態度就能夠窺探出，她在我不知情的狀況下受了多少苦。她仍在深邃的黑暗中徬徨，導致她連性格都產生轉變。

「那麼，妳就多交點朋友吧。」

「……朋友？」

「雖然這話我沒什麼資格說，妳沒多少朋友對吧。」

「畢竟雪兔朋友很多嘛。」

「咦？」

「咦？」

「…………」

「…………」

「咦？」

「咦？」

朋友很多？誰？我？我認識的人是還不少，但稱得上是朋友的傢伙可沒幾個。

腦中第一個浮現的是爽朗型男，說到最近認識的人，大概就是女神律師跟新人陰陽師邪涯薪小姐了。我還從她們那收到了結識的紀念品。

燈瓜跟我都偏著頭感到不解，氛圍變得非常尷尬。看來我們對朋友的認知有著非常大的差異，不過這事現在並不重要。

「總之多找點同伴。而且對方都已經是高中生了。儘管不清楚對方在打什麼主意，應該也沒辦法做得太明目張膽。」

「什麼意思？」

「意思是事情會鬧大。這句話也適用於妳。」

「我……？」

「要是又做了錯誤選擇，可能真的會無法挽回。」

「——!?」

「妳跑來找我談是正確選擇，絕對不要一個人悶在心裡。多找點同伴，依賴他們。要找家人幫忙也行，絕對不要覺得這麼做會給他們添麻煩。」

「嗯、嗯，我知道了。」

燈瓜坦率地回覆，她果然變了。至少前一陣子的燈瓜，不論我說什麼她都會否定，所以才會被人趁虛而入。幸好她沒有落得最糟的下場。

可是，若是再有下次就難說了。若是她在我不知情又無法觸及的狀況下發生意外，那我可能就真的無能為力了。

但在事情走到那步田地之前，處理辦法要多少有多少。

「既然知道對方是誰，那就好處理了。某個偉大的靈能力者曾說過，以牙還牙以眼還眼，以鬼制鬼。」

「說這句話的人最後不是失敗死掉了。」

「總之，妳別那麼擔心。妳成長了，這次有做出正確選擇。」

我拍拍她的背說。這次我有注意不要解開背扣。

「那時也是，要是我有找你談過，事情就不會演變成那樣了……」

「很正常吧。說到底的，要是知道妳是我的兒時玩伴，對方肯定不會想跟妳扯上關係。畢竟學長姊們都跟我保持距離。」

「你怎麼這樣說自己啊？」

上了國中，我跟燈凪開始保持距離。當時她變得對我非常冷淡，班級也不一樣，我們在學校幾乎沒有交集。知道我跟燈凪是兒時玩伴的，大概只有從小學時就認識的同學而已。

也不知為何，學長姊都躲我躲得遠遠的。我明明是個乖寶寶耶。

每個學長姊碰到我都會移開視線，要是他們知道燈凪是我的兒時玩伴，或許會用有色眼鏡看她，但最起碼不會想找她麻煩才對。

雖說燈凪顯得惴惴不安，不過實際上我並沒有那麼擔心。她沒有犯下相同的失誤，所以應該沒問題了。更何況大家都上了高中，在這年紀，做了錯事就會被追究責任。沒辦法當成小孩子的小打小鬧了結。

所以我才認為對方不會採取太過明目張膽的手段。

假如對方硬是做了壞事又失敗，那只會使他們的人生玩完。現在這年代，人人都能拿手機錄音或拍影片，非常容易留下證據。

奇幻世界裡經常會出現什麼NTR錄影帶，那種東西不過是將自己的犯罪證據傳給對方，根本是蠢到家的自爆行為。

要將壞事徹底隱瞞其實是件非常難的事。而我的人生就如同現代啟示錄，不論受到任何處分我都不會介意，但一般人可不會這麼想。

身為學生，只要考慮到停學或退學的危險性，就不會輕易採取踰矩行動。

上高中後，大家都能為這些行為做出區別，而做壞事的門檻過高，想要脫離常軌實在太難。這就是深植在社會上的道德規範。

因此對方的行動自然會受局限。假使對方仍打算冒著風險採取蠻橫手段，那麼對我來說反而更好應付。到時候看我怎麼宰了你。

我突然想到，我不就正好認識一個在這時候能幫上忙的人物嗎！

「對了，我把妖怪顏面嘔吐失禁臭老太婆 aka 女神律師介紹給妳吧。她先前給我添了一堆麻煩，如果只是商量應該能算免費才對。」

「那女人，是誰？」

「聽說是知名律師喔。」

「欸，那女人，是誰？」

「名字好像叫不來方久遠。名字超級中二，笑死。」

「所以說，那女人，是誰？」

「我下次要跟她見面，到時順便提一下這件事。我把燈凪的聯絡方式給她喔。」

「謝謝，先別說這些，那女人，是誰？」

「咦？怪怪，怎麼語言不通。」

「回答我。那女人，是誰？」

「燈凪小姐？」

喂——燈凪小姐妳怎麼了？

燈凪眼睛瞇成一線瞪我，還莫名散發出了跟姊姊類似的黑暗氣場。

我逼不得已向燈凪解釋，她似乎難以接受，態度超級強硬。是說妳都強硬成這樣了，像學長那種小嘍囉根本不是妳的對手吧，但仔細想想，其實多數人都不習慣被人惡意相向，她會感到不安也是無可奈何的事。

我們看著最後一支仙女棒燒完，站起身來，確認沒有留下任何垃圾。將火完全熄滅可是非常重要的事，這時代講求環保。夜深人靜，都這麼晚了，實在沒辦法再帶著她亂晃。

「腳沒事吧？」

「沒事，我能自己走了。」

我也沒辦法就這麼與她道別，於是跟著走向燈凪的家。

寂靜之中，走在身旁的燈凪開口說。

「要不要順便住我家？」

「別別別、別說傻話了！我我我、我怎麼可能做出如此恐怖的事！」

「你的反應也太激烈了吧……以前你也住過我家啊。」

燈凪不滿地嘟囔說，她那恐怖過頭的提案令我感到戰慄。

若是做出這種事，回家後肯定會被修理。而且，估計是用鞭子之類的東西。剛才繞去其他地方玩，時間徹底晚了，要是再拖下去肯定不妙。

而且燈凪不知道，她媽媽茜阿姨禁止我進入硯川家。

先前是燈凪死纏爛打邀請我才勉強接受，幸好當時沒有直接見到茜阿姨，要是撞見了肯定又會被責怪。

我辜負了茜阿姨的期待。我明明能在事情演變成那個地步之前幫助燈凪。若是她這麼講，我也無從反駁。就這層意義而言，對茜阿姨來說，我與傷害燈凪的當事人無異。我沒有拯救燈凪。我——

「那個，其實啊，我本來想問你。為什麼接受我的邀請？」

「這需要理由嗎？」
「我其實或多或少明白，你想對我講些什麼。」
「原來如此，妳用了讀心術對吧。」
「才不是呢，笨蛋。」
雖然這事因為意想不到的狀況變得不了了之，但我的確有話想跟燈凪說。而我也對汐里說過。就是現在的我，沒有辦法喜歡任何人——
「燈凪，我——」
「你剛才說，我沒做錯對吧？」
燈凪打斷我說。她輕輕地握住我的手。
「只懂得不斷徬徨掙扎，像我這種差勁的女人，根本就配不上雪兔。可是，你願意幫我照亮黑暗，還給了我愛情——所以我再也不會放開這隻手。」
「妳有妳的人生。妳應該多多關心周遭事物，一定有其他——」
「雪兔，我有我的人生，所以由我來決定。」
燈凪的家到了。她的手傳來了溫暖。
她輕輕地親吻我的臉頰，彷彿是夜風冷卻燥熱的身體。
「我不會放棄的。因為我就是那麼地喜歡——無論何時都會來幫助我的你。」
幾小時前鐵青的表情，如今已染成了興奮的朱紅色。
她臉上那個看似害羞的微笑。是我許久未見的——那個時候的燈凪。

「今天謝謝你。下次我會好好答謝跟補償你。」

燈凪走進家裡。我對著她的背影搭話。

「燈凪。」

「…………」

「——那件浴衣，很適合妳。」

「謝謝。」

我突然想起，只有這句話非得告訴她不可。而燈凪沒有回頭。

只是我自然而然感覺到，剛才她一定笑了。

這就是我們現在的距離。跟小學時相比遙遠，跟國中時相比卻拉近了。

我目送燈凪，直到她完全消失在屋裡，隨即深深嘆了一口氣。

「這是叫我該怎麼辦啊……」

我完全不怕別人對我抱持惡意或敵意，但對我抱持好感，我就不知道該如何處理。

我拖著沉重步伐踏上歸途，心中仍找不到答案。

我發自內心理解，這個答案一定不是自己一個人能夠找到的。

◆

「非常抱歉————！」

我在客廳下跪，拚了命地低頭道歉。對方散發的壓力只增不減。

啊哇哇哇哇哇！這下慘了，大事不妙了！

「我說過要是敢晚歸就絕不寬貸？」

「我沒有做任何虧心事！只是回程肚子痛了起來，我才跑去無障礙廁所——」

「蛤？你跑去無障礙廁所跟那女人做？」

「絕對不是！無障礙廁所才沒有那種用途！」

「看來你是真的很想被下達近親處分是吧。」

「親、親親處分？」

「沒錯，這段時間你都得受到近親處分。」

「可惡！我總覺得自己應該是聽錯，卻又怕到不敢跟她確認！」

「來，我們一起睡吧。」

「請問為什麼要把睡衣脫掉？」

「因為很熱。」

「這下我無從反駁了。」

「來當我的抱枕。」

「!?」

太不講理了！我的種姓階級竟然降成無機物了。媽媽也在現場，還笑呵呵地看著我，我用眼神示意，向她求救。

「你們感情變得跟以前一樣好，我真的好開心喔。」

「老花眼了嗎？」

「呵呵……呵呵呵……我覺得自己應該沒有老到那樣的歲數才對。」

「我只是一不小心說溜嘴，不是真心這麼想的媽媽！」

「這算是遲來的叛逆期嗎？不過你放心，這樣才像是個孩子嘛。」

「完全無法放心！是說為什麼媽媽也把睡衣脫了？」

「因為今天很熱啊？」

「這下我無從反駁了。」

「來，我們一起睡吧。」

「嗯嗯，這兩人果然是母女。總覺得只有我跟她們不太一樣。」

「別說這種難過的話。」

我被她們一左一右地架住帶走。兩人真是默契十足。

「我已經不記得這句話說過多少次了，妳們知道這裡是我房間吧？」

「只有一間房開冷氣不就能節省電費嗎？」

「這樣講我還真的無從反駁。」

我明年起才會終止申報扶養，現在在媽媽面前還是抬不起頭。而且我也怕家人中暑。

「你做了什麼都給我老實說清楚。說完之前都不准睡覺。」

「我是無辜的啊啊啊啊啊啊啊啊啊啊！」

# 第七章「殘夏」

冰見山小姐似乎想要答謝我，所以把我叫到「居待月」，但老闆卻不在。

今天似乎是包場，沒想到，她竟然要請我吃涮涮鍋。哇哦！

桌上擺滿高級霜降肉、蛤蜊、松茸跟溫野菜，還有鯛魚跟鱧魚，令人垂涎三尺。旁邊還擺了好幾種醬汁，看了就胃口大開，更別提那開著火的鍋子，都快讓人耐不住性子了。平常在家沒機會吃什麼涮涮鍋，下次乾脆來挑戰看看。先筆記下來。

我靜靜地等冰見山小姐準備完畢，肚子都快餓癟了。還沒好嗎還沒好嗎？

「感謝您的指名♡」

「換人。」

冰見山小姐出現在我眼前，還穿著大膽露出肩膀跟背部的衣服。簡單來說，她就是穿了件緊身洋裝。那件洋裝不只緊還超級短，將大腿整個裸露出來了。

「哎呀，雪兔你不喜歡嗎？」

「非常適合妳喔——才不是這個問題！」

「好開心。不過，既然你都喊換人了那我也沒辦法。」

冰見山小姐一退下，旁邊就冒出另一個人，她畏畏縮縮地上前說。

「感、感謝您的指名？」

「妳、妳妳妳妳到底在做什麼啊老師⁉」

「啊啊啊啊，不是那樣的！九重同學請不要看我！我也不想穿得如此不檢點！這是美咲小姐硬是叫我穿——」

不知為何三條寺老師穿上兔女郎裝，簡直就是性感的化身。

豐滿的胸部彷彿隨時都會蹦出，手腕上的袖扣，修長美腿配上網襪和高跟鞋，跟她平時清秀的模樣截然不同。

「雪兔你覺得如何？」

「不用換人了。」

「太好了呢，涼香老師。」

「一點都不好！爸爸媽媽對不起！涼香是一個墮落的教育家……穿成這樣哪有臉面對學生！嗚嗚嗚……」

三條寺老師背對著我蹲下哭訴。嘴巴說沒有臉面對學生，所以就將自己的翹臀對著我，服務精神未免太旺盛了吧。

「不過，這件衣服是涼香老師自己選的啊？」

「因為只有這件可選啊！那、那件反轉兔女郎裝是什麼呀？那種不知羞恥的衣服！那種……那種，全身都被看光的衣服，到底是誰會穿⁉」

「啊啊，妳說我家的制服啊。」
「你家的人到底有什麼毛病⁉」
「我才想問好嗎！我家人到底有什麼毛病⁉」
「我哪知道⁉」
首腦會議將我排除在外擅自決定，且在不知不覺間變成我家的常識，九重家有著過多我所不知曉的謎團。反正我看到也很爽，所以就默認了。
「對了，拍照要多少錢？能用交通ＩＣ卡支付嗎？」
「今天是要答謝你所以不用錢，你大可放心拍喔。」
「你們現在是談什麼交易⁉絕對不准拍照！」
「拜託通融一下嘛。」
我嘗試交涉。
「不行——————！就連現在我都害羞到臉要噴火了啊⁉」
「哈哈哈，又不是什麼怪獸王。」
「不要隨便吐槽敷衍我！」
「放心吧涼香老師，這裡是私人空間，在這發生的事絕對不會洩漏出去。沒錯，現在的我們，就只是一隻淫蕩的雌性。」
「淫蕩的……雌性？」
冰見山小姐一臉奸詐地試圖說服三條寺老師。

我看她們正忙，就先不管她們了。

「這個霜降肉好漂亮啊，是哪個部位的肉啊？」

「是A5等級的若狹牛喔。」

哦——若狹應該是福井縣吧。那是位於日本海那一側的北陸地區，以海產、稻米跟輕小說的舞臺聞名，聽說畜產也相當興盛。這我從沒吃過，還真是期待。

「我們不是講好了嗎？要一起答謝雪兔。涼香老師分明也興致勃勃啊。更何況準備都完成了，這還只是開場呢。」

「……開場？還有什麼東西嗎？」

「我記得涼香老師是牛年生的吧？」

「呃、嗯，是啊……」

「我有準備牛紋比基尼喔。」

「不必準備沒關係！妳是叫我在什麼場合下穿啊!?」

看來她們的交涉陷入僵局，但沒有我出面的餘地。

「咕嚕咕嚕，這水好好喝喔。」

「這是不知道哪座山的天然水喔。」

「怎麼等級一口氣下降了。」

不知道哪座山的天然水，光聽就覺得靈驗程度驟降一半。

「你不要悠哉地確認食材，快來幫我啊！」

「好期待牛喔——」

「我不會穿喔？說什麼都絕對不會穿喔⁉」

「不知道Ａ５等級吃起來是怎樣的滋味。」

「我、我可是一點都不好吃喔……」

Ａ５等級兔女郎三條寺老師抗議道，我的肚子倒是餓得咕嚕咕嚕叫。

「冰見山小姐，我肚子餓了。」

「哎呀，對不起。我們來吃吧？」

冰見山小姐笑逐顏開，坐在我身旁。不知為何三條寺老師也坐在旁邊。

「雪兔，你想吃哪個？讓我來餵・你・吧♪」

冰見山小姐似乎想餵我吃東西。服務也太周到了——但是我拒絕！

「這怎麼好意思。這些東西看起來這麼美味，大家一起吃吧？」

我說著場面話，並試圖掌握吃飯的主導權。被別人餵食乍看之下是個非常浪漫的情境，實質上卻讓人格外費心，我想多數人還是希望照著自己的節奏吃飯。

更何況涮涮鍋的醍醐味，又或者說是禮儀，正是自己選擇喜歡的食材，搭配喜歡的醬汁跟配料食用。所以這種吃法跟餵食可說是契合度極差。

「你好像對涮涮鍋的吃法有什麼誤解呢。」

「真的假的？」

「你講的是一般常態。不過，今天吃的可是特別的涮涮鍋！」

冰見山小姐激動地說。三條寺老師則是歪頭表示不解。特別？

「雪兔你聽好囉。今天你是來賓，所以多了一項規則。在我們服務你吃東西的期間，你就能用空出的雙手下流地撫摸我們的大腿！」

「妳、妳說什麼——!?（省略梗圖）」

電流彷彿竄遍全身。我看著直打哆嗦的雙手。

「原、原來是這樣嗎……原來是我弄錯了……？」

「你為什麼會如此輕易就同意她了!?就不能稍微懷疑一下嗎！」

兔女郎三條寺老師提出異議說。她過度激動搖晃到桌子，使筷子掉到地上。

「我來撿吧。」

我探到桌下撿起筷子，發現一面鏡子被隨意扔在地板上。

「是誰忘在這嗎？」

正當我想撿起時，有人拍拍我的肩膀。我一轉頭，就看到冰見山小姐的裙底。

「怎麼了——妳到底搞什麼啊啊啊啊啊啊啊啊啊！」

「雪兔你放心，我沒有穿喔。」

「穿好啦！」

冰見山小姐溫柔到完全無法讓人放心。

我受到過大的打擊，嚇得頭撞到桌底。好痛……

「我說過啦，今天吃的是特別的涮涮鍋。沒錯，就是『不穿內褲涮涮鍋』。我聽爺爺說過，招待關照過自己的對象時就一定會吃這個。」

「該死的日本陋習————！」

這類陋習應該立刻斬草除根！堅持拒絕不穿內褲！

「聽說爺爺以前也經常光顧這種店。雪兔你也好好享受吧♡」

「莫非這面鏡子……這邊也有……連這種地方也有!?」

糟糕，要是繼續被冰見山小姐牽著鼻子走，我的身體肯定會被她搞成不吃特別的涮涮鍋就無法滿足。屆時肯定會連在自己家裡都吃這玩意。

為避免這樣的慘劇發生，我集中精神苦思。有沒有什麼方法……

我正好和偷偷吃著熱呼呼豆腐的兔女郎三條寺老師對上眼。就是這個！

「哼哼哼。真是的，我對冰見山小姐太失望了。這樣哪裡算是『不穿內褲涮涮鍋』，根本是自砸招牌。只要三條寺老師仍穿著兔女郎服，這玩意就絕對稱不上是不穿內褲涮涮鍋，只是個掛羊頭賣狗肉的假貨！」

「咳、咳！好燙！豆腐燙到喉嚨……」

我直言不諱地說出這項事實。兔女郎老師聽了則嗆到。我不過是想來這開心吃頓飯而已啊，大家何必爭辯不休的，好好和平相處嘛。我向冰見山小姐提議和好。

「嗚……竟然耍小聰明！」

「我還是第一次在現實中聽見有人講這句話。」

「被人這麼耍了是要我如何嚥下這口氣！涼香老師，去換衣服了。我們一起穿上反轉兔女郎服。不，光是這樣還不夠。既然如此就使出最終手段『全裸涮涮鍋』！」

「啥？那個，妳等一下……蒟蒻絲——不要啊啊啊啊啊啊啊啊啊啊啊啊啊啊啊啊！」

被拖進內場的我發出哀號……真想快點吃肉。

據說日本的「涮涮鍋」起源於第二次世界大戰期間的鳥取縣。

爾後便從京都推廣到整個關西圈。

那麼「全裸涮涮鍋」，說不定就是在今天從這間「居待月」起源，之後推廣到全國各地。我成為了歷史的見證人。

「來吃飯後甜點吧。我準備了特製布丁喔。」

「我的涮涮鍋上哪了……？」

桌面被整理得乾乾淨淨。我剛才的確是吃了涮涮鍋沒錯，卻完全沒有記憶。這一切都是冰見山小姐跟三條寺老師裸體的錯。

雖說是全裸，但總不能讓她們光腳，所以兩人只穿著高跟鞋。

這樣反而使得悖德感和豔麗倍增，讓我想立即逃離現場。

表現得落落大方的冰見山小姐跟害羞的三條寺老師，形成了出色的對比。

我只能像是僵住一樣集中盯著地板，並如機械一般將食物下嚥。

味覺崩壞，胃袋彷彿敲響了末日鐘響。就連現在吃到幾分飽都分不清楚了。

緊張使得心頭小鹿亂撞，現在也跳個沒完。

「美咲小姐，真的要做那個嗎⁉」

「都走到這一步了，就下定決心吧。」

「可、可是，就算不做這種事，應該也有其他辦法可以表達謝意啊！」

「妳說有其他辦法，那麼涼香老師會如何向他表達謝意？」

「呃，像是……………摺千羽鶴？」

「這不是收到反而徒增麻煩的禮物第一名嗎？雪兔，你會想要千羽鶴嗎？」

千羽鶴？收到是會高興啦，但這選項確實很微妙。

「我可能不知道該擺哪吧。如果我要送對方千羽鶴做禮物，可能會用一萬圓紙鈔來摺，這樣需要用錢時只要把紙鶴拆開就行了吧？就稱這個為一千萬圓羽鶴好了！」

「雪兔，你這想法銅臭味好重。」

千羽鶴拿去處理掉會讓人產生罪惡感，總覺得跟受詛咒的裝備沒兩樣。

「請等一下！不然這樣，我有以前在觀光地買的劍與龍的鑰匙圈——」

「涼香老師，請別再做無謂的掙扎了。是說妳為什麼要買那種東西啊……」

冰見山小姐跟不停做垂死掙扎的三條寺老師走向廚房。

特製布丁。喜歡吃甜食的我，聽到這個詞的期待值就像是巴別塔一樣直達天際。

「讓你久等了雪兔。請吃特製布丁♪」

冰見山小姐拿著托盤過來……布丁呢？我一臉訝異地感到不解。

「我怎麼只有看到焦糖醬……莫非這是笨蛋看不見的布丁⁉」

不論我眼睛睜得多大，仍舊只能看到托盤上的焦糖醬。

「……原來我是笨蛋？」

「你是被一絲不掛的我們所服侍的國王。你等一下。我現在就讓你看見。」

冰見山小姐說，接著單手放到胸部下方，將胸部托起。

接著在胸部淋上焦糖醬。

「來，涼香老師也一起。」

「啊啊啊啊我該怎麼辦!?做出這種事要是被發現，我一定會被革職的！」

「就說不會被發現了。」

三條寺老師一邊哀嘆，一邊用手托起胸部，然後淋上焦糖醬。

「來，雪兔。特製布丁好了，快點吃吧♡」

「既、既然如此只好一不做二不休了！……如果你想吃的話，就請、請用吧……」

轉眼間，兩份令人嘆為觀止的出色巨大特製布丁（總計四顆）便完成了。

水嫩且充滿彈性的肌膚，淋上香濃焦糖醬，搭配淡淡的桃紅色，描繪出誘人的大理石紋路。我敢保證，這玩意絕對是人間美味！

「……其實，不瞞妳們說，我比較偏好烤布丁。」

「是嗎？那得先去日晒沙龍了。」

烤出一身小麥色肌膚的冰見山小姐似乎也很不錯，但不是這個問題！

「啊，是時候回家吃媽媽的布丁了。我先走一步。」

「大家不是常說甜食是塞另一個胃嗎？」

「問題是不同的甜食也是塞同一個胃啊！像這種成熟得恰到好處又搖來晃去的美味布丁誰吃得下去啊啊啊啊啊啊啊啊啊啊啊啊啊！」

「想哀號的人應該是我才對吧……」

三條寺老師滿臉漲紅地嘟囔說。

令和沒有發生米騷動，而布丁騷動則暫且沉靜下來。

咦，你問我好不好吃？想知道的人就將指定金額匯進我的銀行帳戶裡。

「我啊，打算再次治療不孕。」

冰見山小姐的話令我安心了，因為這是冰見山小姐所抱持的其中一個眷戀，而我頂多只能處理另外一件事。所以我才將舞臺選在海原旅館，請求海原社長協助。如果事情能圓滿落幕，那自然是最好的。

在那之後，冰見山小姐平安地從事著補習班老師的工作，未來她似乎想當教師。冰見山小姐再次取回夢想，那麼，下一步就是取回另一個夢想。

「太好了，妳們終於復合了。」

我不清楚冰見山小姐跟海原社長過去發生了什麼事，只是在當志工時感覺到，冰見山小姐說不定是發自內心想生小孩。

至於沒有生下來的理由是超自然現象還是事實，我就不得而知了。

然而，如果是現在，既然她都跨越了傷心的往事，說不定會想再次嘗試看看。

「雪兔，你願意陪我做不孕治療嗎？」

「當然好，這個簡單。」

我不清楚不孕治療到底該做些什麼，不過海原社長是京都老字號旅館的經營者。兩人住那麼遠，想必他也無法時時刻刻陪伴在冰見山小姐身邊。

話雖如此，我能做到的，頂多就是陪她跑跑醫院吧。

「……九重同學，你這麼輕易就答應她真的好嗎？」

「咦？」

三條寺老師漲紅了臉。怎麼了？只要我能幫上忙，當然沒理由拒絕啊？

「雪兔，我沒有跟幹也先生復合喔。」

「…………是這樣嗎？嗯？怪了……那妳說的不孕治療，是怎麼回——」

冰見山小姐跨坐在我的膝蓋上。我們倆面對面，距離近在咫尺。

妖豔過頭的肉體遮蔽我的視線。我頓時左顧右盼，不知該往哪看。

我們距離近到鼻子都差點碰到她的胸部。她散發出的濃郁費洛蒙令我思考逐漸麻痺。

「——你說過要給我獎勵對吧？」

「我是說過沒錯。妳、妳怎麼了，冰見山小姐？怎麼靠得比以往還要近……」

不過我能給的獎勵到底有限度。要是妳說想要再版或是動畫化，那我是真的沒轍。

「我想要……——你的小孩。」

「啥？」

我的聽力敏感到能夠聽到蚊音，卻完全聽不見她說了什麼。

「能拜託妳再說一遍嗎？」

「我說，我想要。」

「想要什麼？」

「小孩。」

「誰的？」

「你的。」

「嗯？」

冰見山小姐以她那傾國傾城的玉顏微笑說。我的理性響起了警報。

「三條寺老師，拜託幫我翻譯翻譯——嗯嗯——！」

就在我請人翻譯冰見山小姐語時，她親吻了我。兩人交換唾液。1HIT。

「噗哈！妳、妳這是做什麼，冰見山小——嗯嗯——！」

她親吻了我。2HIT。

「妳先冷靜下——咕啾、嗯——舌頭——！」

她親吻了我。3HIT。

「我、我知道了，我給妳這個股東優待券——」

她親吻了我。4HIT。

「噯，雪兔。你有感受到我的心意嗎？」

她雙手捧著我的臉，再次給了我一個濃密的吻。5HIT，KO！噹噹噹！

「呼、呼……到底發生什麼事……？」

要不是受過媽媽跟姊姊的鍛鍊，我早就窒息了。

冰見山小姐那朦朧的眼神，嬌豔欲滴的薄唇，泛出潮紅的雙頰。

她的神情充斥著熱情，身上散發出的濃郁魅力，彷彿充滿整個房間。

「我愛你……這全都怪雪兔。誰叫你要用盡辦法拯救我。像我這種女人，明明放著不管就好了。可是你卻讓我看到自己早已放棄的希望——」

她的眼淚流下。好溫暖，跟冰見山小姐在病房流出的淚水不同。

「要是沒認識你就好了——我曾經這麼想過。因為，我變得如此愛你，就會忍不住追求你的感情、身體，以及溫暖。甚至想將一切都展現給你看。」

她的笑容脫落，露出了隱藏在底下的面貌。甚至連內心跟身體都一覽無遺。

冰見山小姐如字面意思，將一切展現給我看。我感受到她堅定不移的決心。

「只要將熱呼呼的東西，注入這裡，就能跟心愛之人一起孕育出生命喔。你不覺得這非常神祕，就像是上帝送的禮物嗎？如果是跟你一起，我就願意相信奇蹟——」

她抓著我的手，溫柔地撫過下腹部。這的確就如同奇蹟。

情。

我無言以對。我九重雪兔，是完全沒有戀愛經驗的弱小男人，不可能回應她的感

「我還未成年，怎麼能做出這種不負責任的事……」

我不可能做出這種事。要是真的做了，未來等待我們的不會是祝福，而是無窮無盡的哀傷。

「就是因為雪兔這麼想，我才會完全信賴你。明明要如何貪圖我的身體都可以，但是你卻考慮到我的幸福，不會做出使人不幸的選擇。可是啊，就如同你為我付出，我也想要服務你，為你付出一切，讓你變得比任何人都還幸福。」

至今為止，冰見山小姐不停寵愛我。要是兩人關係繼續發展下去——

「雪兔——我啊，今天是危險日喔。」

「是指分期付款的繳費日嗎？我早跟妳說不要刷分期了。」

「不是，是容易懷下寶寶的日子。你現在還未成年，所以我決定再等兩年。等雪兔成年之後，我就再也不會忍耐了。」

成年年齡才剛從二十歲下調到十八歲。換言之，國家把我的退路給堵住了。這個國家也太腐敗了！

「我是雪兔的配偶嘛。所以拜託你——能讓我生寶寶嗎？」

禍從口出，我先前說過的話現在跨越時空來幹掉我。

「放心吧，我不會強加負擔給雪兔。我只是希望你認這個小孩，爺爺也非常歡

迎，最重要的是，這是我們兩人的愛情結晶。一定能生下一個宛如天使一般的寶寶。」

冰見山小姐呵呵笑個不停，看起來像嗑了藥，但她的未來規劃似乎是一片光明。

「不過啊，雪兔。對我們來說，兩年時間可是會令人焦躁不安呢。涼香老師到時候就真的奔四了，可沒辦法再慢慢來喔？」

三條寺老師聽了身體一顫。嗯嗯嗯？這話怎麼聽起來不太對勁。我們？

「為什麼會提到老師？」

「就、就算妳讓我看了如此濃情蜜意的吻，我也不會著妳的道！我才不會照美咲老師的想法去做……我要在這兩年靠婚活認識出色的男性！請不要太小看我使用交友軟體的能力！」

「眼前明明就有一位出色的男性啦。雪兔你說對不對──？」

她不停親著我說。

「啊、是。」

我拿冰見山小姐一點辦法都沒，現在她還輕咬我的耳垂。

「這麼說來，媽媽曾經講過婚活市場正處於空前的女性過剩，尤其是奔四女性特別悽慘……就年齡而論，男性追求的對象底線是三十四歲，因為有婚活的男性都是想建立家庭或生小孩……」

聽說近年婚活市場被奔四大嬸搞得一團亂，那幫大嬸似乎是想當家庭主婦，所以要求男性必須有高年收，啊是不會去工作喔。

不過單就這點來看，三條寺老師應該能立刻找到對象才對。

「怎、怎麼會……難道說，我已經無路可走了——……」

三條寺老師嚇得瞪圓雙眼，整個人失魂落魄，看起來還真有點可憐。

這時冰見山小姐輕盈地從我膝蓋上站起。

「哎呀呀，涼香老師，只有短短兩年而已喔。妳真的能跨越那個超——高的門檻，找到理想的對象嗎？真期待兩年後，我們能夠一起育兒呢♪」

「嗚————！不、不過，要是我跟學生發展成那種關係……——」

「是『前』學生才對。況且到時候他也成年了，不會有人在乎那些事。而且就生物學角度而論，考慮到孕活的年齡，找年輕男人當作對象才是最好的選擇啊。他還是個前途無量的男生呢，要是錯過這個機會妳一定會後悔喔。」

「……嗚！振作點啊涼香！千萬不能被美咲小姐的花言巧語欺騙……！」

「不然，妳要不要親他來確認自己的心意？」

「這、這種事……」

先提出一個離譜要求後再讓對方接受較為合理的要求，多麼巧妙的以退為進法。

三條寺老師拚死抵抗，而我決定忘記這裡發生的所有事情。

哈哈哈哈哈哈。我還有兩年，整整兩年呢！有個兩年時間，總會有辦法處理。

回家後再跟媽媽哭訴，拜託她安慰我吧。希望她能摸摸我的頭。

嗚哇啊啊啊啊啊啊啊啊啊啊啊嗯！好恐怖啊啊啊啊啊啊啊啊啊啊啊啊！

◇

「喂——雪兔同學。在這邊！」

暑假終於進入尾聲，只剩下十天，天氣依舊炎熱。

今天燦爛豔陽也熱到快要烤死人。

近年來四季似乎有提前的趨勢，一想到進入九月還是這種鬼天氣，就實在讓人厭煩。儘管懶得出門，但一直窩在家裡實在不太健康。我抵達目的地時，對方已經在現場等待。

「密特拉學姊，好久不見了。」

迎接我的人正是密特拉學姊 aka 女神學姊，她穿著與夏天非常相襯的輕便洋裝搭配穆勒鞋。雖然她在陰影處等，身上仍微微出汗。

「暑假後就沒見了呢。今天也熱到讓人厭煩——」

「是啊，光是走到這邊就快熱死了。」

我拿出手帕擦汗，並含了一口瓶裝水。

烈日炎炎，最重要的就是補充水分。就連存在於遙遠過去之中，上社課時不能喝水這種脫離常軌的愚蠢毅力論，都在好久以前就被淘汰了。

「是說密特拉是怎樣的女神？我怎麼沒聽過。」
「是我自己構想的女神，妳沒聽過嗎？」
「我怎麼可能聽過！」
「祂會送人類禮物。」
「啊——就是小說常見的那種嘛，也算是好的女神啊。」
「人類討厭祂。」
「欸，我說你？你其實很討厭我對吧？」
不知為何女神學姊略帶恨意地瞇眼瞪我，我回以笑容後，她的眼神又立刻透露出期待。
「算了，是沒差啦。比起那種事，你是不是有什麼話該講？我可是努力打扮過呢！」
她手抓衣服搖來搖去。就算我再怎麼遲鈍，也都理解對方期待我說些什麼。我將她從頭到腳仔細地看過一遍。
「學姊超級可愛！美呆了！」
「真、真的嗎？聽你那麼老實稱讚還真的有點害羞呢。嘿嘿。」
「好看到彷彿隨時都會有不良少年跟搭訕男過來把妳拐跑呢。」
「這算哪門子誇獎！」
「說起來，戀愛喜劇裡的搭訕男跟不良少年也太多了吧？而且他們每次搭訕失敗就會訴諸暴力，治安到底是有多差啊。」

「別說下去了，你才最像是戀愛喜劇裡出現的角色吧。是說問這種問題我也不知道該如何回答啊，當作是一種約定俗成就好吧？」

「而且現在這年頭連不良少年漫畫都越來越少了。」

「反正現在有雪兔在，即使被壞人纏上你也會救我對吧？」

「啊，順帶一提剛才那句美呆了在沖繩方言裡似乎是靈魂的意思。」

「你夠了喔。」

現在正值夏天，所以講了個讓人毛骨悚然的笑話降降溫，效果如何呀？姑且不說這些，鬧區人潮真的是有夠多，看來炎熱天氣似乎也帶給大家活力。

「還有點時間，要不要找間咖啡廳？」

「學姊，那邊……」

幾公尺前有間烘焙坊。我不禁在意起來。

「正好肚子有點餓了。說起來，波蘿麵包的外觀看起來就比較占便宜呢。」

「進去看看吧。不過，烤得酥酥脆脆的波蘿麵包看起來的確很美味。不然這樣吧，我挑一個外觀比較吃虧的麵包，葡萄乾——」

「拜託不要給麵包搞負面行銷好不好？妳真的很差勁耶，我真是太失望了。妳給我對努力製作麵包的麵包師傅道歉。」

「剛才那話題分明就是你先起頭的耶!?啊——夠了。今天我徹底發火了，就算現在道歉我也絕不原諒你！」
「別氣嘛。我分妳紅豆麵包第一口沒有紅豆餡的部分。」
「誰要那種東西啊!?」
我跟學姊一邊聊著沒營養的話題，一邊物色麵包，兩人待了好一段時間才離開店家。
此時我問了學姊一件非常在意的事。
「我剛才就想問了，學姊妳到底跑進這地方幹麼？」
「你問得也太晚了吧!?」
「原來如此，女神律師跟女神學姊原來是親戚。」
「是啊，不好意思讓你等那麼久。」
一上車，我就跟今天要找的人——也就是女神律師不來方久遠解釋狀況。沒想到兩位女神竟然有著這樣一層關係，未免太巧了。
雖說多少有感覺到這個設定是刻意加上的，但一切純屬巧合，真的只是巧合喔。
「久遠姊跟雪兔同學竟然認識，真的是嚇我一跳呢。」
「我也是啊。今天我是想請你吃飯當作賠罪，結果鏡花說也想一起來。你們倆感情還不錯嘛？」
「我們是邊緣同伴。啊，現在只剩女神學姊是邊緣人。」

「才不是好嗎!?我明明就有很多朋友，只是你不知道而已！」

「噗。」

「別一本正經嘲諷我！」

「哎呀，不過鏡花，妳確實稱不上是善於交際吧？」

「久遠姊！」

「呵呵，對不起啦。我還是第一次看見妳這模樣，感覺有點新奇。」

女神律師是開著電動車來到會合地點，還戴了副大墨鏡。

這外觀就是一個女強人，完全看不出是那個妖怪顏面嘔吐失禁臭老太婆，反差實在大到令我訝異。

「是說原來平時女神律師是這個樣子啊，看起來像個幹練女強人呢。妳倒在柏油路上時明明就是那副德行。」

「拜託你別提了！」

「抱歉喔，雪兔同學。久遠姊給你添麻煩了對吧？」

「鏡花！別、別說了。」

「沒關係啦。不過就是身上添了點嘔吐物跟尿。」

「咳咳咳！」

「得了夏季感冒嗎？女神律師要保重身體喔？」

「謝・謝・你・喔！」

不知為何，女神律師跟剛才的女神學姊一樣，對我露出帶有恨意的眼神，但我完全不明白自己做錯什麼。

「是說雪兔同學，你說有事找我商量對吧？我們先繞去事務所吧。」

「麻煩妳了。」

女神律師似乎有好好反省，還說我有困難時都可以找她商量。

找律師商量事情本來得依據時間收取諮詢費，沒想到她豈止不收費還無次數限制，真的是感激不盡。

我就好好利用一番吧。

「你別做什麼危險的事喔？你還是個學生，也不想被處分吧？」

「沒關係啦，反正我高中入學後就受過一次停學處分了。」

「咦？你才一年級而已吧？」

「那件事根本不是雪兔同學的錯，真的是不可原諒。」

「反正事件難得平安落幕了，結果應該還算圓滿吧。」

「被停學還叫平安落幕⁉」

圓滿結束這點的確是非常稀奇，也許是因為冰見山小姐出面幫我搞定一切。出門在外果然得靠貴人。

在事務所商量完事情後，我們便前往女神律師推薦的店家。

講是講商量，其實是希望她能幫忙燈凪，再順便給她蒐集到的資料。有如此強大的隊友，燈凪應該也能放心吧。

「光是乾等實在稱不上是什麼好主意。不知對方何時下手，成天提心吊膽感覺也很蠢，現在這時代講求的是專守防衛（註19）。」

「我有點在意你到底想做些什麼，卻又完全不想知道……」

「嘿嘿嘿，等第二學期開始妳自然就明白了。」

燈凪肯定也不想成天為這種無聊事煩惱。反正處理起來並不困難，我只是給對方當頭一棒，叫他不要再纏著燈凪。

雖然有必要拿捏分寸，避免這一棒直接敲爆對方腦袋就是了……

「總之，有什麼困難記得立刻聯絡。叫那孩子或你直接打來都行，還有在行動之前記得先通知我。我總覺得放著你自行處理，事情會鬧得超級大，拜託你務必要自重。」

「好，我會跟燈凪講的。不過放心吧，我又不是女神律師，不會做什麼太過誇張的事情啦！況且我也不能喝酒。」

她這話也太不講理了。這世上哪有比我更聽話的學生。

「拜託你別再提這件事好嗎？那晚我真的是失控了！我好歹也是有尊嚴——」

「噯噯，雪兔同學，久遠姊當時真有那麼慘？」

註19　日本於第二次世界大戰後採取的獨特防衛戰略，指受到武力攻擊時方得行使防衛力。

「什麼狗屁尊嚴！信不信我現在就讓妳知道背上傳來阿摩尼亞臭是什麼滋味！」

「不要啊啊啊啊啊！真的抱歉啦？拜託別再提了好不好？你看，我已經反省了嘛，而且我也有形象要顧。你有什麼要求我都聽就是了，求求你別再提起這件事——」

「酒是百藥之長這種話根本是詭辯。妳知不知道我在深夜用投幣式洗衣機洗著泛黃T恤是什麼感受！」

「我不想聽我不想聽我不想聽！」

「感覺色色的。」

「咦，怎麼是這種感想!?」

摀住耳朵猛搖頭的女神律師，聽了便瞪大雙眼驚訝地說。

話雖如此，但這不完全是女神律師造成的，畢竟那晚發生了太多事情……

「你嘴巴講不在意了，其實內心根本還在記仇嘛！」

「這不是廢話嗎！竟敢對著我的頭嘔吐，要是胃酸把我搞到禿頭怎麼辦！」

「又在提頭髮了……」

「妳從頭吐得我上半身都是酸性嘔吐物，又從背後淋得我下半身全是鹼性尿液，當我是石蕊試紙喔！」

「呵，這句話明明說得挺妙的，為什麼我卻完全笑不出來。」

「這個pH值笑話的重點，是當時只有喝了水被我背著的女神律師維持中性。是說妳莫名仇視男性是有什麼原因嗎？」

「……我手上案件正好碰到一個很要命的男人，所以才會這麼氣。」

看似女強人的女神律師像是洩了氣地說，那模樣實在讓人不忍。或許她一碰到自己的事，內心就會變得比較脆弱。沒辦法，稍微安慰她吧。

「我沒生氣了，妳快打起精神吧。我只是擔心，要是妳動不動就做出那種事，說不定真的會遭遇危險。我不希望妳發生那種事情。」

「……雪兔同學好溫柔喔。連朋友的事你都會擔心到跑來找我商量。在那時候，你明明多的是機會對我亂來，結果也什麼都沒做。」

「久遠姊⁉妳會不會太好騙啊⁉妳現在跟個動不動喜歡上人的女生沒兩樣啊！」

「妳這麼漂亮，記得要小心點喔？」

「……第一次有男人對我這麼說。」

「平時大家不都稱妳是美女律師嗎！快——點——分——開——！」

女神學姊死拖活拉的，但女神律師就是不肯離開。

她緊緊握著我的手。渾圓的雙眼閃閃動人。

「過去的事就算了吧，我們開心吃飯。」

「嗯，吃飯飯……」

「久遠姊⁉妳怎麼退化成幼兒了⁉」

她說我溫柔，哪有可能啊。

我可是發誓對性騷擾見死不救，特地在班上對散發出不要跟我說話氣場的邊緣女生搭話，還把男籃社的偶像兼經紀人給放逐的男人——九重雪兔。這誤會也太深了。

「嗯——就算妳說要陪罪，我也不知道該要求什麼……」

賠罪啊，我一邊吃著眼前豐盛的料理一邊思考，就是想不出答案。說到底，我幾乎沒有向人要求過東西，突然叫我想這種東西也真是傷腦筋。

「雖然我剛才一不小心說出你有什麼要求我都聽，但還是有個限度喔？你現在是高中生，就算正值思春期，終究還是未成年，近年對這種事管得特別嚴。況且我還是個律師……不過，如果你是認真的，那我還是會答應啦……」

「那麼晚點，我們去賓館吧。」

「……你要溫柔一點喔？」

這人沒問題吧!?外表看起來精明，實際上也太好騙了吧。

「妳現在又沒喝酒，快點回神啦!?還有雪兔同學，你是在胡扯什麼啊!?」

——就這麼，我今天也熱熱鬧鬧地度過了暑假。

◇

百慕達三角洲、納斯卡線、地獄之門、犬鳴峠等等。

從古至今，由東到西，世界各地存在著無數的神祕景點。

51區真的有外星人嗎？蘇美人究竟是什麼？金字塔蘊藏的祕密，巨石陣的真正作用，雷姆利亞大陸是否真實存在。

時至今日，人類仍舊會被危險且浪漫的超自然現象所吸引。

因為所以，我現在人正在都內有名的神祕景點「那個泳池」。

不是「靈（註20）」的泳池，而是「那個泳池」。雖然聽說靈喜歡靠近水，但我跑去「靈的泳池」也沒用。

我又不懂除靈，那是邪涯薪的專門領域。

我不是靈媒、靈能力者、陰陽師、驅魔師、精靈術師、屍術師、退魔師，更不是退魔忍，只是一介高中生，一個對潛入調查不會抱持過多期待的男人——九重雪兔。

究竟為什麼事情會發展成這樣呢？正當我獨自抱膝蹲坐在泳池邊，祈求世界和平時，以日日夜夜破壞我和平生活為人生志業的邪惡家人，同時也是一切元凶的媽媽跟姊姊來了。

「抱歉讓你久等了。」

「沒關係啦，這種時候男生本來就換得比較快。」

她們露出了和藹的笑容，完全不瞭解我現在的心境。媽媽穿著合身且線條美麗的競賽泳衣，至於姊姊……姊姊——嗯嗯！

---

註20　日文「靈」跟「那個」諧音。

縺昂l縺阪k譁丞袖縺ゅk?溽エ舌?繝槭ぜ繧、繧茨シ√〒縺ヲ繧九?∞ケウ閂悶、縺ッ縺ソ縺ァ縺ヲ繧九▲縺ヲ縺l?√∪繧峨?√%縺シ繧瑚誠縺。縺昂≧縺ォ?∞ク翫b繝、繝舌〉縺代↑縺昂?縺セ縺セ蜍輔〉縺溘·i荳九、縲ゅム繝。繝?繝。繝?繝。隕九∵縺ヲ繧玖ヲ九∵縺ヲ繧具シ∞l代@縺ッ髫?縺勵※繧茨シ∵焔螟・繧後@縺ヲ縺?k縺九·i螟ァ荳亥、ォ縺?溢◎繧薙→蝠城。後§繧?↓縺?シ縺甑∪縲√♀縺セ繧難ス（註21）

「如何？開心吧。」

「我受到過大的打擊，想講的感想全部變成亂碼了。」

「什麼意思？」

「可能是世界強制力造成的吧。」

好險好險。現在我只能如此蒙混過去，如果別人能將亂碼還原的話說不定會看得懂。算是勉強過關吧。

「你喜歡這種衣服對吧。」

「不要擅自捏造我的喜好！」

「蛤？我明明聽說你喜歡這樣。」

「……到底是誰散布這種謠言？」

---

註21　本段沿用原著的文字亂碼。

「靈說的。」

「靈說的!?」

雖然看不見你，但是守護靈大哥，拜託這種事就別說出口了吧？看來這種地方的靈力波動特別強。原來姊姊連通靈也略懂略懂啊……

「知道了啦。我老實說，老實說就好了吧！其實算是喜歡。」

「哼，晚點給你些福利。」

「好耶——」

媽媽見我拋棄尊嚴迎合姊姊，便面有難色地說。

「妳怎麼穿得如此不檢點，我們今天是來游泳的啊？」

「你別被媽媽騙了。她嘴巴這樣講，其實自己也選了比平時還要暴露的泳衣。你看看那個高衩，真是個淫蕩的母親。說到底，比起她那種一把年紀還穿上暴露泳衣的老太婆，當然還是我比較好吧？再怎麼說都比她年輕。」

「真是可惜……這個小丫頭到底是什麼時候變得如此叛逆啊。」

兩人不知為何開始醜陋地互嗆，我決定放她們不管，開始做伸展。游泳前最重要的就是做伸展操，在水中扭到腳可是非常危險的事。除此之外，我也不想跟兩人的爭執扯上關係，我的生命值可不是無窮無盡的。

「你看這個。」

姊姊一臉得意地拿出數學課偶爾會用到的常見文具。

「量角器？」

我實在是不明白，來泳池游泳為什麼會需要用到量角器。

愚鈍如我實在無法推敲出答案。看來我們這對不合的姊弟，關係已經差到連日常溝通都產生困難了。

「為什麼要用這個？」

「拿量角器當然是為了要量角度啊。」

「原來如此。」

「量你的角度來測出興奮程度——」

「妳傻了嗎？」

「跟媽媽一決勝負的時刻終於到了。」

「妳們倆都傻了嗎？」

「數學跟物理可是我的拿手科目。」

「不愧是我的孩子。」

「原來是高智商傻子嗎？」

「別說那麼多了。今天我們包場，就盡情游泳吧。」

媽媽拿出大人風範，隨便應付了姊姊的凶行。

「講是這樣講啦，也不是說什麼事都能隨便帶過……」

「好了，快過來幫我們做伸展操。」

「我也拜託你囉。」

「可惡……可惡。」

種種不合理如怒濤般襲來，使我內心受挫，差點承受不住。也不知為何，對這兩個人表明自己的遺憾之念也完全沒效。到頭來，遺憾砲（註22）也就只有這點威力，現實果然是無比殘酷。

「哎呀呀，媽媽妳是不是長了太多贅肉啊？」

「妳才是，要是不好好運動，當心越來越肥滿喔？」

「老太婆。」

「小丫頭。」

「「呵呵呵……」」

她們倆玩得好開心啊……

今天九重家的和平也建立在我的犧牲之上。

---

註22　日本網路用語，指日本面對他國違反國際法的行為，通常只會做出「深切感到遺憾」的回應，因此被日本輿論戲稱為打遺憾砲。

◇

「——發生了這樣的事情喔。」

「那對笨姊姊——————！」

雪華阿姨怒氣沖沖地說。啊，她這句話是指媽媽跟姊姊。

對雪華阿姨而言，媽媽就是她姊姊，而悠璃是我姊姊，所以講那對笨姊姊並沒有任何語病。沒錯，我跑去找九重家的良心，也就是雪華阿姨哭訴。

暑假最後一天，作業早已做完閒得發慌的我，接受媽媽的妹妹——雪華阿姨邀請到她家玩。

我一如往常受到了超ＶＩＰ級的款待。服務有夠周到。

雪華阿姨的家風格沉穩不張揚，對我來說並非神祕景點，而是一個療癒的聖地。

我感覺靈魂徹底溶解，墮落到不想從沙發起來。根據我的分析，這裡應該產生了什麼固有領域效果。

應該是精油之類的東西吧。我跟窩在老家的尼特族一樣，只想待在這個墮落天堂……

「發生什麼事記得跟我講喔？我會去修理姊姊。」

「這樣下去我真的撐不住，務必拜託了！」

我想都不想就低頭說。誰叫這對我而言攸關生死。

「真是的，竟然給雪雪添麻煩。你乾脆搬來我家住吧。」

「這提議的確非常有魅力，可是我怕這一待就是十年。」

「要待更久也行喔？」

「多麼蠱惑人心的話……！」

這裡太過舒適，我怕一個掉以輕心就賴在這好幾年，甚至好幾十年，到時就成了現代的浦島太郎。話雖如此，但我的精神力強如藍絲黛爾石，肯定到最後一刻都不會打開玉手箱吧。

「話說回來，這次暑假真的發生不少事呢。」

「是啊，看你好像過得很辛苦。」

我對雪華阿姨說明了今年夏天發生的事。雪華阿姨從以前就很善於聆聽，害得雪兔弟弟什麼話都忍不住說給她聽。

今年暑假真的是塞滿事件，害我累積的疲勞也不是歷年可比較。

重點是以往似乎沒有跟這麼多人牽扯上關係。

這點是好是壞我就不得而知了……

「雪雪，這個暑假——你過得開心嗎？」

「開心……不知道耶？不過，感覺似乎跟以往不一樣。」

「這樣啊。你現在這麼想就夠了。」

「是這樣嗎？」

「是啊，你未來還有很多時間可以思考。」

回想起來，上高中後，發生了無數的邂逅與重逢。其中有認識的人，不認識的人，本來錯身而過的人，也有差點錯身而過的人。如今我在家也很少一個人度過，就連現在也是跟雪華阿姨待在一起。

「……我有什麼改變嗎？」

「照雪雪的步調走就好了。慢慢來，相信身邊的人。如此一來，未來一定會過得更加開心。」

要割捨煩人的對象很容易，但就是因為做不到才會煩惱。

不論是燈凪，還是汐里，我到現在還不知道該如何得出結論。

真要說的話，媽媽、姊姊、冰見山小姐跟老師，都成了我煩惱的源頭，我也會擔心特莉絲蒂小姐跟澪小姐。爽朗型男有爽朗型男加成，應該不會有事。

不論怎麼處理，煩惱都不會消失。

「大家都很自私。擅自把自己的想法強加到別人身上尋求答案，造成他人困擾。不過啊，即使明白這點，仍會有試圖傳達給對方的心意。而我正等著雪雪將想法強加在別人身上的那一天。」

「這樣不會太任性嗎？」

「任性也沒關係啊。你儘管變得自私自利，我還怕雪雪不夠自私呢。你要順從自己的心。如果是雪雪，即使自私到高喊『所有人都跟著我來！』也不會有問題吧？這麼做一定會對你產生正面影響。」

需要他人這件事非常難。對方不是人偶也不是AI，每個人活在同個時間，擁有意識跟感情。能一個人待著不知道有多輕鬆，不需要在乎任何事情，儘管非常孤獨，卻又甘美，且十分自由。

即使是如此，大家仍希望與他人攜手前進，以及期望未來能擁有與他人產生交集活下去。如果我有著如此理所當然的夢想——

「所有人都跟著我來！」

「嗯！我知道了，我再也不會離開你！其實我覺得雪雪只跟姊姊她們一起去游泳實在太不公平了。我也想跟著去，其實我早就準備好泳衣，甚至還穿在底下呢！呼哈哈哈哈哈！」

「對不起，我只是說說而已，是我太囂張了！拜託不要拉！力氣好大！這點跟媽媽一模一樣啊。為什麼要搞得像是期待游泳課的小學生——這到底算哪門子泳衣啊。完了文字又要變亂碼了！可是為什麼我會那麼開心啊笨蛋笨蛋笨蛋！」

熱鬧非凡的暑假，終於要畫下句點。

## 凍戀衹京

凍戀秀偽，這就是那個男人的名字。雖然他以凍戀自居，但終究只是贅夫。

「凍戀」是京都知名的望族。

儘管秀偽是資產家的兒子，兩者的身分卻有著天差地別。

秀偽是在十歲那年，被雙親帶去參加派對時認識椿。

在秀偽聽著大人的無聊話題，正感到厭煩時，椿靦腆地對他搭話。

秀偽見到眼前這個意想不到的異性，頓時瞠目結舌。

這位如夢似幻的可愛少女，就宛如故事中出現的公主。

秀偽看到她的第一眼就墜入情網。他被那恰似花朵盛開的笑容所迷倒，無法移開視線。

少女名叫凍戀椿。上頭有著哥哥跟姊姊，是凍戀家的么女。

兩人巧遇，一得知對方同為十歲，就為找到談話對象而歡欣雀躍。

不消多久，兩人感情越來越好。

大人們看到他們感情和睦，便開玩笑地說「乾脆訂下婚約」，而男孩卻信以為真，認為兩人終成眷屬。

這是秀偽的初戀，而椿亦是。

就這麼，兩人成為兒時玩伴。然而，他們相處的時間並不長。

因為秀偽的家位於東京，跟住在京都的椿有著相當的距離。

兩人的關係仍持續下去。即使住的地方遙遠，就讀學校不同，秀偽也沒有斷開這個緣分。兩人開始寫信聯絡，報告近況。

這樣的關係持續數年，秀偽得到了手機，他還開心地認為未來和對方聯絡變得更加方便，然而從這時起，雙方往來次數逐漸減少。這也是無可厚非的事。

上國中後，交友關係擴展。光是忙念書、社團這些自己的事就不可開交，目光所及的一切便是自己的世界。每天繁忙度日，過得無比充實，比起遙遠的朋友，身旁的朋友更加重要。疏遠的理由要多少有多少，這是理所當然的事。為此，秀偽慌了。

當然，他並沒有放棄。他硬是要求雙親，讓他離家前往椿所在的京都就讀高中。即使住進自由受限的宿舍，那也無所謂，他只是渾然忘我地想著。

從今以後，幸福的日子即將開始，心中的預感，令秀偽欣喜若狂。

椿有著哥哥和姊姊。兩人都非常優秀，而優秀的哥哥姊姊，使椿對此抱持自卑感。周遭經常拿他們做比較，雙親總是笑著要她不用介意，但是不做期待，反而使椿覺得自己更加悽慘。

無法違逆雙親，也沒有勇氣學壞。椿的性格逐漸變得自虐。

漸漸地，秀戀寫的信也使椿感到厭煩，甚至讓她不想回信。

椿並沒有察覺到秀偽包含在信中的思念。

她不知道兒時玩伴有多麼愛自己。

憂鬱的日子，在國中三年級迎來轉機。

她在修學旅行時被同學告白，但她並不喜歡對方。

不過，椿選擇逃避。最重要的，是對方認同自己，而不是哥哥姊姊，這點令她非常開心。椿接受告白，也逐漸變回原本的開朗個性。最後椿和秀偽進入同所高中就讀。

兩人就此重逢，當秀偽得知椿有交往對象時，感到十分沮喪。

儘管椿對秀偽的熱情感到驚訝，可惜她已有交往對象，這點無可奈何。

而周遭也不可能錯過秀偽這種優秀的對象。他為了成為配得上椿的男人，在學習跟運動都下了十足的苦心，這使得他成為一個耀眼且富有魅力的存在。

這點跟漫然度過國中生活的椿完全不同，也再次激起她的自卑感。

椿無法承受秀偽的獻身。覺得沒有等待秀偽的自己太過悽慘。

因為打從初次見面那天，椿就對秀偽抱持戀心。

小孩子如扮家家酒的戀愛不可能長久持續下去，椿沒過多久就分手了。

然而，事到如今她也無法跟秀偽交往，這麼做實在是不知羞恥。秀偽和椿不同，有著許多男女朋友，而失戀的他，後來也跟溫柔地安慰他的對象成為親密關係。

最重要的是，椿認為現在的自己配不上秀偽。

結果兩人即使對彼此產生好感，卻因為命運弄人，擦身而過。

秀偽和椿後來在同學會上重逢。

大家步入社會幾年，有人平步青雲，有人追夢成功，也有人受挫失敗。歷經的人生會顯現在神情上，使得話語增添深度。

秀偽時隔數年再次見到椿，為她的轉變感到震驚。她的笑容缺乏生氣且帶著陰影。

秀偽不知道，椿在後來吃了不少苦。她曾一度結婚，卻受老公家暴所苦。離婚後也心傷未癒，無法放手談戀愛。

秀偽心中只有後悔。自己當時到底是為什麼才追著椿來到京都。

早知道事情會變這樣，當時就該不擇手段把椿給搶過來。之所以沒這麼做，是因為秀偽或多或少感到對方背叛了他。

當他得知椿分手後，也沒有採取行動。

因為當時，秀偽也有了交往對象。而現在——

秀偽結婚了，也有了小孩。然而，他很懷疑自己跟妻子之間是否有愛。

他和妻子之間曾經有過愛情。之所以說曾經有過，是因為妻子看穿秀偽心中仍對椿餘情未了。也就是他仍存有跟椿初次見面時所懷抱的純潔戀心。

同學會結束後，兩人便自然而然地獨處。也不知是趁著酒意，還是受經年累月的思念所驅使，秀偽和椿結合了。

一晚的過錯，導致了隨處可見且俗不可耐的外遇。

秀偽心中滿是罪惡感和後悔。然而，他無法放下椿不管，他想拯救椿。

國中時、高中時、椿結婚受苦時，不論什麼時候，秀偽都不曾忘記椿。但一切總是太遲，而他也不該輕言放棄。

他並不希望以這種形式和椿結合。

儘管他是聽了雙親意見才和妻子相親結婚，不過他有情面跟責任要顧。

個性獨立的妻子非常優秀，而雙親也非常中意妻子。

可是，兩人夫妻關係早已變淡。這時秀偽被迫做出抉擇，無法撒手不管。

這般行為在社會跟道義角度都不被允許，而他早已跨越界線。

不論受到何種責難，秀偽都無法捨棄對方，無法將她拋下。

這名愚蠢的男人，一路走來總是做了錯誤選擇。而這一次，秀偽為了尋求真實之愛，為了做出正確選擇，他決定放棄一切。正如同字面意思，放棄自己的一切。

秀偽先是跟妻子離婚。他捨棄自己的所有財產，支付了高額的贍養費。

不夠的份，他請求雙親代墊。即使被罵得狗血淋頭，他也無路可退。

償還債務後，秀偽和雙親斷絕關係。他對此事沒有任何異議，也不願意再給親人添煩。畢竟對雙親來說，秀偽的存在等同於人生汙點。

關於離婚協議，兩人沒有起任何爭執，甚至沒有放任何感情進去。他們只是透過律師，當成例行公事一樣默默處理完。這場婚姻，就這麼輕易地落幕了。

男人失去了家人、可以回去的家、親權，甚至連名字都拋棄了。他這麼做，都是為了入贅成為凍戀家的一員。

椿的雙親表面上沒說，其實內心非常歡迎他。因為他們為女兒憔悴的樣貌感到心痛，而且他們也記得，秀偽過去跟女兒多麼要好。

但是，秀偽所做的事仍是不可饒恕。犧牲必須伴隨代價。

椿的雙親答應在各方面援助秀偽的前妻，給予她高額的資金援助。

於是椿和秀偽宛如受到命運引導，共結連理。

之後椿懷孕了，生下一個女兒，名為「祇京」。

追求真實之愛的愚蠢男人，終於和最愛的女性做出「正確選擇」。

——並用謊言粉飾了一切。

◇

雨水沙沙地落下。一名少女撐著傘，站在公寓前。

那個少女一見到他，也不顧被雨打溼，便直奔向前。

「兄長、兄長——！」

嗚咽混雜在雨聲之中。少女的心已瀕臨極限。但總算是趕上了。

她的兄長抱住了她嬌小的身軀，就如同過去阿姨為自己所做的一樣。

國家圖書館出版品預行編目資料

造成我心理陰影的女生們今天也不時偷看我，只可惜為時已晚 / 御堂ユラギ作；蔡柏頤譯. -- 1版. -- [臺北市]：城邦文化事業股份有限公司尖端出版：英屬蓋曼群島商家庭傳媒股份有限公司城邦分公司發行，2024.06-
冊；　公分
譯自：俺にトラウマを与えた女子達がチラチラ見てくるけど、残念ですが手遅れです。
ISBN 978-626-377-807-8（第4冊：平裝）

861.57　　113003662

浮文字

# 造成我心理陰影的女生們今天也不時偷看我，只可惜為時已晚4

（原名：俺にトラウマを与えた女子達がチラチラ見てくるけど、残念ですが手遅れです。4）

著　者／御堂ユラギ
繪　者／緜
譯　者／蔡柏頤
執行長／陳君平
美術總監／沙雲佩
國際版權／高子甯、賴瑜伶
榮譽發行人／黃鎮隆
美術編輯／陳又荻
文字校對／施亞蒨
協　理／洪琇菁
執行編輯／石書豪
內文排版／謝青秀
總編輯／陳昭燕

出　版／城邦文化事業股份有限公司 尖端出版
臺北市南港區昆陽街十六號八樓
電話：（〇二）二五〇〇—七六〇〇
傳真：（〇二）二五〇〇—二六八三
E-mail: 7novels@mail2.spp.com.tw
發　行／英屬蓋曼群島商家庭傳媒股份有限公司城邦分公司 尖端出版
臺北市南港區昆陽街十六號八樓
電話：（〇二）二五〇〇—七六〇〇（代表號）
傳真：（〇二）二五〇〇—一九七九
中彰投以北經銷／楨彥有限公司（含宜花東）
電話：（〇二）八九一九—三三六九
傳真：（〇二）八九一四—五五二四
雲嘉以南／智豐圖書有限公司
（嘉義公司）電話：（〇五）二三三—三八五二
傳真：（〇五）二三三—三八六三
（高雄公司）電話：（〇七）三七三—〇〇七九
傳真：（〇七）三七三—〇〇八七
香港經銷／一代匯集
香港九龍旺角塘尾道六十四號龍駒企業大廈十樓 B&D室
電話：（八五二）二七八三—八一〇二
傳真：（八五二）二七八二—一五二九
新馬經銷／城邦（馬新）出版集團 Cite (M) Sdn. Bhd.
E-mail: cite@cite.com.my
法律顧問／王子文律師　元禾法律事務所
台北市羅斯福路三段三十七號十五樓
二〇二四年六月一版一刷



■中文版■

郵購注意事項：
1.填妥劃撥單資料：帳號：50003021戶名：英屬蓋曼群島商家庭傳媒(股)公司城邦分公司。2.通信欄內註明訂購書名與冊數。3.劃撥金額低於500元，請加附掛號郵資50元。如劃撥日起 10～14日，仍未收到書時，請洽劃撥組。劃撥專線TEL：(03)312-4212 ・ FAX：(03)322-4621。E-mail：marketing@spp.com.tw